U0095735

教育孩子你不能说的50句话

李淑英　胡春卉　编著

科学出版社

北京

内 容 简 介

本书对家庭教育中的教子情景进行了分析指导，全书共五十节，每句话为一节，每一节下设置了五个栏目：情景再现、情景分析、情景探讨、情景提示、故事启读。通过还原这五十句话的产生背景，有针对性地分析家长在教育孩子的过程中存在着怎么样的教育问题，并针对这一问题进行分析，帮助家长找出解决办法，同时给出教育心理学专家的指导建议。

本书适合孩子家长、儿童教育工作者、儿童教育专家阅读。

图书在版编目（CIP）数据

教育孩子你不能说的50句话/李淑英，胡春卉著.—北京：科学出版社，2010

（现代家教丛书）

ISBN 978-7-03-027603-2

Ⅰ.教⋯ Ⅱ.①李⋯②胡⋯ Ⅲ.家庭教育 Ⅳ.G78

中国版本图书馆CIP数据核字（2010）第089273号

责任编辑：张丽娜 赵丽艳 / 责任制作：董立颖 魏 谨
责任印制：赵德静 / 封面设计：柏拉图创意机构
北京东方科龙图文有限公司 制作
http://www.okbook.com.cn

科学出版社 出版
北京东黄城根北街16号
邮政编码：100717
http://www.sciencep.com

北京天时彩色印刷有限公司 印刷
科学出版社发行 各地新华书店经销
＊
2010年6月第 一 版 开本：B5（720×1000）
2010年6月第一次印刷 印张：18 1/2
印数：1—7 000 字数：231 000

定价：35.00元
（如有印装质量问题，我社负责调换）

前　言

　　孩子是我们家长花费了很多时间和精力加工制造出来的"产品"，我们都希望这个产品是成品，是正品，是优质品，不希望这个产品成为次品、废品甚至是危险品，而究竟会是哪种结果在很大程度上是取决于我们家长的。

　　孩子随着话音长，家长的言辞对孩子的成长进步有着及其重要的影响。"一言兴邦，一言误国"，这句话完全可以用在形容家庭教育上。家长一句正确的话可以激励孩子奋起努力，成就孩子的一生；家长一句伤害孩子的话也可能会使孩子从此消沉下去，甚至毁掉孩子的一生。

　　所以，作为家长，教育孩子时要管好自己的嘴，不能顺嘴想说什么就说什么。做到不起作用的话不说，出尔反尔的话不说，打击孩子自信的话不说，吓唬孩子的话不说，伤害孩子自尊的话不说，给孩子下负面结论的话不说，误导孩子的话不说。

某家庭教育学会组织家长、孩子、教育工作者共同评选"孩子最喜欢、最不喜欢的10句家庭教育用语"。评选的结果是："孩子最喜欢的家庭教育用语"以鼓励、赞美、疼爱的话语为主，包括"孩子，我爱你""我们相信你能行""别难过，下次再努力，你一定会做得更好""谢谢你，真是个懂事的孩子""孩子，对不起，这件事我错怪你了"等。"孩子最不喜欢的家庭教育用语"以责怪、侮辱的语言为主，包括："你真笨""你简直就是个废物""你长个猪脑子，什么事都做不好""你这辈子算是没出息了"等。

就孩子不喜欢的话来说，这只是一小部分，除此之外还有很多很多。语言的伤害是对孩子心灵的伤害，心灵的伤害是对孩子最大的伤害。有的家长平时与人交往言语就很犀利，批评起孩子来那张嘴更是"一泻千里"；有的家长平时说话言语不多，可是斥责起孩子来嘴却如刀子般尖利，伤人的话更是一串一串的。这些家长们能把孩子批评得无处躲无处藏，更给孩子的心灵造成了难以抚慰的创伤。

本书从发生在我们身边的家庭教育情景出发，对我们教育孩子过程中经常发生的事件进行了分析、解读和指导。书中提出了孩子如我们加工出来的产品，是把孩子加工成半成品、成品、次品还是废品，这全靠我们家长的全新观点。本书告诉我们，在和孩子沟通时家长不能恶语相向、侮辱攻击、贬低责备、压制强迫、威胁伤害、哄骗利诱、讽刺嘲笑、冷漠抱怨等。

作者从事儿童教育研究工作多年，根据自己研究工作的经验和体会，精心整理和挑选了50句经典的家长在教育孩子过程中不能说的话，每句话又列举出3句同类的话语，相当于告诉家长200句教育孩子不能说的话。对每句话设置了"情景再现""情景分析""情景探讨""情景提示""故事启读"等5个方面的内容。对50句话产生的情境、类似的言语对孩子的影响、相关问题的探讨、情景问题如何解决、针对情境的处理办法进行了详细的解读和论述。力争为家长创造良好的家庭教育气氛，建立健康的亲子关系提供帮助和指导，为孩子快乐学习、健康成长贡献一份力量。

本书在成书过程中，得到不少教育界的同事、教育研究工作者的帮助和支持，在此一并表示感谢。

作 者

2010年1月8日于敬书堂

目　录

忘了你作业写不好就抹眼泪

笑话人家考得不好，忘了上次你不及格了

快放下，这个不用你做

坚持不了我们就放弃，没关系

教育孩子你不能说的50句话

愿意干啥干啥，没人管你

1.贬低孩子的话——

你简直是个废物，什么也干不成

类似话语：

傻瓜，没有用的东西
说你啥也不是，你真啥也不是
你蠢猪一个

【情景再现】

7岁的亮亮写作业时如果妈妈不在边上看着经常是写得一团糟，多次受到老师的批评。没办法，妈妈只好天天看着他写作业。这不，亮亮又在妈妈的监督下趴在自己的小书桌上做作业了，刚开始还乖乖的，但只要妈妈一扭头，他就偷偷地在作业本上画起小人来。妈妈发现了提醒他几句，他就好点，可是过一会就又忘了，又开始玩起来。一番警察抓小偷式的较量后，妈妈终于忍无可忍，大声批评道："你就不能自觉一点儿吗！没有我看着，你简直就是废物一个，什么也干不成，你将来可怎么办！"

情景分析

孩子对妈妈这句话的理解应该是，没有妈妈在眼前自己什么也做不了。妈妈是在否定自己的能力。对于大多数七、八岁的孩子来说，孩子们只能按照字面意思来理解家长的话，他们还没有足够的能力区分哪些话应该当真，哪些话只是家长气头上说说而已。但事实上，家长不在时，孩子也会做许多事情，只是家长不放心让他们去做。妈妈的这句话对孩子的自信是一种打击，孩子觉得什么事都要靠妈妈来做，时间长了，孩子没了信心，不但学习，其他事情也等着妈妈帮助做，从而形成了依赖心理。

【情景探讨】

很多家长总是在贬低自己的孩子，一是觉得孩子浑身是毛病，哪儿都不好，见到孩子就只想批评，认为只有这样才能让孩子成器。二是中国人讲虚心使人进步，觉得孩子的优点不说跑不了，缺点不说改不掉，说说孩子的缺点对孩子是一种鞭策，也表示自己很谦虚。所以一些家长时常在人前说自己孩子的缺点。但这些家长们没有意识到，孩子总是生活在批评和否定的环境中，长大了就会缺乏做事的勇气。一个大学毕业后已经工作的女孩谈到自己的感想时说：

从上高中开始我觉得自己在慢慢变得孤僻自闭，少言寡语不爱说话。

考上大学后远离了父亲，但每见父亲一次，父亲都会训斥我一顿，总是说我"呆头呆脑""你怎么傻乎乎的""你在单位也干不好""你考上研究生也没用"。

现在工作了，父亲每次见到我，还是觉得我处处不行，说我不会说话，不会办事，好像我是个愚昧无知的人一样。

我很苦恼，工作中非常没有自信，父亲形容我的词，说我的话时常在我脑海闪现，我觉得我也确实像他形容的一样。

在讲究七分做人三分做事的公司，我觉得自己在做人做事上太缺乏经验，也没有自信。我不知道怎么树立自信，怎么和大家自然交流，怎么才能不逃避人群，不逃避和其他人沟通，我觉得自己在这些方面几乎是没有长进，知识我可以积累，可是在自信心、沟通能力、勇气等方面，我这么多年几乎没有一点进步，也许父亲说得对，我就是个没用的人，永远都是。

就因为父母给了自己"呆头呆脑""傻乎乎""愚昧"的定性，这个女孩直到走上工作岗位还是没有自信。可见，家长对孩子的贬低对孩子的影响有多大。

放学回家的路上，一对母女演绎了这样一段故事：

"考几分？"一位手提着孩子书包的妈妈漫不经心地问。跟在妈妈屁股后面的孩子身子突然一抖，接着头低得低低的。妈妈回过头来，怒目圆睁："多少？"就简简单单两个字，在孩子听来简直是晴天霹雳一般。孩子小心翼翼地吐出了分数"83"。妈妈没打也没骂，只是叹了一口气，失望地说了一句"走吧"。

妈妈一反常态地没责骂自己，这让孩子一时无所适从，她痴痴地望着妈妈。妈妈突然开口道："知道我为什么不打骂你了吗？"孩子木纳地摇摇头。"我实在不想打骂你了。人家的孩子都考90多，你看看你？一年级就考83。猪虽然笨，但猪全身都是宝，用处大着呢！可你呢，不管我怎么催怎么骂，你还是一点长进都没有，你连猪都不如。你懂不懂？"妈妈很平静地说完这番话。孩子也十分平静地听完这番话，但头依然是低着的。一滴滴晶莹的泪珠从孩子的脸颊滑了下来。走在前面的妈妈毫不知情，自顾自地走着。

孩子的心灵是脆弱的，经不起什么大风大浪。贬低孩子，让孩子觉得自己连猪都不如，让孩子无地自容，这绝不是我们家长想要达到的目的！家长不是理智地去分析孩子分数不高的原因，帮助孩子录找补救的办法，而是恣意对孩子全盘否定。这种辱骂对孩子的自尊心会造成极大的伤害，而且时间一长，孩子会在无形中认同家长对自己的这种看法，对学习失去应有的信心，甚至"破罐子破摔"。

故意轻视、贬低孩子的能力，是对孩子的"精神惩罚"。而一个从小就受到"精神惩罚"的孩子会出现很多心理障碍，诸如自我否定、缺乏爱心、焦虑等心理疾病，长大后也难以适应社会，甚至会走上犯罪道路。避免我们的言行给孩子带来伤害，要让孩子的心灵永远沐浴在家庭的温暖和家长的爱心之中，关键是不要让那些不该说的话脱口而出。

第一，当孩子做错了事或没有达到自己的要求时，家长要冷静一些，要弄清孩子的动机和行动缘由，再加以引导，帮助孩子找原因，以利于孩子改正错误或下次努力成功。

第二，教育孩子要有针对性，就事论事，一事一议。许多家长批评孩子一件事时喜欢把孩子从前的"历史问题"和"陈年旧账"都抖搂出来，唠叨个不停，大有不让孩子灰心丧气不罢休之势。

第三，对孩子要求适度，不要过分严格。在过分严格的背景下长大的孩子，往往缺乏自尊心，有过分依赖的心理。当然，对待孩子的缺点是不能放纵和姑息迁就的，适当的批评也是必需的。

第四，批评孩子要注意场合。不要在大庭广众之下粗暴地讽刺、挖苦和训斥孩子，要给孩子自尊，给孩子留面子。

第五，对孩子取得的成绩和进步，哪怕是再微不足道，也应及时给予表扬和肯定。不要拿别的孩子和自己的孩子相比较，不要让孩子产生自卑心理。

【情景提示】

对于本情景而言，妈妈要先稳住自己的情绪，然后平和地告诉孩子你为什么会对他的表现感到失望。批评应针对孩子的行为而不是人格，并指出正确的行为方式。妈妈可以说，"我看你根本没在写作业，我们定一个时间，写完后你就可以尽情地玩，你看好不好。"必要时，妈妈还可以强调一下这种错误行为的后果。告诉孩子："如果你不能在半小时内把作业写完，就赶不上看你最喜欢的动画片了！"让孩子知道自己不做好作业对自己的影响。

🖌 故事启读

永远不要贬低孩子

比尔·盖茨从小就喜欢顶撞家长蚪被家长称作"爱争论的小男孩"。他的母亲是位严格的家庭教师，总是对他提出这样或那样的要求。小比尔从11岁起，就不断与母亲发生冲突，甚至冲着母亲大吵大闹。有一次，当小比尔与母亲争吵时，一向脾气好、有教养的父亲老盖茨发怒了，将一杯水泼到小比尔的脸上。

家长们怀疑小比尔心理有问题，于是去找心理医生咨询。心理医生告诉他们说，这正说明比尔想爆发一场反控制的"独立战争"。心理医生建议家长减少对小比尔的干涉，充分尊重他的自主性，并共同研究了教育小比尔的策略。

鼓励孩子去做不擅长的事情。着重培养孩子的大胆、坚毅、自省的品质。

学会与家人共同分享观点。一定要与家人共进晚餐，餐桌是全家人进行交流的阵地，是相互沟通的信息平台。

支持孩子的尝试。即使是明知行不通的事，也不要轻易否定，而是让他碰了钉子后，自我觉悟。

要做孩子的忠实粉丝。让孩子从小就感到，自己的任何一点成功，永远都会得到大人的欣赏。

最后蚱比尔·盖茨成功了。有人问比尔·盖茨的爸爸是如何成功教育孩子时，他只说了一句话：永远不要贬低孩子！这一点很重要。

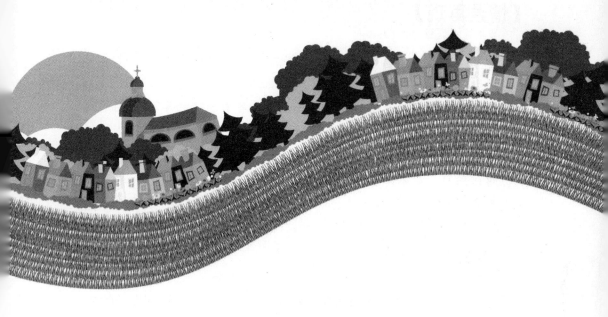

2. 揭孩子短的话——

小时候就笨，上学了还这么笨

类似话语：

冤枉你啦，不好还怕说
忘了你作业写不好就抹眼泪
笑话人家考得不好，忘了上次你不及格了

【情景再现】

阳阳原本是个非常开朗乐观的孩子，可是最近他却总是闷闷不乐，和妈妈一起外出时，一遇到熟人就躲到一边，不愿靠近。这不，又遇到了妈妈同事带着她的小孩，她们聊着各自孩子的学习情况，阳阳妈妈说："阳阳你来，你看佳佳比你还小几个月呢，人家次次考试得双百，你也跟人家比比，真是，小时候就笨，上学了还这么笨。"类似的话阳阳已经不知道听过多少次了，这一次他又低着头一声不吭地走开了。

情景分析

阳阳妈妈这种对阳阳的当众揭短的行为是造成阳阳郁郁寡欢的主要原因。成绩考得不理想，并不是孩子所期望的，孩子都是追求进步的，而且都有自尊心，家长一句鼓励的话语会令孩子信心大增，而一句否定的话语则会击溃孩子自尊的心理防线，如果家长错误地将别的孩子的长处与自己孩子的短处相比，将会使孩子的自尊心严重受挫，在众人面前抬不起头来，无地自容，甚至会因此产生自卑、嫉妒和逆反的心理问题。

【情景探讨】

阳阳妈妈所犯的毛病，在好多家长身上常有，他们全然不顾孩子的感受，一味地数落孩子的不是，这种类型的家长念念不忘孩子的短处，一有机会就将孩子的短处挂在嘴边，拿自己孩子之短比别家孩子之长，以为这样就能唤起孩子的觉醒，奋起直追。殊不知，这种比较的结果恰恰相反，一些心理承受力比较脆弱的孩子，在家长的数次比较后，会对自己完全失去信心。

强强在同龄的小朋友中，属于身材比较矮小的那种，多年来孩子的健康问题一直是强强妈的心病，在强强上幼儿园的时候妈妈就曾叮嘱幼儿园阿姨："我们孩子长得小，体质弱，多关照些。"转眼强强到了上小学的年龄了，可是妈妈对他还是放心不下，孩子这样瘦弱，在学校里还不得受气呀！

上了小学，为了强强能得到老师的格外照顾，妈妈又对班主任老师说了同样的话，并且时常叮嘱强强，不要和同学一起跑闹，做各种运动的时候要小心。

半学期过去了，学校要举行低年级同学的趣味运动会。看着那些吸引人的项目，强强也跃跃欲试，强强主动为自己报了参赛项目，回到家却遭到了妈妈的强烈反对："你体质本来就弱，谁要是把你不小心绊倒或你自己摔倒了怎么办？"可是任凭妈妈怎么说，这次强强坚决要参加。

没想到，第二天放学，妈妈当着好多同学的面对老师说："我们孩子不能参加运动会，他体质不好，两岁时还走不稳呢！"一句话，引得周围同学哄堂大笑，羞得强强大哭。

其实，强强妈妈的这种担心完全是多余的，孩子学走路晚，不等于长大就会有运动方面的缺陷，而且先天体质弱完全可以通过体育锻炼使身体强壮起来，如果一味束缚孩子手脚，不让其参加适当的体育锻炼，会使孩子体质更差，这是强强妈妈犯的第一个常识性错误；更为关键的是强强妈妈当众揭强强的短，使他成为同学们嘲笑的对象，严重伤害了他的自尊，让他在同学面前抬不起头来。

在对孩子的教育中，家长应对孩子的短处或学习上的问题有正确的认识和引导，既不要说伤害孩子自尊心的话，也不要一味地埋怨不停。事实上，往往是家长越埋怨，孩子越烦，甚至失去进取心，最终自暴自弃。

当众揭短对孩子会产生很多不良的影响，是家庭教育的大忌，家长必须以理智的心态面对孩子的缺点和短处。

第一，尊重孩子的人格。孩子在好多事情上都有自己的感觉和立场。家长必须认清这一点，才能让孩子心服口服。日本作家池田大作说过，"尊重孩子的人格，孩子便学会尊重他人。在家里，家长要从小把孩子当做独立的社会人来养育。这样培育出的孩子，走上社会就能够成为独立的社会人，并具有'后生可畏'的劲头。"对孩子的教育只有建立在尊重人格、维护尊严、保证权利的基础上，才可能培养出自尊、自强的孩子。

第二，适当强化孩子的优点，弱化缺点。对孩子的优点家长要及时给予肯定，对孩子的缺点和短处应尽量施以正面的引导，不应当众"揭丑"或当着别人的面训斥、指责孩子，使孩子处于难堪的境地。

第三，要掌握批评尺度。家长要掌握好批评孩子的尺度，要就事论事，不可以无休止地一味指责，甚至搬出一些陈年旧账，这样会让孩子感到厌烦。要让孩子了解责备他的原因，以利于他的反省与改进。

第四，家长要控制自己的情绪。要知道物极必反的道理，加强自我控制，始终保持理智和清醒的头脑，不要因为一时冲动将孩子推向极端。因为家长气急之下说出的话很可能会对孩子的教育起反作用，直接导致教育的失败。

第五，向孩子坦承自己的错误。家长应对自己误解或无意中伤害孩子的行为道歉，让孩子从中得到教益，学会认真做人，也学会宽恕别人。

家长在孩子面前的言辞应该经过大脑"过滤"，以什么方式说孩子能接受，说什么能起到好的效果，这需要家长的思考。尤其对于处在青春期的孩子来说，思想中叛逆、敏感的因素在不断发展、膨胀，一不小心惹急了他，就会将其推向极端，弄不好将会影响孩子的一生。

【情景提示】

孩子自身的一些短处，有的是孩子天生带来，不可改变的，有的是后天形成的，是可以改变的。孩子身上的缺点，有的是人的本性所决定的，有的是家长管束不当积累起来的，还有的是受外部环境的影响而产生的。家长应宽容地接受孩子的短处和不足，尽量挖掘孩子的优点和长处，然后鼓励孩子朝一个最适合自己的方向快乐地成长。

就本情景来说：对孩子揭短的做法是完全错误的，对孩子存在的问题，妈妈应站在孩子的立场考虑，维护孩子的自尊心，对孩子提出鼓励性的建议。妈妈可以这样说："阳阳这次考试虽然有些意外，但是基础还是比较牢的，我相信凭我们阳阳的聪明与勤奋下一次考试一定会取得好成绩的。"

🖌 故事启读

我为你骄傲

几个孩子扔石子玩的时候，一个孩子不慎将一位老奶奶家的玻璃打碎了，由于害怕，这个孩子没敢承认。他每天都要给那位老奶奶送报纸，而老奶奶每次见到他总会面带微笑跟他打招呼，这令他非常愧疚与自责。于是这个孩子决定把送报纸的钱攒起来，给老奶奶修理窗户。这个孩子用三个星期的时间攒了7美元。他将自己真诚的歉意写在便条上，连同那7美元一起寄给了老奶奶。第二天老奶奶微笑着送给了他一袋饼干，里面附有一张纸条，上面写着"我为你骄傲"。

孩子在老奶奶的微笑和鼓励下承担了自己的错误，并体会到了改正错误后的轻松与愉悦，他在内心里感谢老奶奶给了他改正错误的机会。

3. 轻视孩子的话——

小孩子，你知道啥

类似话语：

小小年纪，还隐私呢
小孩子问那么多干什么
大人的事小孩别管

【情景再现】

盈盈的爸爸妈妈准备换新房子了，这回买的房子是三室一厅的，爸爸妈妈带着盈盈一起去装潢公司选择装修方案，一位设计师接待了他们。爸爸妈妈和设计师就装修的格局和房间的色彩搭配问题认真地探讨着，完全没有注意到身边的盈盈。在说到房间喷涂的色彩时，盈盈插嘴道："让我也看看吧！我的房间要粉红色的。"妈妈连忙拉开盈盈说："小孩子，你知道啥？"

情景分析

"小孩子，你知道啥？"这是中国式教育中家长常说的话，也是家长内心特有的错误观点，是对孩子独立人格的一种轻视。家长们往往会认为孩子的年龄小，他们的思想和看法不值得作为参考，而且大人说话，小孩子在一旁参言，是一种非常不礼貌的行为，是对大人们的不尊重。实际上尊重是相互的，应该让孩子享有和家长一样的话语权，因为孩子对家庭事务的积极参与，将会有效地锻炼孩子分析和解决问题的能力。

【情景探讨】

孩子到了一定的年龄阶段，有了自己的喜好、看法和见解，希望有和大人平等的发言机会，来表达自己的想法，并想从家长那里得到一种认可，表明自己有解决问题的办法。这个时候，如果家长对孩子的话不屑一顾，表现出轻视孩子的情感，则会挫败孩子的积极性，使孩子受到伤害。

这次考试立新取得了进步，由班级的第25名提升到第18名，这对立新来说并不容易，他付出了不少的辛苦和汗水，立新的愿望就是能得到爸爸的认可。可是这一次又超出了他的想象。

当立新兴奋地将考试成绩汇报给爸爸妈妈时,爸爸很轻蔑地哼了一句:"这就满足了,18名的成绩也值得你骄傲?"立新的微笑立刻凝固了,他茫然了,失望了……

立新向他的同学袒露过自己的心声:"我爸爸待我冷冰冰的,我无论怎样他都不满意,我一想到他对我说话时不屑的样子就什么学习激情都没有了。"

孩子希望得到家长的认可,因为他们觉得家长是他们最亲近的人,也是对他们而言最有权威的人,连家长都瞧不起自己,生活对其而言就失去了意义,一切的努力和付出也将是徒劳的。对孩子来说,家长的一句表扬、激励的话会给孩子带来无限的动力,因此,家长绝对不应对孩子持轻视的态度,一定要不吝惜对孩子的赞美之辞。

实际上,年龄越大的孩子自尊心越需要呵护,尤其对处于青春期的孩子来说,他们此时更需要家长的理解与尊重。

健华已经是初三的学生了,爸爸妈妈特别关心处在这个关键时期的孩子学习情况,生怕会有影响孩子学习的干扰因素出现,因为健华妈妈同事家的孩子就是在这个时候出了情况,和班里的一个女生谈上了恋爱,原本可以稳上重点高中的孩子只考了个非重点校,所以妈妈觉得这个时候必须对孩子盯得紧点。

妈妈看到这几天健华比较喜欢照镜子,而且连续两天都有同学晚上打电话到家里来,会不会有什么情况呢?她把自己的猜测和健华的爸爸说后,健华爸爸只抛给她一句"你是神经过敏",忽然,家里的电话又响了,健华在自己的房间里接起了电话,是谁总给他打电话呢?妈妈开始琢磨起来,她顺手拿起了自己房间里的分机,想听一听。这时那边的电话也随着挂断了,健华走了进来问妈妈:"妈你这是干什么?还偷听我电话?"妈妈忙解释说:"我怎么是偷听,我是你妈,是关心你。"健华说:"可是,你这样做是侵犯我的隐私权!"妈妈一听急了:"你小小年纪还有隐私呢?你的任务就是学习,告诉你不许和女同学走得太近了,知道不?"

健华一听急了:"和你简直讲不通道理,我根本没有和女同学通电话！”说完生气地走了出去。

孩子们逐渐长大了，他们特别在意家长对自己的尊重，他们不愿像小时候那样凡事都听家长的，为家长的思想所左右，对于一些事情他们执拗地保留着自己的见解与想法，希望有一个属于自己的空间与平等权利，可是家长们无视孩子的一些权利，轻视孩子的存在和想法，采取主观地压制政策，严令禁止他们做一些事情时，他们敏感的神经将会被触动，然后就会寻求释放自我的方式或有力的反击手段，这就是孩子的逆反心理在作祟，你不让我向东，我偏向东，家长要和他顶牛的话，他就会跟家长对着干。

家长切不可对孩子施以轻视的态度，要让孩子认识到自己在家长心目中的地位。

第一，让孩子享有与其他家庭成员一样的平等参与家庭事务的权力。为孩子营造一种民主、和谐的家庭环境，在对家庭的事务进行决策时，要鼓励孩子参与，家长可时常问孩子："你觉得这样好吗？""你是怎样想的？"要允许孩子对自己的一些事情做出选择和决策。可以问孩子："你想画画还是弹琴？""星期天你想怎么安排？"等，给孩子独立思考和表达见解的机会。

第二，给孩子一个属于自己的空间。家长面对孩子的一些正常活动和人际交往问题，不应过多干涉，应该给孩子信任和理解。对于孩子合理的要求要体谅和满足。比如，孩子提出要和同学去郊游，在对其安全性与参加成员进行确认后，可以放手让他去。并且家长不应以窥探的方式对待孩子的隐私与秘密，更不应凭主观想象对孩子妄加猜测，而应放宽心态，将孩子的一些表现视为其走向成熟的正常现象。

第三，尊重孩子的兴趣与选择。孩子一旦对某个事物产生了兴趣，就会迷恋它、注意它，并且积极主动地去探索它。家长应以孩子的兴趣为出发点，善于启发引导，让其发挥最大的潜力，才能得到更好的教育效果。

第四，要学会做孩子的朋友。家长应多参与孩子的活动，成为孩子最知心的伙伴和朋友。家长应像对待朋友一样对待孩子，在言谈举止中给孩子的感受应是他们彼此在同一视平线上，从简单的动作表情到教育方式的运用上都要体现与孩子的平等，这样才能实现最佳的亲子沟通。

【情景探讨】

孩子也是有自尊心的，由于年龄的原因，他们的承受能力远远低于成人，如果连自己最亲近的父母都会对自己做出轻视的举动，这足以让他们沮丧、伤心，甚至失望。而好多家长却不考虑孩子的感受，认为自己的孩子，说得轻一点重一点都没问题。这种非正面教育，使不少孩子对自己丧失了信心，或与父母产生了隔阂，许多轻视孩子的话语不仅没能促成其进步，反而阻碍了孩子的成才与上进，让孩子离家长的希望越来越远，与家长的心理距离越"走"越远。

就本情景来说：家长应该鼓励孩子一起出谋划策，家长可对盈盈说："你真棒，你的主意不错，让我们再听听设计师的意见吧？"

故事启读

冠军的选择

我国体操界最杰出的运动员李宁，小的时候爸爸为他选择的职业是唱歌，想让他在这条道路上有所发展，可是当父亲发现小李宁对体操的热爱近乎痴迷的时候，他尊重了小李宁的选择，给予了小李宁最大的支持与帮助，所以才缔造出体操史上51枚金牌的神话。

与李宁类似的，曾在冬奥会短道速滑项目中夺金的杨扬，从小父母为其选择的是几项文艺特长，但她却对这些都毫不感兴趣，偏偏对体育情有独钟，父母在经过深思熟虑后尊重了孩子的选择，这才成就了其勇夺冬奥会冠军的壮举。

每一个孩子都有其自身的成长规律，只有尊重这一规律，给孩子充分的自由发展空间，才能调动孩子内在的发展积极性，才能使孩子取得更好的成绩。

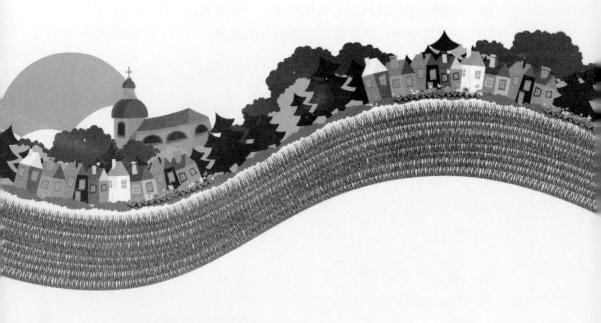

4. 威胁孩子的话——

我再也不管你了，随你的便好了

类似话语：

再哭妈妈就不要你了，把你送人算了
敢连我的话都不听，你不要后悔
你可是我养大的，有本事别让老子养着你呀

【情景再现】

上初二的李嘉最近一点儿也不听妈妈的话。今天在学校课堂上捣乱，老师批评她，她又不服老师的管教，没办法，放学后老师把电话打到妈妈这里。妈妈问李嘉是怎么回事，李嘉好像是故意气妈妈一样，就是不配合，而且还和妈妈吵了起来，让妈妈不要管她的事。妈妈气得没办法，和李嘉大吵："好，我再也不管你了，随你的便好了，你最好别管我叫妈，也别回这个家。"

情景分析

有人说，上初二的孩子不把家长气个半死他心里不舒服。为什么？因为上初二的孩子一般正是青春期逆反阶段。这时候的孩子情绪躁动，不气气人，不弄点事，他的躁动无法释放。所以做家长的在这个时候就更应该理解孩子。一方面，用威胁性的语言来"管教"孩子，让孩子感到恐慌，会严重影响孩子的心理健康；另一方面，有许多时候威胁孩子的话是不管用的。特别是经常拿一种话语来威胁孩子时，他也就不把这些话当回事了。

【情景探讨】

在一个逐渐限制家长体罚权的现代社会里，家长很可能将失落的体罚权改成语言虐待，通过粗暴的、羞辱性的、威胁性的语言来"管教"自己的孩子。家长把孩子当成自己的私有财产，剥夺孩子的自主可能。比如，家长对很小的孩子说："你再不听话，把你扔掉。"对年龄较大的孩子，家长说："你吃我的，用我的，你有什么资格对我说这些话。""这个家里我说了算，你给我闭嘴。"有些家长口无遮拦，似乎不说出"死"字就不过瘾似的，让孩子极度恐慌，比如，"看你这么不争气，我一头撞死算了。""就得这点儿分还有脸回家吃饭，死了得了。"

面对无法承受又不得不承受的语言虐待，孩子必然会通过各种病态心理将内心的委屈反映出来，而最后的苦果还是要家长自己来承担。生活中，不乏家长威胁孩子，孩子做出极端的事情的例子，这方面的教训是惨痛的。

对年龄小一点的孩子，家长的威胁恐吓会伤害孩子幼小的心灵。

一位妈妈在路边哄着几岁的孩子。小孩子不听劝，拼命地哭。母亲说好话，给他东西，都不管用。最后，母亲实在不耐烦了，大声说："你还哭不哭？再哭我就走了！"并做出要走的样子。孩子哭得更凶了。妈妈二话不说，扭头就走。孩子见妈妈真的走了，不要他了，慌了神，赶紧追上去，边哭边喊："妈妈，不要扔下我，我不哭了……"

这位妈妈的心情是可以理解的，但是非这样对孩子不可吗？父母是孩子最依赖的人。孩子从出生起，就对父母有着天生的眷恋，同时也有着没有父母就不能生存的潜在不安感。不管孩子是否懂事，他的心里，都经常有"爸爸妈妈会不会不要我"这样的担忧。

在这种心理背景下，我们再经常对孩子说"你不听话妈妈就不要你了"之类的话，他的潜在不安会加剧。孩子毕竟是孩子，他有时并不明白父母只是为了哄他而说出恐吓的话，并非真的不要他或不爱他。作为父母，应该明白，恐吓和威胁是一种很愚蠢的手段，它不但不能让孩子变得听话，而且还会伤害孩子的心灵。如果不想毁掉孩子，就不要恐吓他。

我们在医院经常看见一些孩子看到医生就死命地哭，什么原因？还不是妈妈经常用医生打针来吓唬孩子，看到医生了，孩子能不害怕吗！一个怕医生的孩子，生病的时候怎么能和医生很好的配合呢。

家长也抱怨，孩子怎么就不听话呢？很多时候，家长越是出于民主的让步，孩子越是变本加厉地坚持自己错误的行为。于是有的家长便不断使用威胁语言"你再……我就……"可是这样雷声大雨点小的威胁能起作用吗？

每天放学回家小强的第一件事一定是扔下书包打开电视看动画片。奶奶怎么叫他吃饭他就是坐着不动，叫的次数多了他就要求把饭菜端到茶几上边看电视边吃。奶奶气急了就会说："你看吧，看那个就饱了，甭吃饭！"然后就听小强不紧不慢地回："不吃就不吃！"

显然这样的威胁对小强没起任何作用。原因在于这样的做法本身构不成任何威胁，潜意识中或者他们认为"奶奶不可能不让我吃饭"。

如果家长态度不强硬或者孩子看不到家长有什么实际制止或惩罚的行动，孩子反倒认为家长其实是在默许他，至少家长的限度是可以放宽的，威胁的结果可能是让孩子越来越不听话。

威胁孩子其实反映出来的是家长的无能和无理。那么，不说威胁孩子的话，孩子犯了错误应该怎么办呢？

第一，坚持始终如一，说到做到。

"始终如一，说到做到"，这是家长教育孩子的八字箴言。别看孩子小，他们的思维方式可是很有逻辑性的。他们会认为："如果爸爸妈妈没有说到做到，那他们的话也就可以不听了。"所以，在规范孩子行为方面，我们的规则可以很少，但一定要坚持贯彻到底。永远不要对孩子说一些你根本不会做到的威胁的话，什么"我不要你了"，除非你真的能做到。

第二，不给孩子"恶果连锁反应"。今天的孩子大多都是独生子女，他们普遍经不起挫折，家长用打骂教育的少了，但用言语威胁的多了。家长的语言威胁会在孩子那里形成"恶果连锁反应"，假若家长经常使用这种威胁的语言和要挟的手法，那么孩子最终会形成一个糟糕的心理机制：他一看到一个小问题的产生，立即就担心一个很大的恶果出现，于是对这个小问题非常恐惧。

【情景提示】

威胁容易削弱管教的效果，威胁就等于试探，而试探就意味着孩子可以不听家长的话。只对孩子进行威胁，却从来不去执行，这种做法会很快毁掉家长的威信。

就本情景来说，妈妈应该理解青春期的孩子，心平气和地指出孩子的错误所在，不做更多的批评，可以把事情的结果给孩子，让孩子知道这样做会出现的后果。也可以给孩子一个反思的时间，等事情过去了，孩子心态平和了，找到合适的时机再和孩子谈，让孩子认识到自己的错误。

故事启读

剁下自己的手指

有个上小学五年级的女孩，爸爸工作忙，每天很晚回家，妈妈是个麻将迷，家中"方城大战"常开，逢个双休日更是通宵达旦，因为输赢还经常吵个不休，害得孩子功课也没法做。有时孩子问学习上的事，妈妈总是不耐烦的怪她上课没有注意听讲，或者干脆敷衍了事打发她，她的学习成绩也因此受到了影响。孩子常常抱怨妈妈"只晓得搓麻将，不知道管我"。一次孩子要交几元钱，向正在修"方城"的妈妈要，妈妈手气正不好，很不耐烦地说没有。第二天，女孩又和玩麻将的妈妈说起交钱的事，妈妈就威胁孩子说："没有，再要钱手指头给你剁下来。"女孩也一时激动，跑到厨房拿起菜刀就把自己的小手指剁了下来扔到妈妈的麻将桌上，对妈妈说："手指剁下来了，把钱给我吧。"女孩的手后来到医院接上了，但在女孩的心里却留下了永久的疤痕。

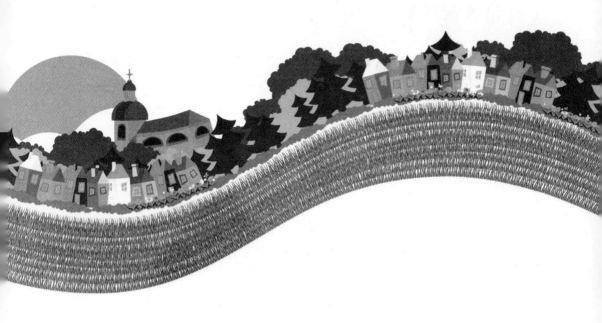

5. 强迫孩子的话——

为你花了这么多钱，你一定要坚持到底

类似话语：

再不好好表现，老师就不喜欢你了
你别异想天开，想怎么样就怎么样
不允许就是不允许，没有理由

【情景再现】

10岁的小晓已学习钢琴两年了。每天下午放学，必须先练一个小时钢琴，然后做功课。星期天上午到老师家里学琴，下午还要学英语。小晓对弹钢琴没有兴趣。他看见钢琴就讨厌，有几次都想把钢琴砸掉，几次反抗："我不弹，我不要学。你打死我，我也弹不好。"但妈妈却不顾他的兴趣与反抗："我说不行就不行！一定要学到底。已经学了两年了，花了这么多钱。你应该争气，把琴学好！今后每天不弹熟练习曲，就不许出去玩！"孩子无奈，为了断掉家长要他学琴的念头，有一天在放学回家时，他用石头砸伤了自己的一根手指。

情景分析

造成孩子不愿学习钢琴的原因应该从家长身上找。10岁的孩子还正处于"玩"的年龄阶段，每天剥夺一个小时的时间来让孩子干一些机械呆板不愿意做的事，使孩子失去童年的乐趣，孩子肯定是不愿意的，久而久之，孩子就会产生厌烦甚至憎恨练琴的心理，加上家长的高压强迫，从而导致了悲剧的发生。如果家长继续强迫发展下去，一方面孩子会由于心理上的需要受到压抑而变得性格内向、脾气古怪，影响其他能力的发展；另一方面可能会影响孩子对其他知识学习的好奇心和求知欲，产生厌学心理。到头来，很可能是钢琴没有学好，学业也受到了影响。

【情景探讨】

我们做家长的总是觉得，我们让孩子做的一切都是为孩子好，是为孩子多学知识、多学技能，将来能有个出息。所以就单方面按照我们的意愿强迫孩子做不能做的、不愿意做的事情。

因为孩子已经一岁了，按照有些书上说，孩子可以不用奶瓶喝奶喝水了，应该开始训练他拿水杯了。于是爸爸妈妈就对孩子开始了"牛不饮水强按头"的魔鬼式训练，强迫孩子拿水杯喝水。如果孩子不用杯子喝水或喝奶，就渴着或饿着。孩子一天只喝几口果汁。妈妈实在心疼孩子，夜里偷偷喂了孩子一瓶奶，结果还被孩子的爸爸说前功尽弃了。

还有一个妈妈在孩子尚未上小学一年级之前，每天晚上检查功课，她手里拿个橡皮擦，一边骂，一边擦。孩子一边流泪，一边重写，每天擦了写，写了擦，一直写到工整为止。孩子一到晚上就战战兢兢，很担心写的字会不过关。孩子稍表现出来不想写字，妈妈就用"这是为你上学打基础，这是为你好"之类的话来教育孩子。这个妈妈"为了孩子好"，不顾长辈及孩子爸爸的求情，一直继续扮演严母角色。

强迫孩子去做自己能力达不到的事情，或必须付出很大的努力才能达到的事情，这样会给孩子带来很大的心理压力。妈妈们没有想到，有些事情对孩子来说长大一些自然就会了。可是我们却在孩子还做不了这些事时强迫孩子去做。

许多从小天赋很好的孩子最后却没被教育成才，原因之一就是这些孩子的家长总是对孩子提些不切实际的要求，强迫孩子做自己不喜欢做的事，最终引起孩子的逆反与怨恨，导致家长越是让孩子干什么孩子越不干，孩子天赋没有发挥出来。

第一，家长不可强迫孩子学习。年轻的家长望子成龙心切，在儿女的智力投资上不惜一切。为了孩子学知识、学技能，把几岁，十来岁的孩子锁在书桌旁、钢琴前、培训班里学画画、写字、弹琴、奥数、英语、作文……而且还硬性规定每天必须画几小时，写几小时的字或弹几小时的琴。孩子们怎么会受得了呢？十来岁孩子正是对外界一切都感到新奇，最好玩的时候。于是他们能做的就只能是逃避。家长发现后，当然少不了要挨一顿训斥；还得老老实实地又坐回去："你再跑，看我不打断你的腿！"

第二，家长不可过分管束孩子。为了自己的孩子学有所成，家长对孩子实施一定的管束是十分必要的。但要做到管之有方，管之得法，管之有度。要给孩子一定的自由时间和空间，不要过分看管，孩子自己能做的事、自己能管的事就让其自己做、自己管。家长管理孩子决不是越严越好，越苛刻越好，而是要"管放两相宜"。

第三，做慈爱的家长不做命令式的首长。家长命令或强迫孩子去做事情，是在显示家长的权威，而这种权威无非是身份、年龄或体力的差别，孩子当然无法在这些方面去与家长竞争，然而孩子的反抗心理却与日俱增。命令孩子做事不是一个可取之法，这往往会导致孩子产生逆反心理，不但收不到好的教育效果，反而会适得其反。因此，当家长想命令孩子干什么时，一定要先想一想：孩子不是自己的士兵，我们是家长不是首长。

第四，疏导孩子成长。对孩子的强制命令往往收效并不大，因为孩子没有弄清楚为什么要这样做或为什么不能那样做。很多成功的家教验证了这样一种有效的方法，那就是疏导远胜于强制。孩子是棵小树，家长应当精心扶植、疏导成长，而不应严加捆绑或随意修剪。否则，只能把孩子培养成符合家长意愿的、仅供观赏用的"盆景"。

【情景提示】

就本情景而言，孩子真是对学习钢琴没有一点兴趣，无论如何也学不下去了，家长就应该考虑让孩子放弃学习。家长给孩子压力一定让孩子学，孩子在学习过程中也是对付、应付，也起不到真正学习的作用。与其这样浪费时间和精力，还不如让孩子学习一些他喜欢学的内容。

在物质生活极大丰富的今天，孩子们的成长过程中出现了一些矛盾的现象：房屋的空间越来越大，心灵的空间越来越小；外界的压力越来越大，内在的动力越来越小，这些矛盾常常让孩子觉得茫然。对此，家长一定要当心，给孩子足够的自由，对一些无关紧要的事情，少管或不管，让他们养成独立生活的习惯；同时，避免他们因这些小事产生逆反、对抗心理，从而拒绝家长对他们的管教。

不敢摘帽子的男孩

　　一位爸爸因为自己做学生时没有好好学习，成年后只好开出租车谋生。他下决心要把自己的孩子教育好，让孩子有个好成绩，为此他做了很多努力。孩子上幼儿园时，他就领着孩子背诵三字经、百家姓、小学课本里的古诗词。上小学一年级后，他每天给孩子安排一大堆的学习任务：背古诗、学奥数、念英语、写作文。只要听说哪个地方的培训班好，不管是什么内容，只要是与孩子学习有关的，就领着孩子去学。孩子每天放学，爸爸就把车交给别人，他就专心陪孩子学习，每天要求必须背会多少学会多少，背不下来不能休息。为了帮助孩子学习，他每天也和孩子一起背诗一起学奥数。孩子背多少他背多少。孩子上小学二年级就把中学应该学习的诗词、古文都背下来了。上三年级就开始学初中的数学了。孩子学习成绩确实不错，在班级总是排第一名。奥数、英语也都获了奖。但孩子上二年级时由于压力过大，头发全都脱掉了，治了一年也没长出多少，每天只好戴个小帽子，从不敢摘下来。由于天天坐着学习，孩子的身体佝偻着，个头也比同龄孩子矮不少，像没长开似的。

　　有亲戚和老师劝他不要给孩子施加这么大的压力，他总觉得孩子学习是正事，自己学习没学好受到了影响，绝不能让孩子再因学习不好受影响。

　　强迫孩子做本不该他那个年龄做的事，孩子虽然做了，但对孩子身心的负面影响是难以挽回的。对孩子来说，身心的健康真的比学习更重要。

6. 否定孩子的话——

别想那些没用的事，你不行

类似话语：

天生不是学习的料
你怎么越学越完蛋
这点儿事都做不好，你还有什么用

上小学三年级的彤彤放学回到家，喜滋滋地对一旁忙碌的妈妈说："今天老师对我们讲每个孩子都要有远大的目标，他说将来的科学家、文学家、画家就有可能出现在我们中间，我们还每个人都谈了自己的理想。我的理想是做一名画家。"妈妈头也不抬地说道："哎呀，咱们家没有那个遗传基因，你看你画的猫，简直是四不像，好好学习吧！快别想那些没用的事了，你不行！"

情景分析

彤彤妈妈对孩子理想和上进心的否定，会严重影响孩子的进取心，实际上并不是每个成功的名人名家都会有相关的遗传基因，后天的努力对人的成长起着至关重要的作用。随着妈妈的一句"你不行"，孩子美好的梦想和对未来的憧憬将会被击得粉碎，使其丧失前进的航标，使自己的人生流于平庸。

【情景探讨】

孩子有远大的理想本应得到家长的鼓励与支持，而我们的孩子很多是在家长的否定与呵斥声中长大的。事实上，否定性语言对孩子心理上的伤害程度甚至会超过对孩子身体上的摧残，因为，身体的伤害是暂时的疼痛，而心灵的伤害却是永久性的，因此，家长要切记：不要让自己无意中的一句否定话语影响到孩子的心理乃至祸患孩子的一生。

小雅是个活泼爱动的小女孩，她天资聪慧、爱好广泛，画画、唱歌、跳舞都是她的专长，妈妈说弹钢琴可以陶冶人的情操，是一门高雅的艺术，因此从小给她报了钢琴班，每到星期天，妈妈都会陪她去老师家学琴。

一开始，她学得很快，不到两年时间就拿到二级证书，这可把妈妈高兴坏了，以为孩子会沿着自己为她设计的路线一直顺利地走下去，说不定女儿将来会成为"贝多芬"或"肖邦"级的大师呢！为了方便女儿学习，她省吃俭用，特意买了钢琴，可是不料孩子的学习在这时却停滞不前了，这可把妈妈急坏了，为此她常和小雅发脾气："我花了这么多钱培养你弹钢琴，你就弹成这样，你对得起我吗？"妈妈越是这样说，小雅的心理压力就越大，弹琴时就越紧张，弹得就越不好。钢琴老师也说她不但没有进步，反而退步了。

　　小雅的琴越弹越糟，气得妈妈火冒三丈："我让你弹钢琴，你却在像弹棉花，还指着你成为钢琴家呢，我看你算完了……"几句话，把自尊心极强的小雅说得痛哭流涕，她觉得自己的未来真的是没指望了。从此，她再也不像以前那样活泼、自信了。

　　孩子在学习或生活中遭受挫折和困难时，家长不应采取不耐烦的态度与否定的语言对孩子进行打击。因为做不好，孩子本身也会心情烦躁，此时家长如果再以否定的语言粗暴地打击孩子的积极性，孩子就会因此失去兴趣与信心，进而导致自卑心理的形成。家长应该适时采取体谅和安慰的方式，让孩子消除顾虑，一身轻松地投入到学习中。

　　事实上，家长的一句鼓励性的语言对孩子的作用是无穷的，它会令孩子信心十足地拿出战胜困难的勇气。家长的理解、肯定与激励是孩子产生自信与动力的源泉。

　　不否定孩子就是要多肯定孩子。

　　第一，多给予孩子正面的表扬。家长正面的表扬将会使孩子提高自我约束力，改掉现有的坏毛病，给孩子肯定，是帮助孩子成长的一个最重要方法。事实上，有足够自信的孩子，才会更懂得管理自己、约束自己，做好自己应该做的事。

　　第二，抓住对孩子来说关键的"价值点"。"价值"是最关键的推动力所在。和孩子沟通要抓住孩子真正关心的问题：这样做会得到或者失去些什么。抓住这些孩子在乎的价值才会对孩子起到有效的说服作用。家长在与孩子交流时应注意说话要精炼，说最简短的话，把最关键的一句话放在最前面讲出来，这也是有效沟通的关键。

第三，换个角度考量孩子。孩子所有行为的背后都有一份正向的动机，有时结果不理想在所难免，但家长要善于细心观察，发现孩子正向动机，给予孩子肯定。还可换个角度考量孩子，适当将对孩子的要求放宽，多给孩子一次机会，为孩子寻找新的解决问题的办法。

第四，给予孩子谅解、关怀和鼓励。由于孩子在成长阶段内心十分脆弱，在遭受挫折和失败时，极易受到伤害，所以家长要对孩子的心理需要高度重视，不可对孩子求全责备，应给予孩子最大的支持与鼓励，对孩子的动机、努力和善意给予谅解、关怀，从而调动孩子主动克服困难的信心和勇气。

第五，帮助孩子从失败中总结经验。家长可以和孩子一起试着从失败行为中查找出正面的意义，帮助孩子寻找做事不利的原因。要让孩子知道，在其成长过程中，不存在"缺乏能力"的问题，失败的原因往往是由于"能力暂时运用不足"。家长要使孩子得到正向的激励，帮助孩子把能力用在更有意义的事情上。

【情景提示】

一句鼓励的话语，就会使孩子信心百倍；一句粗暴的否定，足可以使他们丧失前进的动力。要根据自己孩子的特点尝试适合的教育方法，用自己的智慧开启孩子的心灵之窗。

就本情景来说：妈妈应对彤彤当画家的理想给予支持，妈妈可以这样说，"有做画家的理想很好，有远大的理想就应当为这个理想而更加努力呀！妈妈相信你会成功的！"

铭记一辈子的话

　　有位猎人救了一只小熊，母熊做了许多好吃的东西感谢猎人。饭后，母熊问猎人饭菜怎么样。猎人说："饭菜倒是蛮香的，只是你身上的气味太难闻了。"母熊伤心地递过一把斧头："你用斧头砍我的头吧，算是补偿我对你的歉意！"猎人照做了，拿起斧头砍了母熊一下就走了。10年后，猎人又遇到了母熊，问道："你头上的伤好了没有？"母熊说："头上的伤早好了，可是你的话我一直不能忘记，我会记一辈子。"

　　"良言一句三冬暖，恶语伤人六月寒。"身体的伤疤时间一长就忘了，但言语对人的伤害，可谓刻骨铭心。

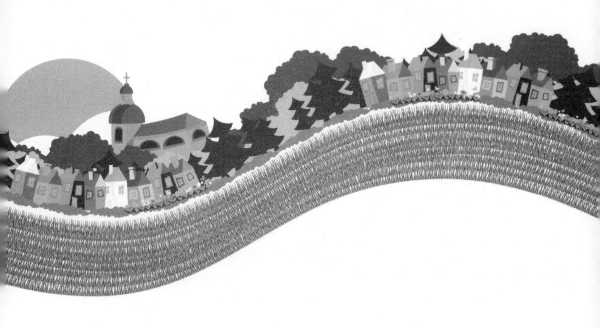

7. 误导孩子的话——

学习好比什么都强

类似话语：

别人的话你都不要信，就听我们的就行
咱家可就靠你了
别听老师瞎说，咱学咱们的

【情景再现】

周末是家里大扫除的日子，妈妈一早起来就"集合"了家里所有要洗的东西。鑫鑫看着妈妈忙里忙外的很辛苦，就凑过来说："妈妈，我今天没事，帮你吧，我们一起来收拾屋子。"妈妈忙说："作业都做了吗？预习了吗？你该干什么就干什么去，我这里不用你，你要知道你现在的任务是什么，学习好比什么都强。"

情景分析

当家长与孩子间的话题只剩下学习时，那么矛盾就会越积越深，甚至是发生冲突。"学习好比什么都强"这句话本身就是一个错误，对于孩子来说他们有很多事情要学习，不是分数高就能代表一切。家长这样说是对孩子的一个误导，有的孩子会认为只要我学习好做什么都行，孩子一旦形成这样的心理家长再教育就晚了，因为孩子的思想已经成形，或者说错误已经犯下；有的孩子认为自己学习成绩不好，什么都不是，从此消沉，做什么事都没动力了。

【情景探讨】

家长对孩子成绩的关心远远超过了对孩子心理健康的关注。家长的眼里只有成绩，为了提高成绩，倾其所有送孩子上好学校，参加各种辅导班，孩子也什么都不用做，只要学习就行。有的家长只要看见孩子坐在书桌前就高兴，孩子离开书桌就莫名地想发火。这种种表现对孩子的学习非但没有一点帮助，还会使孩子的心理发生扭曲。

晨晨的爸爸妈妈为了能让孩子好好学习可谓是费尽了苦心。自从晨晨上了初中，家里的电视就没有打开过。

晨晨在日记里这样还原她一天的生活：

"晨晨快起床了，洗脸水妈妈帮你打好了，你去洗脸妈妈叠被子，还有你的早餐在桌子上，快点吃好听英语，早晨头脑最清醒，听听英语，练习练习。"

新的一天就这样在妈妈的催促声中开始了。

还不仅仅如此，每次赶公车妈妈都会挤到一个座位给我，"坐下，好好休息一会，这样上课的时候才能精力充沛，早晨的英语你都记住了吗，背一段给妈妈听。"

不知道天天给妈妈背英语，她是否真的听懂了，我总是不耐烦地丢句少句，还常常是张冠李戴背得乱七八糟，可只要我嘴里咕噜出来的是英语，妈妈就会很欣慰。有时候觉得妈妈也很可怜。

在学校的一天是我最轻松最快乐的时候，不用再听妈妈的唠叨，要不是老师管着，我真想试试一天不学习会怎么样。

晚上回家，无一例外妈妈都会仔仔细细地问我一遍今天都学什么了，有什么作业。就连吃晚饭的时候，都不会忘记对我进行嘱咐："快点吃，一会还要写作业，今晚作业不多，就把数学练习都做了，再写一篇日记。"

如果妈妈知道我写的是这样的日记，那一定又会讲起她小时候是多么多么的苦，没有学习的时间之类的话。

写作业是一天的重头戏，只要我开始写作业，爸爸妈妈说话的声音就会降低到蚊子的分贝，我总觉得他们是在密谋什么。而且每半个小时，妈妈就会来看看我，有时候还会送点吃的东西，说是补充营养，可我知道她是在监视我，因为只要看见我没有动笔或者是没有看书而是发呆的时候，妈妈就会唉声叹气地讲一大堆道理。

要是考试考砸了，那就更糟糕了，妈妈会用绝望的眼神伴着我迎接下一次考试……

晨晨妈妈这样的家长并不少见，当今社会竞争日益激烈，每个成年人都深切地体会到了生活的压力和工作的危机，为了让孩子不输在起跑线上，家长们煞费苦心，创造一切机会让孩子学习，把学习看做孩子唯一可做的事情。

并非每一位家长都能使自己的关心变为孩子学习的动力。相反，有些家长的不当行为还会影响孩子的学习成绩。

第一，发挥分数的激励功能。当孩子学习成绩进步时，家长的肯定与表扬能使孩子体会到成功的喜悦，产生强烈的学习动机。当孩子学习成绩后退时，更需要家长的鼓励与帮助。从孩子的诸多不足中发现孩子的"闪光点"激励孩子，即使孩子某次考试一团糟，帮助他的最好办法仍然是以发展的眼光看他，鼓励他克服困难，相信他通过自己的努力，一定能迎头赶上，考出好的分数。那种否定孩子的可塑性，一棍子打死的做法，只会扑灭孩子的希望之火，使其自暴自弃。

第二，认真分析分数的真实性。有许多因素会对分数的真实性产生影响。因此，家长在分析分数时，有必要与孩子一起认真分析此次考试孩子本人甚至全班、全校考试的分数真实性。只有对分数的真实性有了深刻的认识，才能依据"修正"以后的分数来分析问题，得出正确的结论。

第三，不和其他同学比分数。孩子成绩落后在学校肯定已经感受到压力了，如果回到家，家长继续施压，会让孩子的情绪跌入低谷，委靡不振，对下一步的学习造成影响。尤其不要说"你看，某某原来的学习还不如你，现在却比你高这么多。"这种比较不但不会激发孩子的学习热情，相反，会使孩子更加厌烦。

【情景提示】

情景中母亲这样说很让孩子泄气，在妈妈眼里，孩子只有学习一件事。孩子既然已经表明自己有时间，那么不妨让孩子参加劳动，这样不但对孩子是个锻炼，也能使孩子体会到母亲的辛苦。"很好啊，今天我有帮手了。如果你的作业都写完了，那么欢迎你加入，你看看你能做些什么？要不先把你的房间打扫干净，然后再帮我做些能做的事。"

引　导

　　一位著名心理学家为了研究母亲对人一生的影响，选出50位成功人士和50位有犯罪记录的人，分别写信给他们，请他们谈谈母亲对他们的影响。有两封回信谈的都是小时候母亲给他们分苹果的事。一位犯人这样写道：妈妈问我和弟弟：你们想要哪个？弟弟抢先说想要最大最红的那个。妈妈听了，责备他说："好孩子要学会把好东西让给别人，不能总想着自己。"我灵机一动，改口说："妈妈，我要那个最小的，最大的留给弟弟吧。"妈妈听了，非常高兴，表扬了我，并把那个又大又红的苹果奖励给我。我得到了我想要的东西，从此，我学会了说谎。以后，我又学会了打架、偷盗、抢劫，为了得到想得到的东西，我不择手段。最后，我被送进了监狱。

　　一位成功人士这样写道：我和弟弟都争着要大的。妈妈说："我把门前的草坪分成两块，你们两人一人一块，负责修剪好，谁干得最快最好，谁就有权得到最大的！"我们两人比赛除草，结果，我赢得了那个最大的苹果。母亲让我明白一个最简单也是最重要的道理：要想得到最好的，就必须努力争第一。

8. 抱怨孩子的话——

我的脸都让你丢尽了

类似话语：

你真是让我伤透了心
你不小了，怎么这点事也做不好
怎么才考这么点分

　　双双的妈妈是一个很要强的人，在单位工作总是做得比别人好，多次受到表彰。在对双双的教育上也是丝毫不含糊，双双刚刚两岁，妈妈就送双双去美语学校练习说美语，大一点又开始学背唐诗。

　　周日，妈妈的同事陈阿姨来家里做客，妈妈让双双为大家背一段英文诗歌，双双就怕妈妈让自己当众表演，小脸憋得通红，磕磕巴巴地说了两句就想不起来了，妈妈再让双双说几句，双双就大哭起来。这让双双妈妈觉得很没面子，一整天都不愿意搭理双双。

　　吃过晚饭双双想看动画片，妈妈生气地说："还看什么看，不上进，我的脸都让你丢尽了。"

情景分析

　　对孩子来说"给家长丢脸"是分量很重的一句话。家长不能因为自己的面子而伤害孩子的自信心，要知道孩子的自信心是很珍贵的，一旦受到伤害会影响孩子的一生。

　　赏识促使成功，抱怨导致失败。许多父母望子成龙，对孩子抱有过高的期望，正是这份期望使得家长们对孩子严厉有加，眼睛只盯着别人孩子的长处和自己孩子的短处。一味地抱怨，使孩子失去自信，觉得自己再怎么努力在父母眼中永远都是只会给他们丢脸的笨孩子。因此，要充分相信自己的孩子，出现问题时要与孩子站到一起共同面对，同孩子探讨解决问题的方法，让孩子尝试成功和失败，增强自信增加经验。

【情景探讨】

　　有的孩子一件事没有做好，家长就说孩子怎么这么笨；孩子平时有些胆小，就说孩子是个胆小鬼；孩子一次考试成绩不佳，就说孩子怎么这么没用；孩子偶尔一次失误，就指责孩子怎么这么不争气。这样下去，久而久之，一个各方面表现本来不错的孩子，也会在一片抱怨声中失去应有的上进心。

奇奇5岁的时候，已经学习美术一年多了，经人介绍，妈妈准备将他转到另外一所小学学习。

第一节课，奇奇大大方方地走进教室，很有礼貌地与老师打招呼。这节课的绘画主题是小狗。妈妈想：没问题，他以前画过，难不住他。可是第一节课下来，奇奇在大大的一张纸上画了两只小小的狗。于是妈妈鼓励他大胆画，把狗画大些。第二节课奇奇又画了两个比刚才只大一点点儿的小狗。美术老师对妈妈说："你儿子画得很精致、很活泼、很小巧。"一位家长笑话儿子说："你儿子挺够意思的，给你画四只小狗。"妈妈听后，真是哭笑不得。

回到家里，妈妈首先肯定奇奇的表现，比如适应新环境较快，结识了一些新伙伴，小狗画得很传神、很精致，如果能画大一些，就更漂亮了。奇奇说："我一开始画时，心里有点儿紧张。以前图画课都是女老师教，今天是新学校，又是一位男老师，我怕画错了老师批评我，所以我就画成这样了。"

妈妈想，"数子十过，不如奖子一长。"于是妈妈鼓励奇奇，妈妈对他的努力很满意，妈妈也喜欢他绘画的专注精神，至于是否得名次，是否受赏识，妈妈是不在意的。奇奇听后，愉快地点了点头。

奇奇在这种宽松、理解的氛围中，更加热爱画画了。

即使再幼小的心灵也会非常敏感，孩子人生的早期如果得不到足够的重视或肯定，将导致孩子正在建立的自信心被无情扼杀。每个孩子都需要家长的肯定和支持，"你真棒""你真勇敢""我相信你"……就是这些简单的细微的话语巧妙地传达了家长对孩子能力的尊重、人格的信任，等等良性信息，给了孩子莫大的勇气和力量，对孩子自信心培养是一种极大的推动力。

许多教育工作者提出：抱怨孩子不如反省自己。

家长们对孩子常有抱怨之言。说孩子们笨、不学习，说孩子们贪玩、贪吃、贪睡，说孩子们不争气、没有上进心、不给家长争面子……总之，在许多家长的眼里想要看到孩子的优点，看到孩子的长处，似乎已成了"虚拟语气"。孩子真的没有优点吗？是什么造成了这一切？家长蒙蔽了赏识的眼睛，看到的就只能是缺点和不足。

　　就拿学习来说，每个孩子都想取得好成绩，都不想被大人们指责，都有对未来的一番美好憧憬，这就是孩子的进取心。若没有这份进取心，孩子们便会安于现状，做自己想做的其他别的事情去了。即使有父母抱怨、斥责，他们依然坚持着自己的学业而没放弃，这就是孩子有进取心。其实我们只要认真观察，就一定可以发现孩子身上的许多优点，如接受新鲜事物快，善于用脑，但这一切都取决于我们怎样开发。

　　是谁造就了孩子不上进、不争气呢？许多家长怪孩子自己、怪社会，就是从来没有反思自己的错误承担自己应负的责任。思想左右行为，孩子还小，家长们的意识或是思想决定了孩子们的思想，决定了孩子们的所作所为。所以家长们与其抱怨孩子们的不是，倒不如反省自己，正是因为自己的教育不当才决定了孩子们的这一切。因此，教育孩子要妥当，要顺其心理，投其所好，挖其潜能，育其成才。

　　调整我们自己的教育方式，用心与孩子交流，让孩子体味成长的快乐，那样他们会更好地学习，并最终成才。

【情景提示】

　　孩子在众人面前怯场这是一个正常的心理发展过程，一般情况下导致孩子怯场的原因主要有两点，其一，因精神上有压力而造成思想紧张；其二，平时训练不够，不适应现场气氛。

　　情景中双双的妈妈应该鼓励孩子："双双别紧张啊，可惜妈妈不会，要是妈妈会就和双双一起背给阿姨听了，双双要是不喜欢就不背了，去玩吧。一会儿想给阿姨背的时候再来。"这样也给了孩子下台阶和减轻压力的机会。

哲学家、蚂蚁和赫耳墨斯

一位哲学家在海边看见一艘船遇难，船上的水手和乘客全部淹死了。他便抱怨上帝不公，他觉得上帝为了一个罪恶的人偶尔乘这艘船，竟让全船无辜的人都死去这是不应该的。正当他沉思时，他觉得自己的脚下有点不对劲。原来自己被一大群蚂蚁围住了。原来哲学家站在蚂蚁窝旁了。乘着哲学家不备，一只蚂蚁爬到他脚上，咬了他一口。哲学家很生气，他立刻用脚将他们全踩死了。这时，赫耳墨斯神出来了，他用棍子敲打着哲学家说："你自己也和上帝一样，如此对待众多可怜的蚂蚁。你又怎么能做判断天道的人呢？怎么能称为哲学家呢？"

故事告诉我们，人不可过于苛求别人，因为自己也难免犯和别人同样的错误。

9. 误解孩子的话——

老师会冤枉你吗

类似话语：

一定是你的不对，你必须认错
你有什么可狡辩的
谁相信你的话

【情景再现】

阳阳虽然学习成绩不是很好，可从来都不说谎。今天的事情让阳阳觉得很受委屈。原来，后桌小伟的铅笔不见了，大家帮忙找，结果在阳阳的桌子里找到了，老师让阳阳通知家长明天去学校。阳阳回到家愤愤地和妈妈说起这件事，原本以为妈妈会安慰自己，没想到妈妈很是生气地说："你这孩子怎么回事啊，学习不好还学会偷东西了，你要什么家里没给你买？你还委屈，老师会冤枉你吗？"

情景分析

家长和老师的彼此信任是正常的，家长不能因为溺爱孩子而对老师的管教横加干涉。但也不要盲从，毕竟老师面对的不是一个孩子，不可能会对每一个孩子都做到完全了解，老师不会主观冤枉一个孩子，但是误会孩子的情况也难免会发生，这就需要家长的配合。"老师会冤枉你吗"家长用这句话阻止孩子为自己澄清事实，显然是不可取的。事情发生了，责备和冤枉孩子，孩子心里会更难受。所以无论什么事，孩子在学校犯了错误也好，挨了批评也好，家长都要给孩子一个陈述的机会，家长也要从中学会倾听孩子。

【情景探讨】

家长总有自己的思维惯性，认为孩子是自己亲自带大的，还能不了解他吗，再加上生活经历也比孩子丰富，所以常常不等听孩子完整地表达自己的话，就急于评价甚至是批评。

美国知名主持人林克莱特一天访问一名小朋友："你长大后，想干什么呀？"小朋友天真的回答："嗯！我要当飞机的驾驶员！"林克莱特接着问："如果有一天，你的飞机飞到太平洋上空，而所有引擎都熄火了，你会怎么办？"小朋友想了想："我会先告诉坐在飞机上的人绑好安全带，然后我挂上我的降落伞跳出去。"

当现场的观众笑得东倒西歪时，林克莱特继续注视着孩子，想看他是不是自作聪明的家伙。没想到，孩子的两行热泪夺眶而出，这才使林克莱特发觉这孩子的悲悯之情远非笔墨所能形容，于是林克莱特问他说："为什么要这么做？"小孩的答案透露出一个孩子真挚的想法："我要去拿燃料，我还要回来！"

当听到孩子说："我挂上我的降落伞跳出去。"作为家长的成年人的反应会不会是：简直是太自私了吧？别急，听听孩子未讲完的话吧！"我要去拿燃料，我还要回来……"多么让人感动的一句话！当我们听孩子说话时，我们真的听懂他说的意思了吗？如果不懂，就请听孩子把话说完吧，这就是倾听的艺术。

《成长的故事》中也有一个类似的故事。

一位母亲问她5岁的儿子："假如妈妈和你一起出去玩，我们玩渴了，一时找不到水喝，而你的小书包里恰巧有两个苹果，那么你会怎么做呢？"儿子小嘴一张，奶声奶气地说："我会把每个苹果都咬一口。"虽然儿子年纪尚小，不谙世事，但母亲对于孩子这样的回答，心里还是多少有点失落。她本想像别的家长一样，对孩子训斥一番，然后再教孩子该怎样做，可就在她的话即将出口的那一刻，她突然改变了主意。母亲握住孩子的手，满脸笑意地问道："你告诉妈妈，你为什么要这样做呢？"儿子眨了眨眼睛，满脸童真："因为……因为我想尝尝后把最甜的一个给妈妈！"那一刻，母亲的眼里隐隐闪烁着泪花，她为儿子的懂事而自豪，也为自己给了儿子把话说完的机会而感到庆幸。

我们是不是应该为孩子感人的回答和母亲的高明肃然起敬呢。

孩子学习和生活上有什么问题，在向家长诉说时，一些家长稍不如意就打断孩子的话，轻则斥责，重则打骂，孩子只能将话咽回去。他们只能把自己的秘密埋藏在心里，做家长的因此就很难知道孩子的所思所想。孩子说话的权利得不到家长的尊重，久而久之，产生了亲子沟通困难的问题。

倾听孩子的诉说，才能不误解孩子。

第一，尊重孩子说话的权利。倾听孩子的诉说，充分尊重孩子说话的权利，这不能视作听任孩子的狡辩，这是一种家教艺术。家长只有充分尊重孩子的权利，孩子才会信任家长，愿意把真心话掏出来。

第二，向孩子显示你正在听他讲话。孩子向家长诉说时，家长的关注表示家长对孩子的尊重和家长愿意分享孩子的想法和感受。当孩子开口向家长讲话时，家长应停下正在做的事情，转向孩子，与孩子保持目光接触，并仔细地听孩子说话。同时还要通过点头或不时地"嗯……是的……"等来显示家长正在注意听他说话。

第三，告诉孩子你所听到的以及你的想法。孩子说话时，不要随意插嘴，尽量表现出你听得很有兴趣。让孩子发表他们的观点，完整地听他的讲话，如果你在某一重要原则上表示不同意他的看法，应告诉他你不赞同他的什么观点，并说出理由。在提出反对意见时不要过于武断，不应否定一切。即使孩子是在信口胡说，也要控制你的情绪，不要妄下定论，直到完全理解清楚。

第四，接受和尊重孩子的所有感受。孩子向家长诉说时，家长不必接受孩子的所有行为表现，而只是接受他的感受。例如，孩子告诉家长他对小伙伴有多生气，这时家长要理解孩子的感受，可以安慰一下孩子，但家长要教育孩子不可通过嘲弄或打人来表达他的生气。

做家长的千万不能因为孩子还小，就疏忽了让他们诉说的机会而误解孩子。应该"蹲下来"倾听孩子诉说原委。孩子有值得称赞的观点，家长应表明支持的态度，即使孩子认识上存在误区，也要循循善诱启发开导。倾听孩子的诉说，是一把开启孩子心灵窗户的金钥匙。

【情景提示】

无论孩子有没有做错事都要给孩子一个陈述申辩的机会，这不但是对孩子的尊重，更能够帮助家长寻找原因。就本情景中出现的问题，妈妈首先要认真听孩子说，到底发生了什么事情，然后和孩子一同想办法解决事情。"你是说你并没有拿小伟的铅笔是吗，你知道为什么小伟的铅笔在你那里吗？老师也误会你了是吗？这样吧，你别担心，明天妈妈会去学校，我们和老师一起弄明白是怎么回事。如果是我们错了，只要道歉并保证以后不再犯这样的错误，老师和同学们一定会原谅的，如果不是我们的错误，我们就向老师解释清楚，老师会相信的。"

故事启读

被误会的狗

早些年，有一个年轻人，他的太太因难产而死，留下一个孩子。他忙于生计，又没有人帮忙看孩子。于是，他训练了一只狗，那只狗聪明听话，能照顾孩子，咬着奶瓶喂奶给孩子喝，抚养孩子。有一天，年轻人出门去了，让狗照顾孩子。他到了别的乡村，因遇大雪，当日不能回来。第二天才赶回家，狗立刻出来迎接主人。他把房门打开一看，到处是血，抬头一望，床上也是血，孩子不见了，狗在身边，满口也是血。年轻人发现这种情形，以为狗的野性发作，把孩子吃掉了，大怒之下，拿起刀把狗杀死了。

突然，他听到了孩子的声音，又见孩子从床下爬了出来，虽然身上有血，但并未受伤。他很奇怪，不知究竟是怎么一回事，转身仔细检查那只狗时发现，狗腿上的肉没有了，床下有一只狼，口里还咬着狗身上的肉。原来，狗救了孩子，却被主人误杀。这是一场可悲的误会。

生活中我们误会孩子的结果往往会给孩子造成更大的伤害。

10. 侮辱孩子的话——

你真是笨死了

类似话语：

你怎么像死人一样
你真是猪脑子
你真是无可救药

【情景再现】

冰冰是一个很调皮的孩子，不爱学习！也不认真！妈妈为了让他好好学习，专门买了一套学习软件！开始妈妈还很耐心！"冰冰，你看，这个是什么呀？""认真的认"孩子很兴奋地跟妈妈学着。可是十多分钟后，冰冰就不耐烦了，开始做小动作并要求玩游戏（学习软件里自带的小游戏）。"不准玩！学会了这几个字才能玩。""我就想玩游戏嘛！""你怎么这么笨，就四个字这么长时间都学不会！学！你给我学会了再玩！"冰冰无语了！然后默默地盯住电脑上的字！然而连5分钟都没过，冰冰喃喃地说："妈妈，我想睡觉！""大白天的睡什么觉，学！学会了可以玩游戏！"妈妈想用游戏鼓励冰冰。冰冰沉默了一会儿，径直走了。妈妈跟在冰冰的身后："你这孩子，真是笨死了？不爱学习，整天就知道玩！"

情景分析

很多时候，家长认为孩子是自己的，管教他是为了他好，批评孩子也用不着讲究什么用语恰当。其实用"笨"这样的词来形容孩子是十分不明智的。

孩子听到别人说自己笨，最初可能会反抗，认为自己不笨，但是时间一长，孩子就会相信自己确实是笨的。他先是接受自己不行，然后就会放弃努力，逃避一切竞争，以免因为做不好、出错误、失败而遭到父母、老师的批评，同学的嘲笑，最终失去上进心。

【情景探讨】

什么叫笨?学东西慢就叫笨，一学就会就叫聪明，不聪明的就是笨。在动作上，不灵巧的叫做笨，迟缓的叫做笨。很多家长都有这样的观念。可是，新生儿是最笨的，他什么都不会，连吃都不会，也不会说话，不会走路，为什么我们不说他笨。

原来笨是人为规定的概念，是同别人相比较的一种状态。别人都会走路了，而你还不会走，那是你笨手笨脚；别人都会说话了，而你还不会说，那是你笨嘴拙舌。为什么别的同学考试全对，而你总是做错题?还是你笨吧!

懂事的孩子最怕别人说他笨，他不明白自己为什么总是出错，学东西这么费劲。也许，多年之后他能证明自己不笨，可这三个字从自己父母口中说出来，孩子心里有多么难受!他想说："实在对不起，我怎么这么笨呢?"

一位教育专家叙述了发生在自己身边的一件事。

我几乎每天都去楼下的传达室取杂志和报纸。那里的值班人是一位老太太，她的孙女放学后就在那里写作业。有一天我又照例去取报纸，一进门就看见小姑娘在写作业，而老太太却在一边训斥："你看你，一个小姑娘家怎么字写得那么难看，谁能认出来你写的什么啊，重写、重写。"一边说还一边拉小姑娘的手。小姑娘愤愤的样子，狠狠地用橡皮擦着字后重新写上去。老太太一边看一边还在数落："笨死了，都学了这么久还这样，这么笨像谁啊?"

看见祖孙二人这样，我凑了过去。老太太见我过来说："叔叔看见你写成这样，都会笑话你笨，连个字都写不好。"

我和这家人比较熟，知道小姑娘叫莺歌。我对莺歌说："能给叔叔看看吗?"莺歌极不情愿地停下了笔。

我拿起小姑娘的作业本，原来是练习写生字，一个字要写很多遍，要求生字都写在米字格里面。小姑娘上学不久，有的字确实写得比较难看。我想，写成这样也是情有可原的，毕竟刚上学嘛。于是就说："是练习写生字啊，写得不错啊。"

小姑娘听我这样说，似乎有了精神和我一起看她的作业本。

我接着问道："你看看哪个字最漂亮?"

小姑娘赶紧浏览了一下，用手指着一个字，看着我。

我一看那个字确实写得不错。于是我有意拉长声音说："哪个字最不好看呢？"

小姑娘一下子抢回了作业本，迅速擦掉了不好看的字。

我笑着对小姑娘说："我想你一定能写出很多漂亮的字。"

小姑娘点点头，认认真真地写了起来。没有三分钟小姑娘便判若两人。

老太太惊讶地说："×老师，这丫头还真听你的话。"

我对老太太说："责骂并不是好办法，鼓励比责骂的效果要好得多啊。"

孩子会潜移默化地从周围人对自己的评价中受到影响的。当我们总说孩子笨时，孩子就会在心中慢慢接受这种评判，遇到困难时他也就不知努力去克服，常会选择放弃或逃避，他将来就很难获得成功，而成为一个真正的笨蛋；但当我们一直鼓励孩子坚强、有决心克服困难时，他就会努力想办法去解决困难。

所以，千万不要骂孩子笨。如果我们真的很生气，我们可以告诉他：对他的那种行为你很不满意。

对于批评，没有哪个人会从内心高兴地接受，所谓忠言逆耳，批评还得讲究艺术。

第一，要知道为什么要批评孩子。本来批评孩子都是有一定目的的，可有时一急就忘了，而采取不正当的方法，使孩子感到挨批评并不是因为自己犯了错误，而是因为家长急了。所以批评孩子时家长头脑一定要清醒。要记住批评不是目的，是手段。批评的目的决不是使孩子心灰意冷、垂头丧气，而是帮助孩子认识错误，改掉缺点。

第二，要尊重孩子的人格。批评并非是横眉立目、训斥、挖苦，它是以理服人，而不是以威压人。有些家长批评孩子像以前的警察审问犯人一样，气氛过分紧张，甚至连吼带叫"当初我就不该生你！"……同时，伴随着圆睁的双目和尖厉的叫喊，这些表情、动作构成一个强烈的刺激，使孩子对这些话终身难忘。

第三，要让孩子知道自己为什么挨批评。如果只是一味地责骂，只会伤害孩子。对孩子说明他的错误何在，才能使他们充分地反省、改正错误。

第四，要公正合理、恰如其分。有些家长看到孩子犯错误就急了，批评起来过火，以为这样的刺激对孩子会起到较深刻的教育作用。殊不知，越过火孩子越反感，而无法取得应有的教育效果。所以批评更要慎重，更要讲究方法，应该做到既严肃又耐心，使孩子心服口服，要公正、合理、实事求是，不要以为说得越多越好。

第五，要一分为二，不要全盘否定。我们对孩子应该有个全面的认识，孩子有缺点，也有优点，犯错误不等于一无是处。有了错误的行为不等于动机全是坏的。我们在批评时一定要客观分析，一分为二地对待孩子，尤其不要把孩子看死了。要用发展眼光看孩子，相信孩子会有变化，这样才有利于孩子的进步。

第六，批评要具体，对事不对人。孩子做了错事，我们只需告诉他："你这件事做得不好。"而不要说："你是个坏孩子。"这两句话带给孩子的感受是不一样的。只有具体，孩子才会知道错在什么地方了，才好改正。而把问题扩大到对整个人，孩子的心灵容易受到伤害。

第七，要掌握好批评的时间。一般来说，家长都是在孩子犯了错误时立即就批评，但应该考虑到人与人是有区别的。有的可以当时批评，有的可缓一缓让孩子思考一下再批评。这要根据孩子的气质、性格来决定，还要根据孩子当时的情绪来决定。

第八，要善于等待，允许孩子有个认识过程。家长批评、惩罚孩子往往心急，总想"立竿见影"，要求孩子立即承认错误，写检查，作保证，以为孩子全都认可了就改正了，其实不然。孩子对错误有个认识过程，有的快，有的慢。有的孩子经过批评得到猛醒，可有的对家长的批评还有个消化的过程。在孩子还没彻底认识时要求孩子百分之百"认罪"，其实是自欺欺人，就是孩子低头认罪了，也是假的。因此对有些孩子来说需要有个认识过程，家长应允许孩子一点点加深认识，善于等待，不要心急。

第九，家长在批评孩子时也应允许孩子部分保留意见，允许孩子反驳，这样才体现出批评是民主的。有时我们批评的不完全符合事实，孩子提出来，我们应该接受，这并不妨碍我们对孩子的批评效果。孩子感到我们是公正的、民主的才会更愿意接受批评。

【情景提示】

情景中出现在的情况妈妈可以这样说："冰冰，你认为这次失败的原因是什么呢？是你真的不会，还是拿不准？其实妈妈认为你不是笨孩子，只是还没有学会怎样将自己的精力完全集中到一件事情上，所以才没有做好，其实只要你每做一件事都坚持集中精力，那么你一定会很成功的，就拿英语来说，你完全有打满分的实力，你愿意试试吗？"

故事启读

鹰与屎壳郎

被鹰追逐的一只兔子，一时无处求助，只好求救一只屎壳郎。屎壳郎一边安慰兔子，一边向鹰恳求不要抓走兔子。而鹰却没有把小小的屎壳郎放在眼里，在它的眼前把兔子吃掉了。屎壳郎极为遗憾，深感受到侮辱。从此，它便不断地盯着鹰巢，只要鹰生了蛋，它就爬进鹰巢，把鹰蛋推滚下来摔得粉碎。鹰四处躲避，后来竟飞到天神宙斯那里，请求给自己一个安全的地方生儿育女。宙斯让它在自己的膝上生蛋。屎壳郎知道后，就滚了一个大粪团，高高地飞到宙斯的上面，把粪团扔到它的膝上。宙斯起身抖落粪团时无意间把鹰的蛋抖掉了。从那以后，屎壳郎出现的时节，鹰就不孵化小鹰。故事告诉人们，不要看不起任何人，因为没有人弱小到连自己受了侮辱都不能不报复。

侮辱孩子，孩子也会用各种方法来"报复"家长。

11. 讽刺孩子的话——

你考试能及格我就谢天谢地了

类似话语：

你也太聪明了吧
这种事只有你做得出来
这么简单也不会，你可真行

【情景再现】

　　铭铭最不喜欢的就是同班的肖建，肖建的爸爸和自己的爸爸在同一个单位，班里有什么事情爸爸都知道，这还不算，他还经常拿肖建和自己比。特别是每次考试结束的时候，铭铭的日子就更难过了，爸爸看见自己就会提到肖建，好像肖建是自己的影子。铭铭承认肖建的数学成绩的确比自己好，但是这并不说明自己什么都不如他啊。晚饭后爸爸看见铭铭在看课外书，就走过来说："有那功夫你看看数学书，你看人家肖建。"铭铭一听爸爸的话就不高兴了，小声嘟囔着："有什么了不起，不就那一科好吗？"爸爸看见儿子并没有放下课外书还一副不服气的样子就说："你不服气也没用，人家数学每次都比你考得好，你呢，你也不错，每次都及格了，真是谢天谢地了。"

情景分析

　　孩子渐渐长大，他们的成长进步需要家长及时教育指导。讽刺、嘲弄这样的话，超越了孩子心理能够接受的范围，会刺伤孩子的自尊心。经常讽刺、嘲弄孩子，会使孩子对家长产生怨恨，严重影响亲子关系，造成亲子之间沟通不畅，甚至使孩子做出对自己或对家人构成伤害的行为。

【情景探讨】

　　每个孩子都有缺点和不足。如果家长总是拿孩子的不足来讽刺、挖苦、抱怨孩子，他的不足就会越来越多；如果家长经常鼓励孩子，大声为孩子喝彩，孩子的不足和缺点就会得到克服，优点就会更加突出。

　　有这样一位特别有意思的父亲，他特别宠自己的女儿乐乐，也特别欣赏她。

在一次朋友聚会中他讲了许多和女儿相处中有趣的事，当时很多人觉得不可思议。

一次幼儿园画画比赛中，几个小朋友都画得不错，可他的女儿却画得乱七八糟，他满不在乎地笑笑说："虽然他们画得比你好，可你的歌却唱得特别棒。画画你再练练，如果不行，就不画了。"这样一来，女儿非但没有压力，反而很快赶上了别的小朋友。

还有一次，这位爸爸居然跑到幼儿园去说：我的孩子可以当班长。实际上，他的女儿各方面都不是特别突出，但他始终认为自己的孩子是最棒的。带孩子去游泳，孩子胆小不敢下水，他没有像有的家长那样强迫女儿，而是说："爸爸8岁时都不敢下水，你现在才4岁，已经很不错了，让我们一起努力。"这样一说，孩子放松了，觉得自己真的很棒，结果很快学会了游泳。

这位爸爸总结说：遇到类似情况，我们经常会拿别人作榜样，硬让孩子下水，孩子相反则会受到惊吓。记住，孩子始终只是孩子，他没有你想象中那么坚强。

每个孩子的资质都不一样，永远不要拿自己的孩子跟别人比，而是要跟她自己的过去比。这正是很多家长没有意识到的或没有真正做到的一点。这位父亲总能在女儿乐乐稚嫩的表现中找到可以表扬的东西，这种表扬不仅出现在她做得好的时候，而且也表现在她做得不够的时候，这种肯定很好地维护着孩子的自尊。

有这样一个美国家庭，母亲是俄罗斯人，她不懂英语，根本看不懂儿子的作业，可是每次儿子将作业拿回来让她看，她都说，"棒极了。"然后小心翼翼地挂在客厅的墙壁上。客人来了，她总是很自信地炫耀："瞧，我儿子写得多棒！"其实儿子写得并不好，可客人见主人这样说，便连连点头附和："不错，不错，真是不错！"

儿子受到了鼓舞，心想："明天我还要比今天写得更好！"就这样他的作业一天比一天写得好，学习成绩也不断提高，最终成为一名优秀的学生。

孩子就是这样，你说他行，他就行；你说他不行，他就是不行。

家长为他鼓掌，他会给家长一个又一个惊喜；家长说他不如别人，他就会证明给家长看他真的不如别人。

在现实生活中，有不少家长对自己的孩子说过讽刺性的言语。家长并不是有意伤害自己的孩子，但是在盛怒之下，这些话就会脱口而出，事后家长也会忘得一干二净，他甚至不知道自己说了些什么，自然也不清楚他的这些讽刺的话对孩子的伤害有多深。家长的所作所为，也许是一种习惯。可是孩子不会忘记父母对自己的讽刺，有的讽刺会给孩子造成刻骨铭心的伤害，多少年以后，孩子还仍然记得父母所说的话。

讽刺就像一堵墙，成为父母和孩子之间无形的障碍，造成了孩子和父母的对抗。孩子可能会接受父母的批评，但绝对接受不了父母的讽刺。讽刺是非善意的，用来攻击敌人尚可，用来攻击自己的孩子做父母的实在是昏了头了。孩子不会原谅父母对自己的伤害，他可能会在心里幻想着对父母实施报复。

所以父母教训孩子时，一定要深思熟虑后再说，别让带讽刺的话语不经过脑子就甩给了自己的孩子了。比如有的家长说这样的话："你是聋子呀，我说的话你怎么就听不见？""你以为你是谁？不知天高地厚！"有的家长为了刺激孩子，想让孩子做得更好就说上一两句："你真是白吃了几年饭！你是小学一年级吧！"有的孩子本来对父母依赖性就很强，读书做功课都要父母催，做事要父母喊。后来孩子由于某种原因改变了。自动学习做功课，而且还主动帮助家长做家务了。于是家长觉得很惊讶，不自觉地说了一两句："今天怎么太阳从西边出来了！"或"今天这孩子怎么变得我认不出来了？"家长说这种话原是表示对孩子进步的高兴，只是有些意外，所以说了这种带刺儿的话。不过，这种话，即使是开玩笑，也是不说为好。因为它同样可能伤害到孩子的自尊。

情景中可以看出，铭铭不是自暴自弃的孩子，他对肖建并不服气，作为孩子的父亲要是能认识到这一点，适当加以鼓励就会更进一步激发孩子的斗志，发挥孩子的特长取得好成绩。爸爸可以这样说："我也觉得我的儿子绝不比肖建差，各有所长，我看过你的数学卷子，我认为你的数学成绩提升的空间很大，可能现在学习的方法不对，你应该试着调整一下，我相信最多通过两次考试你就会超过肖建的，男孩子光是嘴上不服气是没有用的，要付诸行动，我对你有信心。"

故事启读

棋迷的儿子

父亲从年轻时起就非常喜欢下围棋，是个铁杆棋迷。他一心想培养自己的两个儿子成为职业棋手。长子读小学二年级时，便开始学下棋，可是过了一年多进展却不大。某天他生气地说："你的智商和幼儿园的孩子差不多。"长子听了就说："那就算了。"以后，无论怎么劝说，长子再也不下棋了。

当父亲教尚在幼儿园的次子下围棋时，他改变了方法，连声称赞道，"下得好！你是围棋的天才。"于是，次子热衷于下围棋，而且进步很快，成了一名实力很强的选手。小学六年级时参加了市级的比赛就取得了冠军。以后，次子在上大学时，尽管没有成为职业棋手，却是该校围棋部的主将，后来成为业余六段棋手，活跃在棋坛上。

两个兄弟，聪明智慧没有多大的差别。可是，父亲的一句评语却产生了完全相反的效果。一个孩子棋技进步很快，而另一个孩子对围棋则毫无兴趣。

父母之言对孩子的影响有时是决定性的。

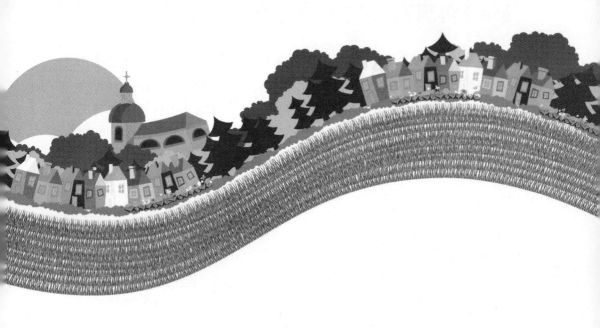

12.溺爱孩子的话——

你还小，自己做很危险

类似话语：

你还小，大了自然就能做了
快放下，这个不用你做
坚持不了我们就放弃，没关系

【情景再现】

两天的劳动基地培训结束了，彤彤回到家要展示一下她在这两天学到的新本领。做晚饭时，彤彤对全家人宣布说："我今天要为大家做一道我新学的菜——炝拌土豆丝。"一语落地马上遭到全家的反对，奶奶说："那可不行，小孩子怎么能自己动刀子切菜呢？"妈妈也连忙补充"奶奶说得对，切到手怎么办？你还小，自己做很危险……"

情景分析

孩子往往对新鲜事物兴趣很浓，想用行动证明自己学到了新的本领，喜欢让家里人看到自己的成长与进步，并对此作出肯定的评语，这本应是家长激励孩子的好时机，可家长们却总是认为孩子还小，生怕孩子做不好而横加阻拦。应该知道，孩子的成长过程中不但需要不断丰富自己的文化知识，更应掌握生活中的实践本领，这种"爱子"的做法实际上就是一种溺爱，不但会扼杀孩子学习新知识探索新知识的积极性，养成孩子凡事都要依赖大人的坏习惯，更有可能让孩子变得胆小怯懦，以至于无法独自面对将来的生活。要知道，溺爱是父母送给孩子"最可怕的礼物"，是足以杀死孩子的"毒药"。

【情景探讨】

实际上对孩子的溺爱问题是我们社会目前很普遍的一个现象，现在大多数家庭都只有独苗一根，父母、祖父母、外公、外婆把所有的爱都倾注在这一个孩子身上，手里捧着怕摔着，口里含着怕化了，生怕孩子受伤、吃亏，恨不得将一切事情都为孩子做好，将孩子成长中的每一过程都为孩子精心设计好，他们以为这才是真正的关心与爱护。可是殊不知在这种"呵护"下的孩子不但缺乏吃苦难耐劳的精神和坚持到底的毅力，而且依赖性强，就连生活中的最简单的事情也不能独立完成，一旦离开家长的呵护，便无所适从。

浙江绍兴的小姑娘小丽以高分考入了云南某高校，父亲千里迢迢把她送到学校，帮助她办理了一切入学手续。可是，意料之外的事情发生了，在父亲返乡一周后，小丽竟然向学校提出了退学要求，悄然离校回家。

大学生活是多少学子寒窗苦读数十载都难圆的梦想，小丽通过自己的努力实现了这一意望，可她为什么却轻易放弃了呢？原来，在家里，无论是小学还是中学，她都未曾离开过父母，她什么都不用自己想、自己做。她想吃什么家里就会为她做什么；除了自己家里人以外，她很少与其他人交往，甚至除了自己家以外，她几乎没在其他亲属家住过；生活中不论大事小情，都由父母打理。父母常挂在嘴边的话就是"只要好好学习，其余的一切都不用你操心"。

小丽迈进了大学的校门后，离开了父母的庇护，凡事都要自己打理，她根本就无法适应。她在学校不懂得如何与人交流，看到其他孩子成群结队地在一起，她却总是格格不入，于是倍感孤独；她挑食，在家里的饭菜都是母亲按她的口味做的，因此学校的饭菜让她觉得难以下咽；她不曾离开过家，突然换了环境，处处感到不适；她在家从未吃过任何苦，新生的军训，更是令她惶惶不安，身心疲惫。

这种对大学独立生活的诸多不适，使其无法面对，于是她选择了逃避。

这种教育方式未免让人感到震惊与遗憾，也许小丽的家长此时会责怪孩子娇气、无能。可是在这一事件中，最应得到指责的应是孩子的家长。有人说"没有不合格的孩子,只有不合格的父母"。的确，孩子初降人世就如一张白纸，家长怎样教，孩子会怎样长。如果小丽的家长在平时对她的生活琐事不那么大包大揽，给她适当的接触周围人的机会，不让她养成挑食的习惯，有意识地培养一些自理能力，她就不至于连大学的最基本的集体生活都忍受不了。

作为家长必须深思的问题是我们要培养一个什么样的孩子？怎样做才能让这个理想实现？要给孩子怎样的爱才会对孩子的人生起到积极的作用？为人父母者是否应时常反省一下自己：我们的教育方式对吗？有这样一个故事：

　　"这孩子给惯的，简直不成样子，都别理他。"说话者是一位年近五十的父亲，此时的场景是工地上里三圈、外三圈地围满了人，警车停在一旁，警察和围观者正密切注视着一个尚未建完的高层建筑的楼顶，楼顶上一个二十多岁模样的小伙子坐在楼沿边，耷拉着腿，激动地喊："你不给我钱，我就跳下去"。

　　这位父亲是工地上的一名建筑工人，在楼顶上的小伙子是他的儿子，事情的起因就是儿子早晨向他要钱，他说没有，还骂了儿子几句类似不学无术的话，儿子急了，要以死示威。本来二十多岁的孩子早应该能够出去赚钱，而不再依赖父母的，可是这孩子，就是吃不了那份苦，不肯去工作。这位父亲感慨地说："这孩子没念完初中就不念了，让他找工作吧，文化低，技术上的活儿做不来，体力活儿又怕累，整天就在家游手好闲，找几个小哥们儿喝喝酒、打打麻将、上上网，一混就是好几年。家里主要生活来源就是我们老两口这点儿工资，哪能禁得住他成天没完没了地要啊！"

　　原来这个孩子是家里的独子，被父母心尖宝贝似的捧大，但凡有好吃的先给他，好穿的也由着他挑，他的愿望老两口头拱地也要满足，所以滋长了他好吃懒做、自私自利的习惯，一旦有什么达不到他要求的时候就会生出一些花样逼迫父母就范。这位父亲无奈地说："都怨我们对他从小太宠着，大了干啥啥不行，你们都散开，他就消停了！"

　　这位父亲知道自己先前在教子上的错误，也品尝到了溺爱孩子所酿成的苦果。当孩子有不合理的要求出现时，家长应该对其动之以情、晓之以理，用适当的方式去拒绝和说服孩子，而不应只是一味迁就、纵容。要知道正是由于家长一味地溺爱、顺从，才给孩子的不良嗜好提供了滋生的温床。

不溺爱孩子，不娇惯孩子，是家长大都明白的教子常理，但如何将这个道理积极有效地应用于实践，做到不溺爱孩子呢？

第一，管得住，放得开，培养孩子的自立能力。

对孩子一是要管，二是要放。什么叫放呢？吃苦耐劳的事情，经风雨见世面的事情，都要放手让孩子去干。这样可能孩子要跌些跤，但只有这样做，才能使他们受到锻炼，更好地成长起来。

家长要处理好"管"和"放"的范围与二者的关系，充分认识到从小培养孩子自理、自立能力的重要性，让孩子及早学会独立，为孩子提供独立锻炼的机会；要有意识地锻炼孩子对日常情况的处理能力，使他逐步提高自己的自立能力。不要把问题留到孩子长大后，那将会错失最好的教育机会，酿成终生遗憾。

第二，爱孩子更要教育孩子。爱是孩子生活中不可或缺的部分，也是精神生活中最珍贵的部分，在爱的滋润下，能够培育出孩子美好的心灵和高尚的品德。然而，如果只有亲子之爱，而没有教育引导，就会很容易将其演化为溺爱；相反的，缺少爱心的说服教育，则只能是刻板的说教，不能被孩子接受。爱与教育必须统一，当两者有机结合后，才会使孩子在既能感受家长伟大而温馨的爱的同时，又能懂得做人的基本道理和行为。

第三，爱孩子还要尊重和理解孩子。尊重孩子与溺爱孩子是有本质的区别的，尊重孩子是对孩子合理要求予以满足，培养孩子的自信和接受教育的自觉性。孩子虽小，但不是成人的私有财产，也不应是家长操纵下的木偶。作为一个独立的个体，孩子有自己的需要和兴趣，所以要尊重孩子，给予他正确的教育。只知道爱孩子，却不懂得尊重孩子，会直接导致孩子产生自卑情绪或不尊重他人。

第四，爱孩子更要严格要求孩子。以爱作为前提和出发点，严格要求孩子，让其在适当的约束下成材。家长应及时纠正孩子的不良习惯，如挑食、霸道、任性等不利于孩子成长的行为。要让孩子自觉遵章守法，培养其谦和、礼貌待人的好习惯。

第五，家长要让孩子做力所能及的事。不要因为觉得孩子还小，怕孩子吃亏或怕引起不必要的麻烦，就拒绝教他们生活的技能。在孩子做错了事后，不要大声斥责，而要耐心地为其讲解，让他们在失败中总结经验，日后行事才能够更加独立。

作为家长不仅需要为孩子创造生活的基础，给孩子物质与精神上的帮助，更应让孩子掌握自立的能力，培养他们用自己的双手去创造美好的生活。总之，将情感的爱与理智的爱相结合，这才是家长应该付出的爱，也才是孩子真正所需要的爱。

【情景提示】

孩子迟早要离开家长独立生活，从小培养他们的独立意识和自理能力，是家长应尽的职责，也是对孩子真正的爱护。

就本情景来说：父母及家人要鼓励孩子去尝试，让孩子在动手的过程中得到锻炼。妈妈可以说："好啊，那今天就让你露一手，妈妈也很乐意给你打下手。"在孩子实际的操作过程中，妈妈适当地保证她的安全。要注意不论孩子做的结果如何，都要鼓励她。

故事启读

独睡小木屋的默多克

世界报业大亨鲁帕特·默多克的母亲伊丽莎白·格林是一位严母。正是这位看上去有点铁石心肠的母亲，使默多克一生受益无穷。

在默多克还很小的时候，伊丽莎白专门为默多克在花园里盖了一间小木屋让他一个人居住。每天晚餐过后，母亲都陪伴他读书看报，然后让他一个人到花园的小木屋里睡觉休息，只有在最寒冷的冬天，担心小屋过于寒冷会冻坏他的时候，才允许他和姐妹们一起在大屋子里休息。

刚开始的时候，默多克总是害怕一个人睡在小木屋里，他的父亲曾几次劝说伊丽莎白不要这样对待孩子，但是母亲坚持主见，认为在外面睡觉对儿子很有好处，是对他的锻炼。当然母亲也没有把默多克扔在小屋里就不管了，为了安慰和鼓励胆怯的孩子，她在小屋里和孩子一起阅读并给他讲故事，等默多克睡着后再悄悄地离开。渐渐地，默多克不再害怕一个人睡在小屋里了。

　　默多克的母亲对孩子不溺爱，让孩子养成了独立自主、坚强勇敢的品质，他在这种特殊的锻炼下学会了适应各种环境，使他能在面对复杂局面时及时调整自己以适应变化，这种品质造就了默多克今天的成功和辉煌。

　　小时候注意对孩子品质的培养，会让孩子受益终生。

13. 哀求孩子的话——

妈妈求求你了

类似话语：

爸爸求你好好学习，行不行
你再这样妈妈真是没办法了
求求你别再这样做，好不好

【情景再现】

君君从小在爷爷奶奶家长大，养成了喜欢吃零食不愿意吃饭的习惯。经常吃饭时不专心，边吃边玩，一顿饭下来没吃几口就不吃了。这不，今天，君君又耍上脾气了，说什么也不肯好好吃饭，哪怕是一口，爸爸妈妈用尽了所有的方法威胁利诱，直到妈妈哀求君君："好君君，妈妈求你了，给妈妈吃点，吃完饭我们就去超市，买君君喜欢的好吃的"。君君才吃了一点。

情景分析

孩子任性耍脾气是对家长依赖心理的变形表现，也是一种为了获得家长的注意的情况，也反映出了故意制造麻烦使家长束手无策的心理。这时家长要是屈服了，就等于中了孩子的计，会让孩子变本加厉。而当奖励不管用不好使的时候，家长要是再说出："妈妈求你了！"这样的话更意味着家长缴械投降，孩子就会从内心里蔑视家长的规定和要求，纪律也就失去了约束力。

【情景探讨】

教育学家克劳蒂娅认为：从小到大，我们大多数人生活在有连续性的家庭中，对孩子的教育方法会受到上一代的极大影响，往往将家长用于我们身上的一套，纹丝不动地搬到我们的孩子身上，奖惩便是一项传统的工具。

先说惩。传统教育中讲究"棍棒底下出孝子"，这已被现代文明和公众舆论所抛弃。

再说奖。现在家长一般用奖励的办法来教育孩子，为了让孩子安静一会儿，妈妈常说："别说话，一会儿给你买冰淇淋。"这种方法也许当时有效，用多了就会失灵。

最怕出现这样一种局面：奖励不管用，惩罚不好使。孩子识破了大人的一切动机，软硬不吃。家长恐怕就只剩下求孩子了！

一位妈妈带着孩子到商场买东西，琳琅满目的商品让孩子看花了眼。最后孩子在玩具专柜停住了脚步。两只眼睛盯着变形金刚，对妈妈说："我要这个。"

"好孩子，今天不能买了，妈妈的钱不够。"妈妈说。

"不，我就要这个。"孩子开始撒娇。

"你看妈妈真的没有钱。"妈妈一边说一边将钱包拿给孩子看。

"你骗人，你有卡，你用卡取钱嘛，我就要。"

"妈妈今天也忘记带卡了。"妈妈想搪塞孩子。

可是眼尖的孩子还是发现了妈妈钱包里面的银行卡。

"这不是吗，妈妈不好，我要爸爸，我要变形金刚。"孩子由最初的撒娇变成哭闹。

围观的人渐渐多了起来，有人劝孩子，也有人劝妈妈，在这种情形下妈妈不得不妥协，买了变形金刚。

这样的故事几乎每个家长都遇到过。有的孩子要吃的，有的孩子要衣服，有的孩子要玩具，只要他们看着顺眼的就一定要买，不管有没有用，家里有没有，家长能不能买得起。

这个时候许多家长拒绝孩子，拒绝孩子的时候一定要说明理由，而且这个理由要充分，让孩子明白自己的要求是不合理的。不合理的要求，不管怎么哭闹，都不会被满足。

因为过多的关爱，今天的大多数孩子都非常任性。我们经常听见一些家长这样抱怨："我家孩子只要有一点点不顺心，他就哭闹个没完，脾气比谁都大。他认准要做的事，谁劝也没有用。这样发展下去怎么了得？怎样才能纠正孩子这种任性的坏习惯呢？"

第一，不予理睬。孩子发脾气的目的就是为了引起家长的注意，从而实现自己的目的。因此，家长可以视而不见，让孩子闹腾。当孩子闹腾够了，见家长还是不理睬自己，就会感到这样哭闹并不能达到自己的目的，慢慢地就能改掉自己任性耍脾气的坏习惯。

第二，耐心劝导。当孩子提出一些非分的要求时，如果家长置之不理，仍然不能让孩子善罢甘休，适当的时候家长可以进行耐心的说服教育，简洁地对孩子讲道理，让他明白为什么家长不能答应他的要求。但是，千万不能向孩子妥协。因为有了第一次的妥协，就必定有第二次的妥协。

第三，适当地"惩罚"。当孩子乱发脾气之后，即使孩子已经平静下来，并主动"讨好"家长，家长也要刻意对他保持"冷漠"。让孩子意识到自己刚才的言行很让家长"不高兴"，然后向孩子说明道理，让孩子保证以后不再这样任性或乱发脾气。

第四，态度必须明确。对任性耍脾气的孩子家长态度必须坚决，让孩子知道自己的任性蛮吵是不会被接受的。千万不要说："求求你，听妈妈的话吧！"这类话。这只能显示父母的无能。父母采取低姿态向子女哀求、屈服的结果是孩子越发任性。

【情景提示】

情景中的君君不肯在吃饭的时间里乖乖地吃饭，与父母本身的态度有密不可分的关系。"肚子饿了，便想吃饭"这是每个人与生俱来的本能，如果孩子的肚子真的很饿了，就不会有不肯吃饭的问题，因此，君君"拒绝吃饭"的理由多数来自想与父母做"权利之争"。由于父母对孩子不肯吃饭的行为不了解及不放心，聪明的孩子们便会抓住父母的弱点，以不吃饭的行为作为与父母交换条件的筹码。最好的办法就是撤下所有吃的东西，直到孩子饿了自己要吃饭为止。

长跑冠军教子逛超市

　　长跑冠军王军霞的儿子战意博特别喜欢逛超市，最喜欢的就是把超市货架上的东西随意地划拉到购物篮里，也不管要花多少钱。王军霞起初没介意，心想小孩子可能都是这样。一天，偶然间地问儿子："你买这么多东西，妈妈要是没钱了怎么办？"小意博大大咧咧地说："到银行去取呀！"

　　王军霞意识到问题的严重性了，孩子的价值意识显然是不正确的。下次她再带意博去超市时，就认真地对他说："这次去超市可以，可妈妈对你有个要求。你事先想好要买的东西，只许买一样。你要想好呀。"意博答应了，兴高采烈地进了超市。进了超市，琳琅满目的商品就让他看花了眼。他娇声对妈妈说："妈，我可不可以买两样呀？"王军霞说："可以呀。可你得自己出钱。你要记住，妈妈的钱不是你的，也不是从银行里就能取来的，是爸爸和妈妈辛辛苦苦工作挣来的。你要的东西，必须自己挣钱来买。"

　　小意博懂事地捡起自己事先想要的东西，不吵不闹，乖乖地回家了。

　　渐渐的，在王军霞的教导下，小意博比同龄的孩子更有节制，从不乱花钱，像个小大人一样会计划安排。

　　对孩子来说，规则是必要的。

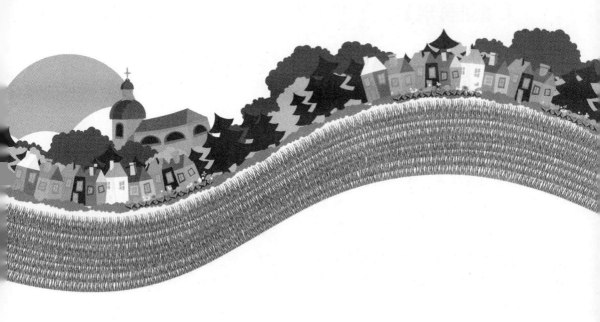

14. 放弃孩子的话——

我对你不抱任何指望

类似话语：

你自己看着办吧，学不学我也不指望你了
你愿意干什么就干什么吧
我看怎么管你也是不行了

【情景再现】

义务献血日快到了，李浩所在的学校号召大家义务献血，为了让同学们积极响应，老师就先给学生干部做起了思想工作，希望各班的学生干部先加入献血的行列。

作为班长的李浩将这件事和妈妈说了，希望得到妈妈的支持。可是李浩刚把话说完，妈妈就拒绝了："不行，你怎么能随便去献血，你知道要吃多少营养品你的血才能补回来吗？"

李浩向妈妈解释道："其实，正常人献血是不影响健康的……"

没等李浩说完妈妈立刻反驳到："你知道什么，你还在长身体的时候，绝不能献血，知道吗？"

李浩知道妈妈不同意的事情就很难再改变了，于是也没有再说什么。

几天后当妈妈知道李浩竟然背着自己偷偷献血后很是生气："你这孩子有主意了是吧，你不听我的，我对你是没指望了，我以后再也不想管你了。"

✏ 情景分析

为什么孩子大了就变得不听话？是不是到了一定年龄就必然会叛逆？其实什么事情都不是绝对的，孩子大了自然会有自己的主意和对事情的理解。家长如果永远当孩子长不大，什么事情都不听取孩子的意见，那么冲突就在所难免。一旦家长处于弱势就会因为气愤而说出过头的话——"我再也不想管你了"，孩子没有按照家长的意愿做事，家长就说出放弃的话，这让孩子无所适从，因为害怕被放弃，孩子以后不再敢有自己的主意，也同样不敢表达自己的想法。

【情景探讨】

　　孩子的心灵是稚嫩的，很容易接受家长的话，同样孩子的心灵也是脆弱的，往往因为家长一句不会实现的威胁而长久蒙上阴影。在家庭教育中，家长常常不自觉地将孩子对自己的依赖视为筹码，逼迫孩子按照自己的要求去做人、做事。当孩子的表现与自己的期望相悖时，情急之下的家长习惯用"我再也不想管你了"这样的语言来恐吓孩子，期待孩子会因为害怕失去家长的庇佑，因为家长要放弃自己、不管自己而变得听话、懂事。但事实却恰恰相反，威胁不但会使家长丧失威信，更会扭曲孩子的心灵。

　　一位父亲在谈到自己与儿子的关系时，自豪地说："我们是父子也是朋友。"

　　儿子小的时候很聪明。可是上了初中，孩子迷上了电脑，这让我们都很头疼，我像很多父亲那样，也打过也骂过，但是结果孩子背着我们玩得更凶了。那时候对儿子是围追堵截战。每次孩子回来身上有烟味，我就知道他去了网吧。可是他从来不承认，骂过之后我也冷静了下来，打打骂骂不是办法，要从源头解决。

　　就这样我和他妈妈商量买了一台电脑。之后和儿子长谈了一次，儿子说那天他突然觉得我老了。其实再淘气的孩子也是会心疼家长的，就像家长爱孩子一样。我和儿子说，以后不要去网吧玩了就在家吧，每天回来都一身的烟味，这样对你的成长也没有好处。在我的建议下，我和儿子一起玩了一下午的游戏。那天晚上吃饭的时候，我对孩子说，要做游戏的主人，而不要让游戏玩了自己的人生。之后我们针对游戏的很多细节进行讨论，儿子也提出了自己的很多看法。

　　从那以后儿子有什么事都会主动和我说，有时候我们的意见也并不一致，但是无论怎样我都不会拿父亲的身份来压制孩子的想法，而是给孩子机会去表达、去尝试。

　　今天，儿子虽然已经上大学了，但是有事情还是会和我交流，就如汪曾祺老先生说的，多年父子成兄弟。

孩子渐渐长大，总会有自己的想法，虽然有些想法不够成熟，但是这毕竟是孩子开始学着规划自己的人生。家长不能剥夺孩子的这一权利，更不能因为孩子的决定和家长的意愿相违背就气愤地说出放弃孩子的话和伤害孩子情感的话，因为这不但无助于解决问题，还会让孩子陷入到深深的困惑当中。

不要用言语来放弃孩子。

第一，多商量些，少命令些。家长不管要求孩子做什么事情，一定要注意用商量的口吻，而不要用命令的口吻。尤其是涉及孩子的事情，家长都不要自作主张，要学会与孩子协商，取得孩子的同意和认同。在这样的家庭氛围中，孩子渐渐养成了民主协商的习惯，能够愿意主动与家长进行沟通。

第二，放手让孩子去体验。如果孩子老是听不进家长的话，那么在保证安全和没有恶劣后果的前提下，家长也可以让孩子自己体会"自食恶果"的滋味。通过切身体验，孩子将能深刻领悟到家长的教导的正确和重要。

第三，耐心倾听孩子。气急攻心的家长，在面对不听管教的孩子时，通常最直接的反应就是破口大骂。这种情况下，家长最明智的选择是先冷静下来，尝试着多一分耐心，问问孩子这么做的原因是什么。当家长的心思已经放在了解孩子的想法，并想办法帮孩子解决问题上时，也许就会发现孩子的行为其实是情有可原的，并且也已经释放掉了很多负面的情绪。

第四，真正放下身段。有些家长总喜欢在孩子面前保持威严，习惯用以上对下的态度来对待孩子，这是不对的，家长要放下身段，从内心尊重孩子，不要再用命令的口气跟孩子说话，将孩子当做成人一样给予尊重。不要总是对孩子说"不"，而是要给孩子出选择题，让孩子自己做决定。如果孩子的年龄足够大，表达能力没有问题，也可以让孩子自己提出解决方案或替代办法。

第五，和孩子约法三章。对于孩子的问题，尤其是孩子的不良行为，家长一定要与孩子协商后制定规则，并约法三章。不过，家长千万不可自作主张制定规则，这样的规则对孩子来说没有什么约束意义。与孩子约法三章，仅仅是因为孩子缺乏自制力，规则是帮助孩子约束自己的，而不是惩罚孩子。因此，规则一定要经过孩子认可。

【情景提示】

尊重孩子并不是一句话、一个口号，而是一个行动。面对一天天长大的孩子，家长有时候的处境很尴尬，很多决定也许不一定有道理，但都是出于对孩子的爱。情景中母亲的做法是有些欠考虑，但是她爱儿子的心是可以理解的。当母亲和孩子有这样的冲突的时候，母亲可以换一种方式和孩子交流。母亲不妨这样说："献血是一件很光荣的事情，但是妈妈有点担心，因为不是每个人都符合献血的条件，你也不要太盲目，等学校的体检报告下来，如果符合条件，妈妈会考虑你的意见的。"

故事启读

认同的力量

许多年前，一个10岁的男孩在城里的一家工厂做工。他一心想当一个歌星，但是，他的第一位老师却说："你不能唱歌，五音不全，你的歌简直就像是狂风扫在吹百叶窗上一样。"回到家后，他很伤心，并向他的母亲——一位贫穷的农妇哭诉这一切。母亲搂着他，轻轻地说："孩子，其实你很有音乐才能，听一听吧，你今天的歌声比起昨天的乐感好多了，妈妈相信你会成为一个出色的歌唱家的……"听了这些话，男孩的心情好多了。后来，这个男孩成了那个时代著名的歌剧演唱家。他的名字叫恩瑞哥·卡罗素。当他回忆起自己的成功之路时这样说："是母亲那句肯定的话，让我有了今天的成绩。"

也许，卡罗素的母亲从来都没有想到过她的儿子能成为一代名人，也许根本没有指望过靠他三言两语去改变儿子的一生，然而，事实上，正是她那句善意的肯定成就了那个时代最伟大的歌唱家。

对孩子的认同就是对孩子的赞赏和肯定，认同的力量是无穷的。

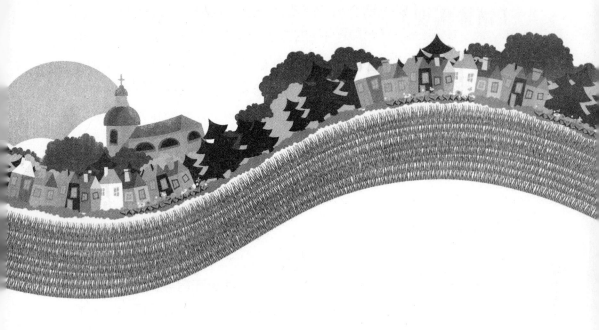

15. 利诱孩子的话——

只要学习好你要什么都行

类似话语：

你少玩点儿游戏，就多给你零用钱
若考100分我就给你买礼物
下次考试进前10名，我奖励你一个好手机

露露从小就不愿意学习，马上就要进行期中考试了，露露还是一点儿学习的心思都没有，这让露露的爸爸妈妈很着急。为了激励露露，爸爸对露露说："这次考试要是得了100分，就给你买最喜欢的MP4。"露露将信将疑地看着爸爸说："你说话算数，考100分真的给我买吗？"爸爸见露露有所动心立刻说："只要学习好你要什么都行。"

情景分析

学习的目的并不是要得到家长的奖励，家长在指导孩子学习时要明确告诉他学习的目的是什么。"只要学习好你要什么都行。"很多家长这样激励、利诱孩子，这种做法的缺点很多，容易使孩子误解学习的目的和方向，使孩子从小形成不良的学习动机，而且还可能使孩子染上金钱至上的不良习惯。把成绩和物质奖励挂钩会对孩子的价值观产生误导，孩子为了物质、金钱而努力用功的行为也是很难坚持下去的。

【情景探讨】

许诺是奖励的一种方法，能对孩子起鼓劲、促进和教育的作用，但许诺的分寸如果掌握不好会适得其反带来不良后果，因此，家长对孩子一定要慎许诺言。孩子如果考出理想的分数，家长给予一定奖励无可厚非，但如今的奖励已经变味，就像是交易。时下，很多家长把它当成刺激孩子学习兴趣的唯一手段，容易让孩子形成一种错误的认识，自己是为了得到奖励才学习的。

一位老师说起期中考试前后，发生在他们班的一件事。

和每次考试之前不太一样，最近班级里学生的表现有点反常，大家从未有过的团结，整天凑在一起神神秘秘地在抄写着什么东西。好像有什么阴谋一样，但是老师却一直没有发现其他的什么迹象。

考数学时一些学生很快就答完了，老师觉得不对劲，就找到了这些学生的卷子，发现他们的答案竟然完全一样。为了进一步弄清这是怎么一回事，教师找到一个叫李静的同学，几经周折李静说出了事情的原委。原来李静的爸爸一直不满意孩子现在的成绩，为了能激励孩子学习，就说只要这次考试能打个100分，就给她买电脑。李静说，她虽然很想要电脑，但是考试得100分谈何容易啊，可如果考不到100分不但没有了电脑，还会被爸爸骂，就算不为了电脑，也要想点办法。于是几个情况差不多的学生就想到了偷考试卷，提前做答案的办法。

事情虽然清楚了，但是老师的心情却很沉重，家长都想提高孩子的成绩，可是在方法上却十分的不可取。就像这样的过度奖励和过度批评结合的办法，不但不能从本质上培养学生的学习兴趣提高他们的学习成绩，还将他们推向了另一个极端。

相信每一位家长的初衷都是好的，但是教育要讲究方法，要引导而不是诱导。

过分的物质诱惑对培养孩子正确的价值观很不利，鼓励教育是必要的，但不赞成把经济利益同学习成绩相联系。中小学生思想上还不成熟，尚处于懵懂状态。家长给孩子明确的物质奖励，很容易让他们把这个当做学习的内驱。一旦在同学中间形成攀比风气，对孩子品格培养的负面影响就会更大。

孩子对物质奖励的要求越来越高，胃口越来越大，这是家长行为误导的结果，而这种误导往往就是从一顿肯德基、一把玩具枪开始的。家长最初给孩子物质奖励的出发点无非是鼓励一下孩子的学习热情，起初送的大多是一些小礼物，随着这些"不值钱的小礼物"逐渐变得司空见惯，家长就相应加大了资金投入，以求得对孩子学习积极性的有效刺激。这样，对思维还未定型的孩子们就产生了很大影响，他们开始凭借自己大大小小的成绩挑选各种档次的奖品，认为这些奖励是天经地义的。学习目的已经发生扭曲，他们认识不到学习是为了自己，而误认为是为了家长，取得成绩就应当得到"报酬"。

一些教育工作者指出，不要对孩子实行利诱策略。

有些家长可以用金钱，漂亮衣物，电子游戏机等物质引诱来唤起孩子的学习动力，但这些做法都是十分不明智的。因为一旦孩子得到这些物质上的满足，那么这种动力就会减弱直至消失。

所以，要想让孩子有学习的动力，家长首先就要帮助孩子树立起远大的志向，激发起为实现自我志向而不懈努力的进取精神，这些都是孩子取得成就的重要保障。其次，家长要教育孩子树立起积极进取的人生态度。"玉不琢，不成器"，没有个人的磨炼和勤奋努力，没有一个积极进取的态度，一个人是很难成器的。还有，家长要指导孩子学会处理人生道路上遇到的各种问题。家长要指导孩子正确地处理成功与失败，挫折与顺利，逆境与顺境，痛苦与喜悦的关系，培养孩子对失败、挫折、逆境、痛苦的心理承受能力，树立正确的苦乐观、幸福观、人生观、价值观、生死观、荣辱观等。

对今天的不少孩子，在"威逼利诱"不起作用的情况下，和孩子做朋友不失为一个很好的策略。其实理由很简单："威逼利诱"都不好使了，家长不了解孩子到底在想什么，到底想做什么，那么放下家长的威严和孩子做朋友，使孩子能够和家长主动沟通，如学习的烦恼、心理的困惑等一些话能够和家长说，家长就能从孩子的"只言片语"里体察到孩子的心境和想法。

当然，在中国传统思维的影响下，即使是家长和孩子做朋友，这种朋友关系也是大打折扣的，父母很大程度上是在给孩子施加影响。孩子也不可能把家长当作同龄朋友一样看待，这就需要家长掌握一个度。

【情景提示】

情景中露露爸爸为了激励孩子先是答应了MP4后又说什么都行，这样不负责任的说法是很难兑现的，一旦答应的事情无法得到满足，孩子失去的不仅仅是学习的乐趣还会加上做人的诚信。考试在即，想让孩子立刻收心，家长可以适当想些立竿见影的办法，也可以对孩子说："这次你要是考试得了100分，爸爸会有份奖励，这也一定是你最想要的。"家长不要说具体是什么，如果孩子真的达到了家长拟定的标准，家长要给的可以是孩子从未体验到的荣誉感，以此来激励孩子。但要注意的是家长拟定的标准一定要符合孩子的实际情况。

✒ 故事启读

上涨的"家庭奖学金"

小茗读小学三年级时，期末考试语文和数学都考了满分，于是爸爸就带他去肯德基吃了一顿。

当时小茗兴奋不已，之后的考试中也多次拿到优异的成绩，爸爸也就一次次地奖励他，从吃肯德基到买四驱车，再到配手机……终于，爸爸感觉到小茗对奖品的要求越来越高。上初二时，由于小茗的成绩进步比较明显，曾要求家里奖励他一部数码相机，在他的软磨硬泡下，爸爸让他如愿了。

中考临近了，小茗居然给了爸爸一张纸条，上面列有不同档次的成绩相对应的奖品：考上市重点高中，要求奖励一台笔记本电脑；考上区重点高中，要求奖励……

小茗说，班上其他同学家里有很多都设有类似的奖励，他们把这称为"家庭奖学金"。面对不断上涨的"家庭奖学金"，爸爸感到担心：别的家长提供这样那样的物质奖励，给孩子学习提供"动力"。自己如果拒绝孩子的要求，会不会让孩子对学习有所懈怠。可是给孩子价格不菲的物质奖励，孩子今后到底会是为了什么而学习？

告诉孩子为什么学习要比物质奖励孩子学习更重要。

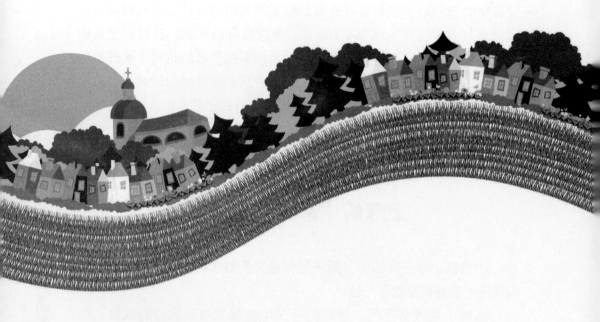

16. 压制孩子的话——

我说不行就是不行

类似话语：

这事没什么可商量的
闭上你的嘴
住嘴！你怎么就是不听话呢

【情景再现】

　　小雨的爸爸很重视亲子教育，他认为"棍棒出孝子，严师出高徒"，对孩子的教育应当从严。小雨很聪明学习也不错，爸爸相信这都是自己严加管教的结果。爸爸对小雨寄予厚望，他希望将自己的生活经验都传授给小雨，并坚信这样小雨就会成才。

　　周末小雨的好朋友约小雨一起去玩，小雨鼓足了勇气才对爸爸说："爸爸，周末同学约我出去玩，我能去吗？"

　　"玩什么，这周的练习都做了吗，你和别人不一样，要严格要求自己，有点上进心，知道吗！"爸爸说。

　　"可是，同学们都是约好的啊，我就去一次，不耽误的。"小雨恳求道。

　　"玩什么玩，你就知道玩，一说玩你可来劲了，学习去，我说不行就不行。"

情景分析

　　用家长的权威来压制孩子，出于对强迫和威胁的恐惧，孩子表面可能会屈从，但心里却无法信服。不知道家长什么地方对，自己什么地方错，这只会使孩子盲目的服从，并使孩子失去自信，变得紧张而没有安全感，面对一些事情不知所措，失去尝试新事物的勇气，妨碍孩子完整人格的形成。家长的"我说不行就不行"这句话给孩子传达了这样的信息：人与人之间没有道理可讲，只有等级、尊卑、强弱之分。只要你是弱者就什么都不对，而是强者就什么都对。

【情景探讨】

　　许多家长喜欢推己及人，总觉得自己是为孩子好，自己的阅历比孩子丰富，加之基于身为长者的至尊心理，他们常喜欢将自己的意愿强加给孩子。比方说，他们觉得读书能增长知识，不管孩子愿意不愿意，有空便陪读；他们觉得孩子还小，不懂事，与之聊天意义不大，所以回答起孩子的问话都是有一句没一句，宁肯选择陪之看电视，等等。其实，孩子虽然小，但他们毕竟有自己的想法，他们想要的与家长给予的不一致时，自然要表现出消极乃至抵触情绪。

要放暑假了，妈妈对小虎说："放假以后，我送你去外婆家住一个月，到了外婆家要懂事听话，不要惹外婆生气。"

小虎听妈妈说要将自己送到外婆家过暑假很不高兴："我不去外婆家，我和同学约好了要去夏令营的。"

"不行，这个月爸爸妈妈都忙，没有时间照顾你。"妈妈不容置疑地说。

"妈，我又不是小孩子了，我会照顾自己的，为什么总去外婆家。"小虎恳求到。

"你怎么照顾自己，饭都不会做，在家我还担心呢，听妈妈的话就去外婆家，这事就这么定了，你别说了。"妈妈有点不耐烦。

"你们从来都不问我，凭什么都听你们的？"小虎委屈地说。

"大人决定的事情还得和你商量？你懂什么？怎么决定我们心里还没数吗？你自己要是什么都可以，你以为我愿意管你吗？就是去外婆家，你好好准备吧，放假就走。"妈妈生气地说。

小虎到底还是去了外婆家。但是从那以后，小虎开始怨恨起妈妈来。

在很多家庭中，家长都会施展自己的权威，总认为家里的事情家长说了算，因此，家长做决定的时候，总会忽略孩子的感受，而是将自己的思想和喜好强加给孩子，这其实是错误的。家长不要以为孩子是自己的，就可以随随便便替孩子做决定，孩子年龄虽小，但也是一个独立的个体，有权知道关于自己的事情。所以家长做决定之前要考虑孩子的感受。

对家长来说，威信是一种威望信誉，对孩子来说是一种尊重和信从。那么家长们又要怎样树立自己的威信呢？

第一，注重"言传身教"。列宁的夫人克鲁普斯卡娅说过一句话："家庭教育对父母而言，首先是自我教育。"要想教育好孩子，在孩子心中树立威信，我们的话孩子愿意听，家长就要注意自己的言行举止，因为我们正以耳濡目染的形式，对孩子发生着重要的影响。

第二，做到"言必行，行必果"。家长对孩子要真诚，言而有信，说到做到，且言行一致，表里如一。切忌不可经常出尔反尔，答应孩子的事情总是做不到，或无果而终；更不可当面一套、背后一套，说一套，做一套。当孩子从家长那里连最起码的诚信和安全感都得不到时，孩子就不会信任家长。

第三，学会"严""慈"并重。这是家长树立威信的重要手段。家长对孩子思想品德的教育、生活习惯的培养、学习技能的锻炼等各方面都应严格要求，使孩子努力做好；对孩子批评教育时，晓之以理，动之以情，让孩子心服口服，从而做到信服；以一颗宽容的心对待孩子，不过分地苛求孩子去干做不到、不愿做的事情，做一个理解孩子、尊重孩子的家长。

第四，懂得"知己知彼，百战不殆"。这是家长教育孩子的必修课。家长应当进入孩子的世界，和孩子做知心的朋友。当孩子把家长当朋友待时，孩子才会听其言、信其道。

第五，努力构建和谐的家庭环境和融洽的亲子关系。这是家长树立威信的重要条件。良好的家庭氛围是孩子健康成长的源泉，和谐融洽的亲子关系是孩子快乐生活的温床，对孩子性格、情感的培养，人生理想、追求的树立等方面都有着重要的影响。

【情景提示】

对待孩子，做家长的要放下架子，把孩子当做与自己平等的一个大人来对待。只要孩子的意见合理，作家长的就应该给予认同，而不是一味地干涉孩子的自由。

情景中小雨爸爸的教育方式首先就是错误的，家长要想孩子能够成才，管教是一方面，给孩子一定的自由也很重要，让孩子决定一些事情，如可以这样和小雨说："可以，你不是答应同学了吗？答应别人的事就要守信用，不过你也要安排好自己的事情，别耽误了学习。去玩吧，注意安全，早点儿回来。"

故事启读

搬书的男孩

4岁的麦克帮父亲把一些藏书从阁楼上搬到楼下较宽敞的地方。他觉得能助父亲一臂之力是很了不起的事，虽然事实上他非但没帮上什么忙，反而还碍手碍脚，使工作进行得更缓慢。

麦克的父亲不仅有耐心，而且还很智慧。他知道让儿子参与工作的意义，远比搬一大沓书的效率重要得多。

有几本是又厚又重的书，麦克搬起来相当吃力。有一回，他抱的那沓书一连掉落好几次。最后他气急败坏地坐在阶梯上，难过地哭了起来。麦克觉得自己笨手笨脚，不能把事情做好。想到自己不能帮助父亲，他伤心极了。

父亲看在眼里，一言不发，拾起散落在地上的书，将它们放回麦克的怀中，然后用强有力的手臂一把抱起捧着书的儿子，将书和儿子一并抱下楼来。就这样来来回回，一趟又一趟，父子俩有说有笑地完成了任务：小麦克负责搬书，父亲负责搬小麦克。

孩子的每一个有益的行动都应受到鼓励，哪怕他做得不到位。

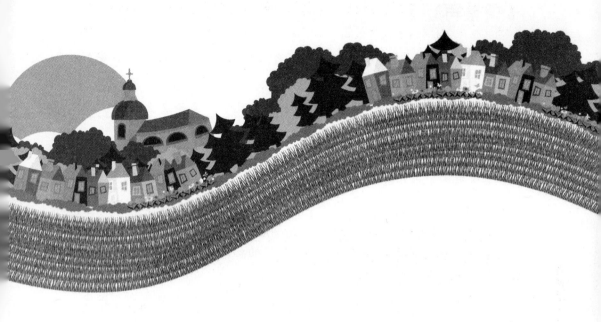

17. 怀疑孩子的话——

这次进步了几名，是不是老师多给你几分啊

类似话语：

你实在无法让我相信
我看你没这么厉害吧
你能做得那么好吗？别跟我说大话

【情景再现】

　　琪琪的成绩一直排在班里的前三名，这让爸爸很是骄傲，时常会在同事面前炫耀。琪琪为了不让爸爸失望，学习一直很卖力。

　　可是自从开了物理课，琪琪的生活全乱了，无论怎么努力，琪琪就好像不通窍，怎么也弄不明白这些符号的关系，什么第一定律、电路电阻，琪琪的头都要炸开了。成绩也一天天的下滑，爸爸也鼓励她，参考书买了不知道多少，可还是没能阻止成绩的退步。

　　琪琪看着爸爸失望的表情很心疼，觉得是自己做错了事，为了让爸爸开心，琪琪每天都学到很晚。

　　期中考试成绩出来了，超出爸爸规定的标准5分，排名也提升了，努力总算是没有白费。

　　晚上爸爸下班刚刚进门，琪琪就向爸爸报告了这个好消息。爸爸开始还挺高兴，可是看了看卷子后说："这道题老师完全可以不给你分，你别得意了。这次进步了几名，是不是老师多给你几分啊"。

　　爸爸的话让琪琪很失望，她不知道接下来自己应该怎样做，甚至觉得无论自己取得怎样的成绩爸爸都不会高兴的，因为爸爸根本不相信自己能够做好。

✐ 情景分析

　　琪琪是一个上进的孩子，成绩也一直不错，可是家长当孩子是自己炫耀的工具，一旦孩子成绩有所波动，家长没有耐心帮助孩子调整，孩子成绩有所提高还说"这次进步了几名，是不是老师多给你几分啊"这样怀疑的话，无论家长这样做出于什么样的目的，其结果都会使孩子伤心、失望，孩子甚至会怀疑自己的能力和家长对自己的关心。

　　孩子考试考砸了，某一阶段成绩下降了，家长要有个正确的认识。许多时候孩子学习有个瓶颈，突破这个瓶颈就会好起来。家长要让孩子真正认识到分数的高低并不能衡量一个人能力的高低，相信通过孩子的不懈努力，就一定会取得好成绩。

要知道，鼓励性的话语比怀疑否定更有实效。它可以帮助孩子走出自卑的阴影，勇敢地面对现实，不灰心、不气馁，跌倒了再爬起来，振作精神，奋发向上。如此，孩子才不会因为一两次偏低的分数而扼杀了对成功的渴望，并能在失败中正确归因，想方设法迎头赶上。

【情景探讨】

孩子的心灵是敏感的，它是为接受一切好的东西而敞开的。孩子的感知力超乎家长的想象，怀疑会令孩子感到失落和挫败。家长对孩子的怀疑是造成孩子不自信、不诚信、不自立的主要原因之一。很多家长都不知道该如何与孩子相处，因为孩子很少会和自己袒露心声。

一些家长经常抱怨孩子爱说谎、懦弱、没主见，等等。家长们为此忧心忡忡，但他们却不去想想，这都是什么原因造成的呢？

我们有没有怀疑过我们的孩子？怀疑过他们对一件事情的处理和解决能力？或者怀疑过他们撒谎、懒惰、偷东西？如果有的话，或许我们就可以解答前面所提出的疑问了。

张女士5岁的女儿在几个大孩子的撺掇下，拿走了爷爷的50块钱，买来玩具和零食与小朋友们分享。事实查明后，面对惊慌失措的女儿，张女士硬着心肠举起巴掌，打了孩子几下。张女士一边打她，一边难过，希望她能快点长大，能够体谅自己的一片苦心。

过了一段时间，张女士晚上给女儿洗澡时，爷爷告诉她，女儿又拿走了他15元钱。正在浴盆里的孩子立刻尖叫起来："不是我拿的！就不是我拿的！"上次的事距今不足一个月，没想到她竟然一错再错。张女士的目光不由得严厉起来。女儿像一只受惊的小鸟，哭得凄凄惨惨，晶莹的泪珠成串地滚落下来。

"不是你，难道是爷爷冤枉你！"张女士强忍着怒火说。"就是，"女儿哭得泣不成声，"就是——冤枉我……"爷爷也生气了："这孩子，怎么承认的事儿还要反口啊？"原来，爷爷把这事告诉了女儿的姑姑，脾气急躁的姑姑打了女儿一巴掌，女儿终于承认钱是自己拿的了。

既然已经打过了，张女士实在是不忍心再教训她了。不过，还是拉过女儿，狠狠地批评了她一顿。女儿也不说话，只是不停地哭，一副可怜巴巴的样子。想到她毕竟才5岁，大人还会重复犯错误，何况一个不懂事的孩子，哪能一两次就教育成功呢？看女儿哭得那么伤心，张女士决定带她到新房去住，一路上还不停地给她讲故事，启发她做好孩子，要诚实。

第二天清晨，电话突然响了，是爷爷打来的，要求孩子接电话。张女士轻轻摇醒女儿。女儿尚睡眼蒙眬，只听她简单地"嗯、嗯"了两声，就挂断了电话。张女士问她怎么了，她小声地说："爷爷的钱买了凳子，他忘了，以为是我拿的。他刚才告诉我，我没有拿他的钱，是他错怪我了。他向我说对不起。他说，以后不管什么事情，只要没有做，就无论怎样都不能承认。"看着孩子哀伤的目光，张女士心中异常难受。

被人冤枉、误解是件痛苦的事，何况是自己的亲人，更何况被冤枉的还是个孩子！我们经常能看到这样的父母：他们要求孩子吃完饭在房间里学习半小时，结果却每隔五分钟进去看一下孩子是否在偷懒；他们要求孩子去买件东西，也总担心孩子拿多余的钱买零食吃；孩子要报名参加一项比赛，他们会问："你能行吗?"

父母们的这些行为，往往导致孩子用冷漠和逆反来对抗，而父母们却认为自己的怀疑是有根据的，这就更加滋长了孩子的不合作甚至叛逆情绪。孩子健康的成长过程最需要的是正面的"信任""鼓励""欣赏""支持"；最排斥的是负面的"怀疑""打压""诋毁"和"斥责"等。我们都希望让孩子的世界里充满阳光。可事实上，往往因为我们的一个怀疑、一句话、一个眼神，就会深深地伤害到孩子。

家庭是孩子的避风港和加油站，是孩子最应得到信任、理解和支持的地方。在任何时候都要站在孩子的立场上看待问题，在任何时候都不要怀疑孩子。因为孩子会认为：就算全世界都抛弃自己，爸爸妈妈也会站在自己这一边。

孩子在学习过程中难免遇到这样那样的问题，而最让家长头疼的无非就是孩子的成绩不够稳定。要解决好这个问题应该注意几点：

第一，稳定情绪，激发自信心。孩子成绩下降，如果家长采取训斥或棍棒式教育，极易使孩子产生消极情绪，自暴自弃，破罐子破摔，进而丧失自信心。家长必须走出以单纯的分数来衡量孩子学业优劣的误区。重要的是让孩子认识到分数是孤零零的数字，不能全面反映孩子的实际发展水平，不能说明一个人的实际能力的高低。教导孩子不要因为自己的成绩差，就认为自己笨，因此消沉下去。

第二，客观分析，对症下药。家长要引导孩子分析一下成绩下降的原因，了解孩子是否存在学习上的心理障碍，在学习过程中是否遇到了困难。帮助他解决学习中的困难，有针对性地进行疏导，提出可行的改正措施，使孩子正确认识自己的智力状况、学习基础。对自己有了正确认识后，孩子的自信心就大大增强了。他不会再为一两次偏低的分数而扼杀了对成功的渴望，并能在失败中正确归因，想方设法迎头赶上。

第三，制定目标，分段实施。家长可根据孩子的自身情况，制定出具体的奋斗目标，分阶段实施，但分数并不是实现目标的标准，第一阶段目标实现后再树立新目标。家长必须把握好对孩子要求的度，要求过严，目标过高，都容易产生负面影响。

第四，自我调节，心态平和。注意教孩子掌握自我控制的心理训练方法，成绩不理想时，不要灰心丧气，妄自菲薄；成绩优异时，不要沾沾自喜，妄自尊大。正确调节自己的心理状态，客观地看待分数的高低，相信通过自己的不懈努力，就一定会取得好成绩。从而形成自我矫正的内驱力，并很快转化为自我提高的行为，达到令人满意的效果。

【情景提示】

要想让孩子进步就不要怀疑孩子的能力。哪怕只有一点点的提高，我们也要及时给予肯定。这种肯定不一定是物质上的奖励，家长一句称赞的话就可以。

情景中的父亲并没有尽到教育孩子的责任，怀疑否定、将孩子作为自己炫耀的工具这不是真正的教育。父亲在教育孩子的过程中要给予孩子鼓励和安全感，而不是一味地施加压力。爸爸可以这样说："琪琪的学习成绩一直很不错，只是新增加物理课后有点波动，爸爸开始的时候确实有点着急，现在看琪琪还是有能力的，卷面还要仔细看看，找出优势和不足，其实方法很重要。"

🖌 故事启读

口吃的全球第一CEO

被人们称为"全球第一CEO"的美国通用电气公司首席执行官杰克·韦尔奇对自己很自信䍃在担任通用电气首席执行官的20年里䍃韦尔奇显示出了非凡的才能。

韦尔奇从小就口吃，而且很难矫正，有时因为口吃还会引来不少笑话，这让韦尔奇难堪不已。可是母亲总是为他找一些完美的理由。她会对韦尔奇说："这并不是什么缺陷，只是因为你太聪明了。没有任何一个人的舌头可以跟得上你这样聪明的脑袋瓜，别急，慢慢来！让我们一起努力。我想经过一段时间的训练，你嘴巴说的和你心里想的会一样快。"

韦尔奇中学毕业时，他的成绩本可以进入美国最好的大学，但事与愿违，只进了马萨诸塞州大学。为此他感到非常沮丧，他在新学校待了一个星期，就特别想家，原因在于他还没完全从沮丧的阴影中走出来。母亲得知这一情况后，驾车 3 小时去学校看他。她给韦尔奇打气：“看看周围的这些孩子，他们从没想过回家。你和他们一样优秀，而且还要更出色……”

“她那些激励的话确实奏效了，不到一星期，我便不再忧虑了。”韦尔奇在母亲的帮助下，很快认识到自身的优势，重新振作了起来。

“如果当时我选择了麻省理工学院，那我就会被昔日的伙伴们打压，永远没有出头的一天，然而这所大学，让我获得了许多自信。我相信一个人所经历的一切，都会成为建立自信的基石：包括母亲的支持、运动、上学、取得学位。”事实证明韦尔奇是马萨诸塞州大学最顶尖的学生之一，这与他母亲及时的帮助是有很大关系的。

如果每个孩子的家长都能像韦尔奇的妈妈一样，即使孩子不能都成为“第一CEO”，他总会是一位成功者。

18. 教孩子自私的话——

你真傻，以后别人的事你少管

类似话语：

小心点，别让自己吃亏
还朋友呢，就你傻
和同学在一起时学得奸点

【情景再现】

已经是晚上9点了，可明明还在写作业，妈妈关切地问："今天作业多吗？怎么写到这么晚？"明明自豪地说："妈妈，我已经做小老师了，我报了自愿互助小组，今天的自习课，我没有写作业，给同学讲数学题了。"妈妈听了忙说："占用自己的学习时间给别人讲题，你真傻，以后别人的事你少管。"

情景分析

助人为乐，本是中华民族的优秀传统美德，也是我们社会、学校对孩子道德教育的一项重要内容。明明帮助同学的行为本应受到妈妈的支持与鼓励，但他得到的却是妈妈泼出的冷水，给了他"**傻**"的评价，这样的教育方式下，孩子就会丧失助人为乐的积极性，渐渐地就容易养成自私的毛病。如果孩子一旦养成了自私的毛病，在外"事不关己，高高挂起"，在家同样也会"唯我独尊"，这样的人格是不利于孩子将来在社会上生活的。

【情景探讨】

实际上，辅导同学功课，一方面可以培养孩子高尚的品德，另一方面也会对孩子已学知识起到巩固与加强的作用。另外，这种行动本身还会成为孩子主动学习的动力源泉，教别人的前提必须自己掌握好，为了当好老师，就得认真学习，这种荣誉感和帮助别人的乐趣会激发起孩子更大的学习热情。

对于在家里受惯了众星捧月般待遇的孩子来说，他们很容易形成自私的性格。这种性格的孩子一旦觉得有被冷落感，往往会无法适应，甚至有可能会演变为厌学等消极情绪。

李昭是一个小学三年级的学生，他从上一年级开始，就说不喜欢学校和同学。近来更是将退学或转学一类的话挂在嘴边，每当这时父母都会训斥他："不知足，送你上的是全区最好的学校，离家又近，为你提供的学习条件都是最好的，你还挑什么？你就给我安心读书吧！"李昭父母从来没有想过去了解一下孩子不愿上学的真实原因。

一天，老师把电话打上门问孩子为什么没来上学，父母这下可吓傻了，早晨孩子明明是像平时一样背着书包去上学的呀，没上学校，又是去哪里了呢？由于李昭家就在学校的斜对面，从上了三年级后，父母就再不接送李昭了。看来事情不妙，父母和老师赶紧行动，他们觉得在同学中寻找线索应当是有效的，于是老师号召全班同学提供线索，老师问："平时李昭经常和谁在一起玩呀？"班里没有回应，班长对老师说："因为他平时很自私，谁借他东西，他都不借；玩什么都想依着他，输了就不玩了，所以没人喜欢和他玩儿，他也没有朋友。"这下李昭的父母才恍然大悟，孩子厌学的根源竟是在这儿。原来在他们眼里是小孩子常会有的小毛病——"自私"问题，竟会成为孩子厌学的祸患。

在孩子的性格形成阶段，自私的问题一旦出现，绝不可将其看做是小事，家长应经常和孩子沟通，了解孩子的学习情况、思想变化与人际交往等多方面的问题。像李昭这样有自私倾向的孩子在生活中也不乏其人，对此，我们家长不可以熟视无睹或听之任之，要让孩子知道每个人作为群体中的一员，应多为大家着想。人的感情总是相互的，所谓的"我为人人，人人为我"就是这个道理。我们都有过类似的经验，今天同学向你借橡皮你没借，明天你铅笔丢了，向他借铅笔，别人同样也不愿借给你，当大家都领教过你的处事之道后，就会形成这样的口碑"他是个自私的人"，那么这样的孩子在人群中就会受到孤立，自然不会有愉快的心情。

要想解决孩子身上的自私问题，就应找到造成孩子自私的原因所在。实际上，孩子自私行为的出现，常常和他所受的家庭教育和所处的环境有关。

家长言行的影响是孩子自私思想形成的主要原因。家长们的行为对孩子的影响是最直接也是最深远的，家长表现自私，孩子也会如此效仿。邻居来借东西，本来家里有，家长说没有。孩子看到了就会留下印象，当他同学向他借东西时，他就会说："没有"或"不借"。

家长对孩子过分地爱护常会促成孩子自私。独生子女的优势常会使孩子成为家里的"小霸王"，父母和爷爷、奶奶常会对孩子的话言听计从，就是要天上的月亮，他们也恨不得去摘。这样孩子就会处处以自我为中心，养成自私的性格。

家庭教育中鼓励孩子自私行为更为孩子的自私性格的形成开绿灯。"别借同学东西，给你弄坏了怎么办？""你帮助他，对你有什么好处？""你别傻了，你帮他讲题，他考你前边怎么办？""管好自己比什么都强！"给孩子灌输这些观点，就会使孩子不再有帮助他人的欲望，完全以一己之利出发考虑问题。

如果家庭是一个冰冷的环境，家庭中的每个人都怀着私念冷漠地对待他人，孩子作为这个群体之中的一员，也会习以为常，这样的家庭环境对孩子的影响更大。所以要想让孩子不自私，家长应该注意以下一些环节。

第一，摆正孩子在家庭中的位置，对其进行科学的引导和教育。

不要让孩子在家中享有特权，让孩子像其他家庭成员一样尽自己的责任和义务，懂得关爱别人。要对孩子进行适当的引导，让孩子知道长幼有序，不能把自己的意志凌驾于父母和长辈之上。俗话说"没有规矩不成方圆"，家长应给孩子制定一些助人、为他人着想的规矩，并监督孩子遵守。使孩子逐渐养成助人、为他人着想的习惯。

第二，让孩子做一些力所能及的家务。

可以让孩子从最简单事的做起，比如，整理自己的学习用品与房间、刷碗、打扫卫生等，随着孩子年龄的增长，还可以慢慢教他洗衣、做饭等。让孩子在做家务的过程中体谅父母、长辈的辛苦，知道理解、关心他人。

第三，支持孩子多参加集体活动，培养团体观念。

要向孩子灌输集体主义思想，教育孩子在集体中与集体成员团结互助，为集体奉献自己的一份力量。要让孩子感受到能为集体做事是光荣的，培养孩子对集体的责任感。

第四，家长要让孩子善于体谅他人，能够照顾他人情绪。

在与人交往中，要照顾他人的感受，同学不舒服了，情绪有波动了，学习有困难了，要伸出热情之手。要让孩子从小就学会善于"察言观色"，看到他人感情变化，想到他人的心理和愿望，从而愿意做出让步或帮助。

第五，要给孩子适当的表扬与奖励，孩子的许多好品质就会在赞扬声中形成。孩子表现出无私的行为时，家长要适时地给予表扬，让孩子认识到这样做是对的，家长是支持的，激发孩子的积极性。

【情景提示】

我们每个人的生活中都离不开正常的人际交往，一个互助、和谐的环境，才能使人更好地生存，每个人都在不断地接受馈赠，也在不断地馈赠于人，孩子健全完整的性格的形成，美丽、温馨的内心世界的打造，都是以无私为基础的。

就本情景而言，妈妈应对孩子的这种助人的行为给予肯定，让孩子体会到给予别人帮助是一件快乐的事。妈妈可以这样说："你做得很对，能给别人当老师了，进步真快，妈妈真为你骄傲。你也要记住多向同学学习，共同进步！"

✏ 故事启读

独享大苹果

一个叫丁丁的孩子从小就受到尊老爱幼思想的训练。比如每次买苹果来，家长都要让丁丁效仿孔融让梨的故事。丁丁可谓训练有素，他每次都要拣最大的苹果先给奶奶吃，奶奶照例笑着夸赞一番："丁丁真孝顺，好孩子，奶奶牙不好，你吃吧。"接下来是爸爸妈妈，都有不吃大苹果的理由。最后丁丁自己抱着那个最大的苹果独自享用去了。一个实在算不上什么的苹果，让这个家庭其乐融融。

一天，爸爸的上司来家里玩，懂事的丁丁立马去果篮里找来一个大苹果，送给客人吃。妈妈和爸爸妈妈见了，个个乐开了怀。

那上司也说："你们家的孩子真不错。"虽说这位上司最不喜欢吃苹果，但出于对丁丁礼貌的尊重，他还是接过了那只大苹果。

不料，他刚咬一口就惹来了麻烦，只见愤怒的丁丁用手指着客人说："你为什么吃这最大的苹果？你嘴太馋了！"那位上司被这突如其来的变故，弄得不知所措，咬在嘴里的苹果咽不是，吐不是。

丁丁很伤感，这最大的苹果，历来是虚放一枪，最终要回收到他的嘴里去的，这个客人怎么给吃了，于是他跟客人急眼了！

丁丁的父母自然更是尴尬万分，他们完全没有意识到会发生这一切，于是赶紧向上司解释，说这大苹果向来是谦让一番，最后必定是要还给丁丁的。那位上司深深地"哦"了一声，说："我还有事就先走一步了"，竟然是踉踉跄跄地出了门。那位上司回到家，触景生情，见了苹果就伤感，不住地自言自语："怎么会发生这种事呢？"

不当的教育，培养出自私的孩子。

19. 对孩子强硬的话——

我让你干啥你就干啥

类似话语：

这是最后一次警告你
学习去，就知道玩
我骂你是为你好

【情景再现】

快要报考了，赵杰很想和妈妈好好谈谈，因为他觉得自己的文化课没有优势，而自己的兴趣又在美术上，所以在专业选择上有一点自己的想法。

赵杰刚刚向妈妈透露出自己的想法，妈妈的情绪就有点激动："这件事没有什么好谈的，你现在就好好学习，我让你干啥就干啥，其他的事情我们会帮你认真考虑。学艺术，有几个能成为画家的？"

情景分析

有人说，孩子如一本书，一本充满天真、浪漫、乐趣的书，一本引你遐想的书，一本让你回味无穷的书，作为家长就看你怎么读，其实要读好孩子这本书并不很容易。每个孩子都有自己的特色，都有自己的思想和观点。

"我让你干啥就干啥"家长这样强制性的话语只会产生两种结果，一是孩子从此变得唯唯诺诺，什么事情都不敢自己拿主意，时间一长就没有了自己的主见；另一种是激起孩子的反叛，以后有什么事都不会再和家长商量，而是自己全权做主。这两种结果任何家长都不想要。

正确的家庭教育理念应该是：承认每个孩子都是一个独立的个体，承认孩子有自己选择的权力，家长必须尊重孩子的选择，民主、平等地对待孩子，做孩子最可信赖的朋友，耐心倾听孩子的想法，引导孩子朝着自己认准的发展目标前进。

【情景探讨】

如果家长告诉孩子，"你来决定这件事"，孩子听到这样的话往往会很感动。自己做决定，这是最让孩子引以为傲的事情。更重要的是，孩子认为，家长让他自己决定一些事情，是家长对他能力的认可，是家长对他莫大的信任，因此，没有孩子愿意辜负这种信任。于是，这种信任便转化为了孩子努力做好这些事情的巨大动力。

令人遗憾的是，家长很难真正做到这一点，他们几乎从不对孩子说"你来决定这件事"，尤其是对那些他们认为很难管教的孩子。家长们往往认为："孩子太小，没有决定事情的能力""让孩子决定自己的事情，很可能会适得其反"……于是，家长包办了孩子的一切，从"吃、穿、住、行"到考什么大学、学什么专业……

《武汉晨报》曾发表过一篇题为《妈妈太强势 大一男生很痛苦 没一件事能做主》的文章。文中介绍了一个叫文峰的大一男生，因为自己的妈妈很强势，自己从小到大一件事也没做过主，为此自己非常痛苦。文章说：

21岁，充满阳光、活力四射的年龄，可在文峰身上却难寻踪迹。他说："我长这么大，没有一件事情自己做过主。"在介绍他的家庭时，文峰把母子关系形象地比喻成统治阶级与被统治阶级。

"想自己决定一件事是完全不可能的"，文峰说，他曾不止一次地努力尝试，让妈妈相信自己的能力，可最后的结果都一样：妈妈拍了板才能决定。

中考时，文峰想报考中专，可妈妈偏认定上高中，母子分歧很大。"从初三开始，我和妈妈关系就非常紧张。"文峰说，在初三下学期时，母子关系紧张到两人不能同时出现在家里。到家门口时，先望一下凉台，如果确认妈妈在家，文峰就马上转身去外婆家。

"我惹不起，总躲得起吧"文峰说，妈妈很能"嚼"，"脾气一上来，什么事都可能发生，摔砸东西、拿着扫帚满屋追打，家里战争一触即发，一发就不可收拾。"起初文峰会言语反抗，后来发现任何反抗都是徒劳，他开始选择沉默和逃避。

妈妈里外都是"一把手"，文峰说，"从小到大，我做任何事，都得经过她的同意和审批。"

因中考成绩不好，文峰未能如妈妈所愿考入高中。妈妈送他到某中级职业学校上学。

"在家里，我很少说话，也从不把同学带到家玩。因为妈妈一定会给他们脸色看。"文峰称，上中职后，妈妈说的第一句话就是：不准在学校谈恋爱，并反复声明"发现后，不要怪先前没打过招呼"。

"这就是我的妈妈，她在家就是这么强势。"文峰回忆，中职课程不多，班上同学谈恋爱现象比较普遍。自己每次想约女同学时，耳边会立马回响起妈妈的话，"不准谈恋爱"、"不要怪先前没打过招呼"。

21岁的文峰说，从小到大，他已习惯压抑自己。"我真的很怕跟妈妈相处，都说更年期的女性脾气暴躁，可在我记忆中，妈妈脾气就没温和过。"

家长不能一辈子替孩子做决定，总有一天孩子会走出家长的庇护，总有一天要尝试自己做决定。如果孩子做决定的胆量和能力从小就被家长封闭，那么开启它可能需要花费孩子一生的精力。

家长是教育者而不应是决策者，家长要培养孩子自主而不是什么都要为孩子做主。培养孩子的自主意识，家长需要做哪些努力呢？职场著名人士李开复曾这样总结：

第一，给孩子一个宽松的成长环境，尽量把自己对孩子的要求转化成对孩子的建议。只有在孩子遇到困惑时，才给他们提建议，多进行沟通和指导，但不要把自己的某种愿望强加给孩子。当然，宽松的环境也不是说要放任孩子自己去闯而不履行适当的约束权。

第二，在日常生活中要教孩子养成"自己想办法"的习惯。从小让孩子解决他们自己的事务，让他们明白，任何人都别想推卸自己的责任，让别人替他们收拾残局是不可能的。要让他们经过失败的考验后，自己从中总结经验教训，而不要什么事都包办，代替孩子完成任务。家长可以帮助孩子分析、反省，可以告诉他们遇到类似的情况时该怎么做，从而帮助孩子提高判断力，但不要帮过了头。

第三，要把选择权交给孩子，让孩子成为自己的主人。虽然我们很明白什么事该怎么做，但是你应该给孩子一个机会，让他学会独立做决定。他从自己的失败、错误中学到的东西要比你给他的正确指导学的东西要多得多。要让孩子知道，有些事情家长可以提意见，但最后做决定的还是他自己。而且随着年龄的增长，需要自己做决定的事会越来越多。

第四，要培养孩子的责任心。不要事事指使孩子，最好要先沟通，征得孩子的同意。当孩子自己承诺的事没有做到时，要让他知道自己负责的重要性。

第五，要培养孩子的好奇心，不要什么都教他。让他自己去试，失败了也没关系。

第六，要信任孩子。信任比惩罚更能够激起责任心。

【情景提示】

最听话的孩子也是最没有创造力的孩子。当孩子不再反抗家长的安排，不再对自己的事情提出异议时，那么孩子也不再思考了。

情景中的母亲这样做决定可能更好一些："我知道你喜欢美术，不过你也要为以后的事情多做一点打算，要从长远着手。不过父母不会强迫你一定学什么，主要是你自己考虑清楚，这关乎你未来的发展。最后不管你选择什么，我们都会支持你。"

故事启读

最好的礼物

童欣9岁那年，读小学三年级，他是个性格温顺、学习优秀的孩子。老师把他选出来做班干部，以为他能成为全班同学的模范，一点也没有想到他也是个孩子，偶尔也会淘气。

这一天老师正在讲课，童欣和同桌同学为了一点小事争执起来，愈演愈烈，最后当堂打了一架。

"身为班干部，竟犯这种错误。"老师指着他怒吼，"很严重、很严重。""严重"这个词，突然之间成了一个巨大的黑洞，在童欣眼前张开。最要命的是，老师命令他回家去，找妈妈到学校来。

童欣回到家，忐忑不安地把事情讲给了妈妈，说老师要她到学校去。看着妈妈满脸惊讶地走出门去，他的心里特别害怕，怕老师夸大他的错误，怕同学不再信任他这个"干部"，但他最害怕的是妈妈的责骂。童欣沉浸在一种莫名的恐惧和焦虑中无法自拔，上课总是分神，下课不说不笑，回到家里饭也不想吃，就等着妈妈的责罚。

那个晚上，妈妈把他拉过来，对他说："我已经和老师谈过了，我知道了事情的经过。"

妈妈甚至没有一句责备。"这件事情已经过去了。"她看着儿子惊恐的眼神，语气温和地说："你过去是一个好孩子，以后还会是一个好孩子。"就在这一瞬间，童欣在妈妈的眼睛里面看到了他所期待的东西。

这个夜晚过去18年之后，童欣获得清华大学的博士学位，加入微软亚洲研究院。此后4年，他一直在希格玛大厦第五层的大方格子间里占有一个小小的角落，第5年，他搬到第三层，还拥有一个单间的办公室，这表明他的表现杰出，已经升迁。他在微软公司年青一代的研究员中代表着杰出，也代表着责任。

童欣现在已经30多岁了，还对那个瞬间念念不忘："这件事可能妈妈已经忘记了，可它给我的印象却很深。""那个晚上，妈妈给了我最好的礼物，那就是宽容和信任。"他这样说，"这让我一辈子都受用不尽。

父母的宽容和信任让孩子受用不尽。

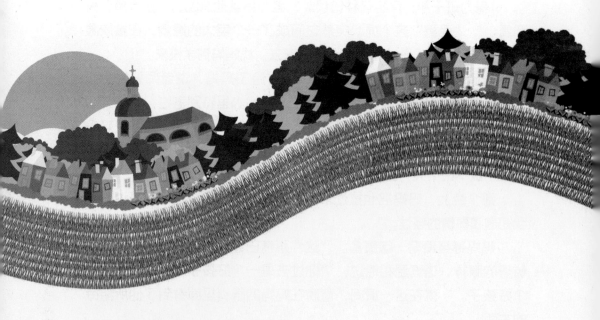

20.令孩子伤心的话——

给我滚远点，我不想再看到你

类似话语：

考这点分，干脆跳楼算了
养你这样的孩子，真丢人
我不管你了，就当没有你这样的孩子！

【情景再现】

一次语文测试，青林不但没考好，答题还出了笑话，老师在课堂批评了他，并说出了他的答题笑话，引起了同学们一阵笑声，使得青林很没面子。下课了，几个同学拿这个笑话来逗青林，青林更加不满，伸手打了一个同学。老师批评青林，青林还不服气，老师只好叫青林的爸爸到学校来。晚上放学回家，感觉很没面子很生气的爸爸教育青林时，青林不服气还和爸爸对着干，爸爸见青林不服管教，就大骂青林："给我滚远点，不好好学习，我不想再看到你。"

情景分析

"给我滚远点，不好好学习，我不想再看到你。" "现在开始我不管你了，就当没有你这样的儿子！"等等，家长在盛怒之下，特别是孩子闯了祸、惹了事批评还不服气的时候，经常会随口说出这样的话。家长的心情都是可以理解的，我们可能是生气随便说说，但这样的话给孩子造成的心理伤害却是很大的，有的时候甚至是无法弥补的。孩子会觉得家长真的不想管自己了，家长真的觉得自己无可救药了，所以才这样说。这种做法不但没有达到教育孩子的目的，还会把孩子推向教育的反面。

【情景探讨】

心理学家认为，人性中最深切的渴望就是获得他人的赞赏，对于正在成长中的孩子来说尤为如此。

"你怎么笨得像头猪" "像你这样，长大能有什么出息" "养你这样的孩子，真丢人"。出自家长口中的此类话语，给孩子心理造成的伤害之大是出乎我们想象的。调查显示，存在心理问题的孩子，超过80%都受到过语言伤害。

现实生活中，人们对于语言给自己带来的伤害，记忆也是最深的。经常遭受语言伤害，孩子的心灵蒙受打击，即使成年之后也会出现较多的性格缺陷、行为障碍以及社会适应不良等表现。

年过不惑的李先生早已远离了童心盎然的年华，但他至今仍然牢记着童年时的最大愿望，那就是获得妈妈的夸奖。在他的记忆里，妈妈从未夸奖过他。他是家中的老大，什么事只要做得稍有欠缺，便会被妈妈指责。即便他考试得了98分，妈妈也会说，人家能考100分你怎么考不了呢？李先生现在从事医疗工作，很敬业，医术很好，但是却不善表达，让他作学术报告，他赶紧推辞，在大庭广众之下发言他做不到，他觉得自己没这个能力。也因此，他的事业发展受到了影响。为什么会对自己缺乏信心？李先生说，从小，妈妈的指责就让他感觉自己有欠缺，很多事情不可能做好，也就不敢去尝试。虽然几十年过去了，他却很难打开这个心结。

类似这样的故事还有很多很多。

一个小学五年级的优秀生被选为副班长，回家后他兴冲冲地把这个消息告诉爸爸，爸爸的第一反应是："班长是谁？"儿子回答说是邻居女孩。"真笨！连丫头片子都不如！"

本想受到表扬的孩子却受到了训斥，孩子的心灵受到了来自家长的语言伤害，而家长对此却浑然不觉。有的家长总喜欢将别的孩子的优点拿来教育孩子，这其实也是一种无形的语言伤害。家长也可能只是不经意的几句话，而来自最信赖的人的否定却是孩子们难以接受的。

每个孩子在成长的过程中都会发生淘气、犯错误、惹祸、不听话、不服管教、不好好学习、成绩考得不好，等等，在家长看来很不舒服的事情。作为家长，孩子出现了上面的这些问题时，家长有责任批评和管教，但怎样的批评才能既有作用，又不伤害孩子呢？心理学家告诉我们，在批评和尊重之间，了解孩子的承受能力，并选择适合的批评方式，会起到更好的效果。

第一，找到正确的方法。当孩子不听话或调皮捣蛋犯错误时，家长要知道靠"言语暴力"是不能解决问题的。要知道，家长是孩子的一面镜子，必须先从自己做起。应该找到孩子能够接受的办法来说服和教育孩子。

第二，态度鲜明。在孩子做错事时，明确地告诉他"这件事你做得不对"是非常必要的，不能因为担心伤害到孩子，就不批评、不管教。必须表明家长的态度，让孩子认识到家长的决心，这对孩子接受和改正错误是很重要的。

第三，公平教育，不以势压人。不要因为自己是家长就以大欺小地指责、谩骂孩子，要让孩子知道我们和孩子是站在同一立场上说同一件事情。不要觉得我们家长的观点都是对的，要让孩子表达自己的观点，让孩子认识到批评是公正、公平的。

第四，让孩子为自己的行为负责。这是对孩子最简单的批评方式。孩子有对自己的行为负责的能力时犯了错误就应该教孩子自己来负责，这不但培养了孩子的一种责任意识，更让孩子知道，错误不可犯。

第五，批评孩子要一事一议。孩子犯什么错误了，就重点批评这件事情，不要把其他的事情都联系上，更不能给孩子扣帽子、下结论。在批评孩子的时候，我们只要明白自己的批评是为了让他知道，做什么样的事会带来什么样的后果，而不是为了伤害他或给他打上"坏孩子"的标签，这样就不会给孩子造成心理阴影。

第六，不要对孩子进行"心罚"。几乎所有的家长都对孩子说过"狠话"，这种行为对孩子来说是一种心理上的惩罚。相比体罚，"心罚"更让孩子难以接受，由此带来的伤害甚至会超过体罚。据国外调查显示：经常受贬斥的孩子，智力和心理发展比正常受体罚的孩子更为低下。这是因为，它可能将一个孩子的自尊心完全毁灭。受心理惩罚的孩子更容易误入歧途，走向犯罪，诱发严重的社会问题。因此，当"恐吓的语言"就要脱口而出"飞"向孩子时，最好换位思考一下，换种表达方式。

【情景提示】

谁都免不了会犯错误，孩子更是如此，孩子正是在犯错误、纠正错误的过程中成长起来的。重要的问题是家长采取何种态度。家长的态度恰如一把犁刀的两面：它可以割破孩子的心，留下永久的伤疤；也可以从中掘出生命的"新源泉"。要终止家庭中的语言伤害，为此家长们需嘴下留情。

就本情景而言，爸爸首先要表明自己的态度，没有正确对待老师的批评、动手打同学是不对的。爸爸也不能完全听信老师的一面之词，应该和孩子好好了解一下情况，让孩子说说自己的想法。让孩子有一个倾诉的机会，放松孩子的心情。让孩子知道和同学之间闹些矛盾是正常的，告诫孩子不能动手打同学。做通孩子的思想工作，让他对自己的行为负责，让他自己给老师同学赔礼道歉。

故事启读

一把属于自己的钥匙

林峰在求学路上屡遭失败和打击。他无论如何都记不住那些需要死记硬背的东西，三次高考都失败了。在母亲眼中，林峰是一个不求长进的孩子，母亲悲伤无奈地说："朽木不可雕也，你原本就是块朽木，怎么雕都不会成器。"

林峰知道他在母亲的眼里是一个失败者。他很难过，他决定远走他乡去寻找自己的事业。

许多年以后，当年的林峰回来了，他已长成了一个成熟的男人。

有一天，林峰希望母亲同他去参加一个名厨大赛，在名厨大赛上，林峰表演多种厨师技艺，他做出的每一道菜都是色香味俱佳，最终，在专家的评选结果中，他取得了名厨大赛的冠军。

在一片热烈的掌声中，他走上领奖台，激动地说："我想把名厨大赛的冠军杯献给我的母亲，因为我读书时没有获得她期望中的成功。她曾极度失望地认为我是朽木，现在我要告诉她，妈妈，我不是朽木，大学里没有我的位置，但在生活中总会有一个位置是属于我的，而且是成功的位置，妈妈，总会有一把钥匙是属于我的，总会有一扇门是为我打开的。"

台下那位陪儿子一起来观看名厨大赛的母亲，万万没有想到，最终成为名厨冠军的获胜者居然是自己认为不成器的儿子。她流下了激动的泪水，深情地对儿子说："孩子，你不再是朽木，你是妈妈的骄傲！"

天生我才必有用，只要你努力进取，总有一扇门是为你打开的，总有一把钥匙属于你自己！

21. 和孩子赌气的话——

你滚吧，想去哪里就去哪里

类似话语：

从今往后你别管我叫妈（爸）
再有一次就和你新账旧账一起算
当初就不应该生你

【情景再现】

宁宁和同学约好要去炎炎家下棋。

吃过晚饭，宁宁和爸爸说："我一会要去炎炎家下棋。"爸爸看看宁宁说："这么晚了，就不要去了。"

"可是我们都说好了，不能违约。再说我们还要商量点事情呢。"宁宁解释着。

"你怎么这么不懂事，几点了还要出门，再说你们有什么事情要商量的。"爸爸有点不耐烦。

"我不管，说好的我就要去，这也是诚信。"说着宁宁就准备要出门了。

"说不听你了，是不是，那好，你滚吧，想去哪里就去哪里！"

情景分析

孩子是被家长的话逼出家门的。

当家长与孩子爆发冲突、双方互不相让时，有些家长在盛怒之下就利用孩子尚不自立的特点，用"你走吧，爱上哪儿上哪儿"一类的话来恐吓孩子。家长这句最后通牒式的话，只是想逼迫孩子就范，当然并不是当真的，只不过想以它来结束口舌之争。但是对于孩子来说，他会信以为真，因而不知如何应对。他当然不想离开家，可是一旦就此低头，便会显出自己的软弱，加之年少气盛，为了逞英雄，就会真的离家出走了。一些孩子也因此成了问题孩子。

【情景探讨】

哲人说："家庭本该是孩子的庇护所和堡垒，但最大的伤害往往是无意间在家中造成的。"

当家长的很少能意识到这样一个问题，当孩子犯了错误，家长唯一的办法就是批评，一旦批评失去了作用，就是无助的恐吓，从来没有给孩子一个明确的理由，所以孩子根本不知道错在哪里，以至于会有更多的冲突发生。家长要想孩子少犯错，家庭教育少冲突，那么就应该从根源上解决——让孩子知道错在什么地方。

明明是一个非常淘气的孩子。每天放学后都不愿意写作业，放下书包就跑出去。为此妈妈没少和他发脾气，打骂也是有过的，可是明明一样改不掉自己的毛病。

有一天明明的小姑来做客，正好遇见妈妈在教训明明，可是明明很倔强不管妈妈怎么说，就是不开口，也不去写作业，气得妈妈要动手。

小姑见此情景说："把孩子交给我吧，我和他谈谈。"小姑把明明带回了他自己的房间，摸着他的头说："明明在外面玩得开心吗？"明明说："也不是很开心。""那妈妈让你写作业，你为什么不写呢？""妈妈太凶了，总是骂我，还打我，我就是不写，我要气她。""那你觉得是写完作业再玩踏实，还是不写作业踏实呢？"明明低着头不说话了，小姑接着说："你是不是也觉得应该写完作业再去玩，这样不用听家长的唠叨责备，玩得也会开心？"明明点点头。"小姑知道，明明不是不愿意写作业，一直以来明明都是最聪明的孩子。"明明没有说话，而是走到书桌旁，写起作业来。

明明的妈妈通过这件事也明白了一个道理，教育是要讲求方法的，一味地批评是不能解决任何问题的。

其实亲子教育并没有那么难，有时候就是家长一句话、一个态度。

孩子的毛病多，或许正是父母的失职失策造成的。就说孩子学习上的不用功吧，如果父母发现后，能抽时间陪其读读书，写写作业，待良好的习惯养成后，坏毛病也就不治而愈了。相反，对孩子的缺点。动则怒发冲冠苛责打骂，既伤了孩子的自尊，又无益于和睦家庭环境的营造。如果再因孩子屡教不改而赌气放任，则更是两败俱损得不偿失了。

在教育子女的问题上，做父母的还是要心平气和，耐心细致，真正动之以情，晓之以理。此外，还要宽容地对待孩子的缺点，允许其慢慢纠正，切忌操之过急。

大部分家长都觉得应该包容孩子的过失，宽容孩子的缺点，但有时就是控制不了自己的情绪，不知道该怎么做。那么，不妨从以下几方面入手：

第一，学会制怒。在生活中，有时家长也会出现这样那样的过失，更何况是不谙世事的孩子。因此，面对孩子的过失，家长要学会制怒，以一颗平常心来对待，把它看做是正常现象，是孩子成长过程中不可避免的。家长要心平气和地给孩子讲道理，帮助孩子分析过失所在，并指出改正的办法。如果家长能包容孩子的过失，那么孩子也会学着包容他人，这是一种可贵的品质。如果对孩子暴打一顿，非但教育孩子的目的没达到，相反还有可能让孩子从家长那里学会了用"武力"解决问题。

第二，区别对待过失。孩子的过失分为偶然性过失和主观性过失。偶然性过失，一般是由于孩子无心或无意间所犯的过失，对待这类过失，家长要原谅孩子，并帮着孩子分析和解决问题。而主观性过失，主要是指孩子由于故意或判断失误造成的过失。孩子犯这类过失的主要原因是想引起别人的注意，并不知道这种行为是过失的。对待这类过失，家长一定要严肃认真，给孩子讲清楚过失所在以及危害，并督促孩子改正。

第三，坚持动口不动手。批评时忍不住对孩子动手动脚，越出了批评的界限。家长要学会以温和的态度对待孩子，这样孩子面对家长的时候就不会紧张、恐惧，也不会因为反感家长的训斥而产生对抗或仇视的心理，孩子会用一种平静的心态和家长交流，会认真听取家长的意见。

第四，尽量在孩子犯错时进行一次性纠正。对孩子的错误，提倡抓初犯，尽量一次到位，这样改正起来比较容易。初始纠正不力，以后再纠正难度会增大。

第五，掌握批评的时机。绝对不要在自己情绪糟糕时或孩子情绪低落时实施批评，否则批评的用语和声调容易失控。批评过后要有沟通，告诉孩子你为什么要批评他。不少家长咬定孩子是"知错不改"，对"屡教不改"怀恨不已，批评不断升级。其实，在很多情况下，家长认识到的，孩子不一定能认识到。

第六，给孩子解释的机会。有的家长性子特别急，当孩子犯错时，不给孩子解释的时间和机会，先打骂一顿再说。其实家长的这种做法是很自私的，打骂孩子仅仅是为了发泄自己的怒气，缓解自己的情绪，丝毫起不到教育的目的。有时孩子犯错并不是出于本意，只是由于自己的经验和能力不够才犯错的。

第七，教孩子学会自我教育。有时孩子无意犯了错，还没等家长批评教育，自己已经开始后悔、反思并自我教育了。因此，当孩子犯错时，家长可以引导孩子自己寻找原因并加以改正，这样孩子对自己所犯的错会有更深刻的认识，改正过失的自觉性也会更高，以后就会少犯或不犯同类的错。

第八，家长错批了孩子，要勇于道歉。家长也有误解孩子、批评错了的时候。这时，家长要有承认错误的态度，为孩子树立正确对待错误的榜样。

【情景提示】

孩子犯错误，家长教育这本是无可厚非的，但是怎么进行教育就要讲求方法了。情景中宁宁的做法要一分为二地来看，孩子守信用这是值得肯定的，作为父亲一味反对是不恰当的。但是宁宁选择的时间确实不够妥当，父亲的担心又是可以理解的。那么这件事情应该怎么解决呢？父亲当时不妨这样和孩子沟通，"你确定这个时间去不会打扰你同学的家人吗？还有你一个人去我不放心，这样吧，如果你确定这个时间去可以，我送你过去，以后做事要考虑周全。"

钉　子

有一个男孩脾气很坏，于是他的父亲就给了他一袋钉子；并且告诉他，每当他发脾气的时候就钉一颗钉子在后院的围篱上。

第一天，这个男孩钉下了37根钉子。慢慢地每天钉下的数量都在减少。他发现控制自己的脾气要比钉下那些钉子来得容易些。

终于有一天这个男孩再也不会失去耐性乱发脾气，他告诉他的父亲这件事，父亲告诉他，现在开始每当他能控制自己的脾气的时候，就拔出一颗钉子。

一天天地过去了，最后男孩告诉他的父亲，他终于把所有钉子都拔出来了。

父亲握着他的手来到围篱边，说：你做得很好，我的好孩子。但是看看那些围篱上的洞，这些围篱将永远不能恢复成从前的样子。你生气的时候说的话将像这些钉子一样留下疤痕。如果你拿刀子捅别人一刀，不管你说了多少次对不起，那个伤口将永远存在。

话语的伤痛就像真实的伤痛一样令人无法承受。

22. 对孩子冷漠的话——

我有什么办法，自己看着办吧

类似话语：

你活该，我早就告诉你了
自己不会想啊
愿意干啥干啥，没人管你

【情景再现】

娇娇和蕾蕾又闹别扭了，这是两个小伙伴近几天第三次闹不开心了。娇娇不明白为什么总是会出现那么多的情况，难道真的像妈妈说的那样，小孩子没有友谊吗？娇娇很想让妈妈帮助自己出出主意。晚饭后娇娇就和妈妈说起自己和蕾蕾的事情，妈妈一边收拾饭桌一边不耐烦地说："告诉过你多少次了，学习好比什么都强，小孩子需要什么友谊啊，学习好自然有人愿意和你交朋友。说你，你听吗？我有什么办法，你自己看着办吧。"

情景分析

对孩子来说家长的关注、倾听和陪伴是非常重要的。当孩子要求陪伴或请求家长倾听时，就是他们需要帮助的时候。家长要避免说类似"我有什么办法，你自己看着办"这样冷漠的话。长期被冷漠被忽视的孩子长大后，一方面会比较争强好胜，容易与他人发生冲突，具有较强的攻击性；另一方面，会强烈地寻求被关注、被理解的情感体验，一旦找到了就会表现出较强的依赖性。

【情景探讨】

当问到如今家长对孩子是否重视时，多数人会评论现在的家长"过度关注、过度保护"，但是孩子并不那么看。一项调查结果显示：当被问及"你认为家长对你的重视程度如何"时，参与调查的1000名未成年人中，有51％的孩子认为家长对自己"不够重视"，32％的回答是"比较重视"，13％的回答是"一般重视"，还有4％回答"说不清"。

所有的孩子都希望自己能够引起别人的注意，孩子既愿意得到家长的表扬，也愿意承受家长的批评，而最不希望自己被家长忽视。

炎炎是三年级的时候转到新班来的，和别的孩子不一样的是炎炎很少与大家交流，就是上课的时候也很少主动举手回答问题，每次叫他的时候他总是怯生生的。老师们都说炎炎像个小姑娘。

一天，老师批改学生的小作文时，看见炎炎在作文中写道："爸爸不喜欢我，他从来没有到学校接过我，看见别人的爸爸我很羡慕。"

出于对孩子的关心，老师找来了炎炎的爸爸。经过了解才知道，炎炎的爸爸是夜班出租车司机，因为工作的性质很少有时间和孩子相处，更不要说沟通了，有时候累了孩子说点什么都不愿意听。可是爸爸是爱孩子的，这么辛苦只是希望孩子生活得更好一点儿。

每个孩子都渴望得到家长的重视，但是，在生活中，的确有一些家长没有体会到这一点，在孩子面前总是戴着一副冷漠的面具。

哥伦比亚大学的盖茨和匹斯兰德两位教授，曾经针对"奖惩在学习上的效果"做了一项心理实验。他们两人经过随机取样，在某校挑选了一些学生进行测验。他们先把这些学生分成A、B、C三组，然后进行考试。

隔了三天之后，再举行同样的考试。不同的是，在第二次考试之前，先对A组学生加以奖励，称赞他们考得很好，而给予B组惩罚，责怪他们没有考好；C组学生，不奖励也不惩罚。实验结果发现，受到奖励的A组，第二次考试的成绩最好，其次是受到惩罚的B组，没有受到奖惩的C组反而考得最糟。

这项心理实验虽然不能准确地判定奖励的效果必定优于惩罚，但至少证明了奖惩对孩子的影响，比"不闻不问"要大得多。

家长不会承认他们不爱孩子，但确实有些孩子深刻体验着家长的冷漠、疏远，他们与家长的联系只有一条渠道，即生活、学习费用的供给。这些家长只记得他们的基本"义务"，认为"供"孩子上学就是有功了，而忽视了孩子的精神和情感的需求。当子女遇到困难、挫折时，无法获得家长的理解、同情和支持，体验不到来自家长的关心和爱护，而得到的只是家长的训斥、埋怨，甚至讽刺和挖苦。

为人父母，我们有责任把热情传递给孩子。那么，怎样传递呢？

这里介绍三种方法。

目示。爸爸妈妈一个亲切的目光，会使孩子兴奋不已。有的孩子说，因为老师上课时总不看着他，他便认为老师不喜欢他，这让他感到很伤心。

手示。不同的手势表达不同的感情。拍拍肩膀，表示鼓励和表扬；打屁股则是一种惩罚。孩子学习上有了进步，或帮助别人做了好事，你拍拍他的肩膀，表示对他的赞许和信任，孩子一定会十分高兴。如果这时父母无动于衷，就失去了传递热情的机会。

语示。用最热情的语言给孩子送去希望。话不必多，一两句就能表达出你的爱；声音不必大，但要能表现出你内心的兴奋。如果孩子犯了错误，不要粗暴地打骂，可以到一间没有旁人的屋子里，看着他的眼睛，严肃地对他说："爸爸（妈妈）知道你这是第一次，也是最后一次，是不是？"孩子会感到是自己不对，对不起父母，会下决心改正错误。

通过目示、手示、语示把热情传递给孩子，孩子受到激励和鼓舞，也会学会如何热情地对待别人。

作为家长，多给孩子一点热情吧，无论你有多辛苦，无论离他们有多远，也要让他们永远相信：在成长的岁月里，爸爸妈妈在支持他们，爸爸妈妈会陪着他们！

【情景提示】

情景中娇娇遇到困难时已经对友谊产生了怀疑，这是一个较危险的信号，作为母亲不但没有正面给孩子热情的帮助，反而是冷漠地进行错误的引导，这对孩子心理健康是很不利的。面对这样的情况家长应该试着这样和孩子沟通："和蕾蕾闹别扭了是吗？两个好朋友在一起有时候闹别扭也是正常的，因为大家的性格总会有差异，这样就会产生一些摩擦。如果能好好沟通相互退让，那么不愉快就会过去的。和蕾蕾好好谈谈，问题一定会解决的。"

妈妈不能吃葡萄

有一个生病的孩子想吃葡萄，由于是冬天，葡萄不好买，妈妈跑了很多地方，才为刚刚打完吊瓶的孩子买了一斤葡萄。当她把洗好的葡萄放在盘子里端给孩子时，顺手拿了一颗葡萄放在嘴里，不想孩子气哼哼地说："谁叫你吃我的葡萄的？葡萄是我的。"泪水顿时在妈妈的眼眶里打转，孩子可能意识到自己犯了错误，于是"大度"地说："这次就算了，下次要经过我的允许才可以啊。"

妈妈心情平静后问孩子："为什么不叫妈妈吃葡萄？"孩子说："我生病了，所以我应该吃葡萄，你又没生病，为什么吃我的葡萄？"毫无疑问，孩子这种自私冷漠的性格，与平时家长的过度宠爱是分不开的，否则，妈妈又怎么会在冬天跑了很多地方为孩子买葡萄呢？

过度宠爱的结果是孩子的自私，是孩子的以自我为中心。

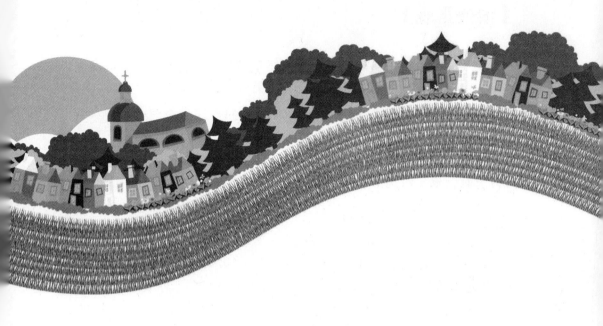

23. 对孩子失望的话——

我算看出来了，你是没出息了

类似话语：

你又做了错事，简直是完蛋透了
你做的这件事真让我伤透心了
你真没用，什么都不会

【情景再现】

　　昕昕在幼儿园上大班，老师告诉她的妈妈说，昕昕上课注意力不集中，让妈妈每天保证昕昕听20分钟的英语，锻炼孩子的注意力。妈妈就想在20分钟内让她安静下来，好好听英语，结果不知是妈妈太心急了还是昕昕真的有注意力不集中的问题，妈妈越想叫她安静下来，在旁边又是提醒又是督促，孩子越是静不下来。妈妈再要求她静下来好好听时，她反而说，妈妈，我不听这个了。妈妈又逼得紧一点，昕昕放声大哭起来，气得妈妈没办法，骂道："我算看出来了，你是没出息了。"

情景分析

　　"我算看出来了，你是没出息了。" 这句话与其说表达了妈妈对孩子的失望，不如说是妈妈对孩子教育的无助。对于这个才上幼儿园大班的孩子来说，对妈妈的话可能还不能完全理解，但却会从妈妈的表情和态度上知道自己做得不好。孩子稍大一些，能够理解妈妈说话的意思时，这样的话对孩子的影响就是长远的。妈妈给孩子定性为笨，就相当于扼杀了孩子的自信心。"哀莫大于心死"，家长对孩子的失望意味着真正教育的停止，而孩子对自己的失望意味着进步的停止。其实，对于孩子来说，家长的一个微笑、一个赞许、一种肯定都会激起他们非常强烈的情感，扬起他们希望的风帆。

【情景探讨】

　　现在很多的家长都在扮演"刽子手"的角色，他们对孩子寄予了无限的希望，也希望通过自己和孩子的努力让孩子到达成功的彼岸，但许多时候因为方法不当、言语不妥，反倒抹杀了孩子的希望，用消极的言行，做了一件对孩子来说非常残酷的事情：让孩子丧失了希望。

对孩子失望，只能永远失望，并因此变得绝望！孩子不会因为我们的失望，而使他自己或我们变得满怀希望。对孩子的失望，表现在孩子身上，就是自暴自弃。

日本有位著名的教育家叫小林正一，孩子有什么疑问时他都耐心解答，这样他的孩子提问题的积极性越来越高，当孩子五岁的时候，他告诉孩子："孩子，你的问题爸爸也难以回答了。不过爸爸会送你去一个叫学校的地方，那里面有许多叫老师的人，他们会回答你的所有问题，快快长大吧，孩子。"这样一来，他的孩子就对学校充满了向往，巴不得早一点上学。我们的家长大都没意识到培养孩子探索精神的重要性，当孩子缠着问各种各样的问题时，高兴的时候回答一下，不高兴的时候就呵斥："去去去。烦不烦呢你？再烦我就把你送学校去，让老师教训你！"这么一来，孩子没上学就知道学校是座监狱，老师是那里的头儿，那他对上学还有兴趣吗？小小林正一上学时有次考了76分，回到家他说："爸爸，不好意思，我考了76分。"小林正一跷起大拇指说："好。真棒，已经超出了我的预望值，"孩子就问："我的同桌考了86被他爸爸打得半死呢，你对我的预望值是几分呢？"小林正一伸出手说："60。"孩子奇怪了。小林正一说："60分已经是合格了，工厂里要是合格的产品就可以出卖了。再多花时间是成本的浪费。"他的孩子就高兴地说："60分太简单了。那我剩下的时间做什么呢？"小林正一对他说："爸爸送你四个字——博览群书。"他的孩子真的这样做了。虽然他的成绩不是最好，但却成了学校里最有学问的人，同学们有什么疑难问题，都会找他帮忙，后来小小林正一也成了教育家。

而我们有的家长，动不动就指着孩子骂，"你怎么这么不听话！你怎么这么笨啊！滚到一边去！你真是让我失望！"，孩子在惊吓中长大，对任何事情都心存失望。试问，没自信孩子还能做好什么事？

我们所抱有的对孩子的希望，就是孩子一生发展的方向。如果他暂时迷路了，我们可以召唤他回到希望之路；如果我们连对孩子的希望都失去了，孩子的人生发展就会停顿下来。

孩子刚出生时，我们会不会因为他不会说话而责骂他笨？当孩子十个月了还不会叫妈妈，别人的孩子九个月就会叫时，我们不会冲着孩子骂："你怎么这么笨？你看别人都会说了，你还不会说？"我们更不会因此讨厌自己的孩子，认定他会是个哑巴？因为我们知道，孩子说话有早有迟，孩子总有一天能学会说话的。这就是我们的耐心和信心所在。孩子大了，懂得一些事了，我们更需要对孩子有耐心和信心，等着他慢慢长大。为了不让孩子失望，我们应做到下面的几点。

　　第一，对孩子进行正面引导。任何批评，其根本目的不仅在于抑制孩子的过错行为，更重要的在于激发起孩子的正确行为。有些家长平时不善言谈，但批评起孩子来却挖苦讽刺、责骂不休，结果只能是把孩子往邪路上推。家长们应该抓住问题的要害、严肃认真地指出孩子存在的错误后，用肯定的语言，给予孩子正确的引导，指明出路，方能达到事半功倍之效。

　　第二，尊重孩子的人格。孩子有过错，理应批评，但其人格应受到尊重。要知道孩子也有自尊，孩子和我们是平等的。批评应对事不对人，孩子和大人，被批评者和批评者，人格是对等的。批评可以严肃，甚至严厉，但不要以为孩子是自己的，想怎么样就怎么样。

　　第三，掌握批评的时机。孩子一旦出错有了问题，要及时批评和指出，不能错过了时机才想起来批评。

　　第四，适时地"冷处理"。应该根据孩子的年龄特点及错误性质进行孩子能够接受的批评，需要"冷处理"时"冷处理"，只要孩子认识到自己的不对就达到了目的。

【情景提示】

　　就本情景而言，妈妈应该耐心一些，不要心太急，想一些办法，正确地引导孩子，让孩子集中注意力。同时对孩子进行适当的注意能力的训练。多给孩子一些表扬："昕昕真不错，有进步。这一次的注意力比上次长了一分钟，相信你下一次一定还能多坚持一分钟。"

不把发生在孩子身上的事实当作问题。也许那是个问题，但我们有责任帮助孩子解决这个问题，去掉他进步的障碍和困扰，而不是扩大他的问题或加剧他的困境。

故事启读

绝不对孩子失望

　　一对双胞胎女孩儿上了初中以后，由于贪玩，学习成绩老是上不去。她们上初一时，妈妈第一次参加家长会，老师就对妈妈说："你的两个孩子都有多动症，在板凳上连三分钟都坐不住，不但自己没学好，还影响其他同学，你最好领她们去医院看一看。"听完这句话，妈妈心里很不是滋味，她们全班45个学生，唯有她们姐妹两个表现最差，对此老师表现出不屑的态度。回家的路上，俩姐妹小心翼翼地问妈妈："老师都说了些什么？"妈妈真想如实告诉她们，然后狠狠地教训她们一通。然而，妈妈觉得一个母亲应当在生活细节中发现孩子们的优点，引导她们走向阳光地带。于是，妈妈告诉她们："你们都得到老师的表扬，老师说你们原来在板凳上坐不了一分钟，现在能坐三分钟了，其他家长都很羡慕妈妈，因为全班只有你们两个进步了。"几天后妈妈到学校去打听，这姐妹俩的"多动症"竟不治而愈。

　　期中考试后，班主任又对妈妈说："全班50名学生，这次期中考试，你家俩孩子一个排48名一个排49名，我们怀疑她们的智力有问题，你最好带她们去查一查，老师的这番话让妈妈一走出校门就泪流满面，姐妹俩默默跟在我的身后，一副诚惶诚恐的样子。回到家里，做好饭，坐在饭桌旁，妈妈联想起第一次开家长会我那番话的作用，于是妈妈便对孩子说："老师对你们很有信心，他说你们并不是笨孩子，只要肯努力，你们一定会赶上班里前十名。"这时姐妹俩原本黯淡的眼神一下子明亮起来。

打那以后，姐妹俩总是共同学习，互相鼓励，一起进步。

初中毕业，姐妹俩以优异的成绩考入省城重点高中。自从跨入高中校门那天起，姐妹俩分别给自己确立了奋斗目标，将来高考一个打算考取北京大学，另一个则把目标锁定清华大学。

人一旦有了理想也就有了动力。上高中后，两个孩子的学习非常努力。高中毕业，姐妹俩都获得了非常理想的成绩，考入了自己理想的大学。

不对孩子失望，孩子就有希望。

24. 不讲原则的话——

是爸爸好，还是妈妈好

类似话语：

跟你无关的事，你管那么多干什么
和同学在一起，谁好谁坏咱别说
跟谁咱们都说好话，别让人不高兴

【情景再现】

晚饭后，爸爸妈妈陪着3岁的女儿桐桐一起做游戏，玩着玩着，不知怎么说到谁好的问题上了。妈妈问："桐桐，你说是爸爸好，还是妈妈好？"大概是因为爸爸平时很少批评她的原因，桐桐说："爸爸好。"妈妈听了做出不高兴的表情："爸爸好，那你以后别跟我玩了，别管我叫妈妈了。"桐桐见妈妈不高兴，忙改口说，"妈妈好。"说完后又看了看爸爸的表情，忙又改口说："爸爸妈妈都好。"

情景分析

几乎所有的家长特别是妈妈都爱问孩子这个问题。其实，绝大多数爸爸妈妈们无意让孩子必须表明自己的态度，就是说谁好，也只是逗孩子玩玩而已。但事实上，这是对孩子不讲原则教育的开始。只是孩子的心灵是纯净的，充分保留着我们给予的一切，当我们这些成年人在岁月的磨砺中像沙粒一样慢慢地失去了原有的棱角变得圆滑的时候，我们学会了委婉，而我们的孩子呢，却正用无比崇拜的眼神仰望着我们。孩子是一张白纸，我们家长在这张白纸上画上什么就是什么。我们教会了孩子见风使舵，教会了孩子不讲原则，孩子大了可能就会成为这样的人。我们是孩子的一面镜子，里面照的不仅仅有自己还有我们孩子的将来。所以，不要忽视自己的点滴行为，用我们在生活、学习中的做人原则去影响我们的孩子。

【情景探讨】

孩子的做人做事原则多数是从家长那里习得的。当孩子完全吸收了那些做人做事的原则，并在自己的行为中进行理所当然的或习以为常的不再怀疑的实践时，孩子的人生便会更丰富、更绚丽、更完美。

一个小女孩和爸爸妈妈一起乘火车出门旅游，妈妈和爸爸是两张卧铺票，爸爸专门为小女孩订一张儿童票，当小女孩拿着自己的车票的时候，惊奇地问："爸爸，我为什么也要票呀？""因为你已经超过了1.1米了，现在乘坐火车的时候就得买儿童票了，等你的个子再长高一点，超过1.4米时，你就要买和爸爸妈妈一样的成人票了。"爸爸认真地解释着。小女孩拿着属于自己的车票仔细地研究起来，脸上流露出一种自豪的感觉，终于和爸爸妈妈平起平坐了，长大的感觉还是挺不错的，就这样这张车票陪伴着小女孩经历了检票、上车、换票、出站，多年后这张车票还躺在女孩的私密小抽屉里，因为这是女孩成长的见证。

　　生活中的点点滴滴是一节又一节活生生的实践课，潜移默化地影响着孩子、改变着孩子，爸爸妈妈凡事坚持原则也使这个小女孩养成了良好习惯，小女孩无论和谁在一起，当别人有违她心中的原则时，她就会毫不留情地指出来。

　　小女孩的一家和小朋友的一家在旅游的路上一起吃小吃。吃过饭后，小朋友的妈妈顺手拿了几双桌子上的卫生筷，准备在旅游的路上用，小女孩看到后，平时文静的她提高嗓门对小朋友的妈妈说："阿姨，人家牌子上写着不准拿东西。"小朋友的妈妈一听赶紧说不拿不拿，把筷子放了回去。小女孩的妈妈虽然觉着拿筷子不妥，但绝对没有说出来的勇气，可小女孩竟然旁若无人地喊了出来，妈妈很为孩子的守规矩而感到高兴。

　　我们经常强调要对孩子进行道德教育，但是当我们口口声声的道德教育与现实的利益发生冲突的时候，又有几个人能像这个小女孩一样这样执著地坚持自己的原则。

　　也有一部分家长因为自己经历过太多的风风雨雨，觉得今天的社会，不懂得得圆滑只讲原则的人吃亏，所以也将自己的这一思想在有意无意间灌输给孩子，使得孩子学会遇事无原则，这将影响孩子的心理发展。

　　王晶女士是福建师范大学外国语学院的院长助理，曾被评为"全国优秀家长"。她的女儿黄思路在上小学的时候曾被评为"全国十佳少先队员"。上中学的时候，黄思路出过两本书。大学时进入北京大学学习。黄思路是一个"棒"孩子，不仅仅是因为她学习优秀，更因为她是一个通情达理、心态良好、善于与人交往的"懂事"孩子。

王晶女士在教育孩子时就很注意坚持原则，做到原则问题没商量。

黄思路上幼儿园的第一天，像大多数的孩子一样，哭着要找妈妈、要回家。因为黄思路比班里其他的孩子小，老师心软，就把她送回了家。王晶送走了老师，对女儿说："小朋友们都在幼儿园，还没到放学的时间，谁也不能回家。现在，你只能自己去上幼儿园了。"

女儿被挡在门外，呜呜地哭，可妈妈硬是没让她进门。

女儿知道妈妈的脾气：原则问题没得商量。最终，她妥协了，央求妈妈说："妈妈送路路去幼儿园吧。"

王晶此刻真想一把抱起女儿，把女儿送回幼儿园。可是，她心里明白，如果今天自己送女儿回幼儿园，等于奖励了她撒娇耍赖的行为。这样一来，明天、后天……女儿还会再哭，老师还会送她回家来。于是，王晶狠下心对女儿说："好孩子，你自己回去，下午妈妈第一个去接你。"

女儿万般无奈地走了，她是面对着家门，一步一步倒退着离开的。一边退着一边流泪说："妈妈再见！"眼看着女儿走远，王晶关起门来大哭一场。一个母亲下狠心让孩子从小接受磨炼，的确需要坚强的意志！

令王晶欣慰的是，从那天起，女儿上幼儿园再也没哭过。

王晶认为："我所以不迁就孩子，是因为我心里想的不是孩子现在可怜不可怜，我想到的是将来。她将来大部分时间都不在我身边，如果我现在为她准备一个'温室'，她会变得娇弱不堪，等她独立生活的时候才会很可怜。"王晶教育孩子的故事告诉我们，有原则的爱，才是理智的爱。对待孩子，涉及原则的问题是不能让步的，从中让孩子学习如何坚持原则。教育孩子时要讲原则，这里有两个方面的内容：

第一，做讲原则的家长。

所谓讲原则就是一旦立了规矩，就必须执行。规矩是客观的条条框框，不能因为家长心情好，就对孩子放纵一下，心情不好，就想到要讲原则。当然，孩子往往自控力较差，容易忘记或忽略预先的约定，不能很好地控制自己的情感和欲望，家长需要不时地提醒、帮助孩子记住。但是，提醒只是提醒，一旦孩子破坏了规矩就要按照规矩来办事。行就是行，不行就是不行。必须让孩子懂得他的一举一动能产生不同的后果，随着时间的推移，他就会知道什么时候该做什么，什么时候不该做什么，也就不需要家长的催促和监督了。

第二，教育孩子做一个讲原则的人。有些家长不注重对孩子进行明是非、讲原则的教育，不善于对孩子进行规则面前人人平等的教育，使得一些孩子不懂规矩，不讲原则，为讲哥们情感、讲朋友义气而做违反规则、违反纪律和法律的事，犯糊涂，甚至误入歧途。

所以，我们在注重孩子智力培养的同时更要对孩子进行道德教育。把孩子培养成一个明是非讲原则的人。比如，告诉孩子结交朋友不可讲"江湖义气"，要孩子知道：搞江湖义气，搞恩怨相报这一套在今天这个讲法制、讲规则的时代是不受欢迎的。那么孩子在交友时就会慎重。

【情景提示】

情景中，爸爸妈妈逗孩子玩让孩子说爸爸妈妈谁好，这虽是一件小事，但从亲子教育的角度出发，小事却不小，这是关系到给孩子的教育是坚持原则还是随风倒的问题。建议家长不要拿涉及原则的问题逗孩子玩。爸爸好，好在哪儿，妈妈好，好在哪儿，孩子能表达时叫孩子有个明确的表达，不要叫孩子理解为谁和自己生气了就说谁好，更不要不讲原则地讲谁都好。

没吃到早餐的孩子

小卡尔的父亲是一个极其讲原则的人，他要求小卡尔每天都按时起床，按时吃早餐，否则，就默认为他是自动放弃早餐。有一天，他们家来了亲戚，晚上小卡尔不听父亲的劝告，和表兄弟玩到很晚，第二天早上，小卡尔起晚了，已经过了早餐时间。当他来到餐桌前，发现早餐已经被收掉了。"爸爸，我很饿。"小卡尔对父亲说。"对不起，我也很想把牛奶和面包留在桌子上。但是，我们有约在先，我不能随意破坏它。我想你也不想破坏它。你饿了却吃不到面包，这只能怪你自己。"爸爸对小卡尔说。

早餐本身并不重要，重要的是孩子应该知道，规矩就是规矩，原则就是原则，双方约定好的，是必须遵守的。

没有规矩不成方圆，教孩子守规矩才是对孩子的爱。

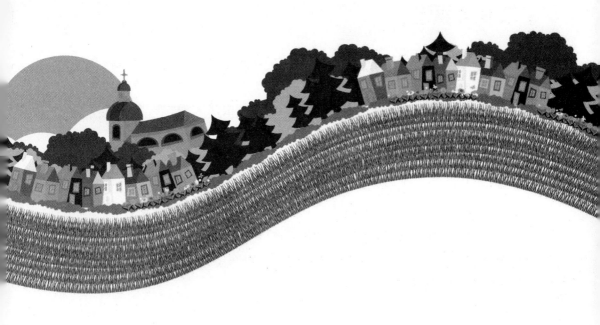

25. 家长攀比自卑的话——

我们是不行了，就看你的了

类似话语：

我们没本事
孩子，就靠你自己了
家里没能耐帮你

【情景再现】

　　每到放学的时间学校门口都停满了接孩子的小轿车，一辆挨着一辆什么牌子的都有。芊芊的爸爸没有"小车"，每天都是骑着那辆黑色的自行车接送芊芊上下学。一天，天空下起了大雨，一直到放学的时候还没有停，芊芊在雨中找到了爸爸，爸爸一边接过芊芊的书包一边擦着车上的雨水，这时芊芊听见同桌喊着自己的名字："芊芊，你坐我爸爸车吧，我们的车多大雨都不怕。"芊芊拒绝了同桌的好意，可是一路上都不说话，回到家中，两个人都被雨水淋湿了，爸爸一边给芊芊换衣服一边对芊芊说："爸爸妈妈是不行了，我们是买不起车了，今后就看你的了。"

情景分析

　　每一个人都会有攀比心理，孩子由于对事情的理解还不够全面，过重的攀比可能会让他变得很自卑，甚至会为了维护自己的自尊心不受伤害而变得虚荣自私。"我们是不行了，就看你的了。"这句话本意是在激励孩子好好学习，将来一定要比父母强。但从孩子的角度来分析，这句话传递着的却是自卑，父亲把认输自卑的观念传递给孩子，孩子怎么会自信呢？

【情景探讨】

　　自卑的家长必定造就自卑的孩子。作为家长，在任何情况下，我们都要相信自己的孩子，对我们的孩子永远竖起大拇指，让孩子知道不管在什么样的情况下，我们永远是他最坚强的后盾！

　　要知道，世界上绝没有两片完全相同的树叶，每个人都是独一无二的，每个人都有自己的优势和劣势，要在社会上立足，其实很简单，我们要让孩子知道，只要有一样比别人出众就行了。姚明不需要懂高等数学，只需要会打篮球就可以了；周杰伦也没必要会踢足球，只要歌唱得好就行；厨师没必要会弹钢琴，只要有好厨艺就行。作为家长，我们要相信孩子总有一方面行，当我们发现孩子数学不好时，那么应当积极发展他其他方面的优势，而没有必要每天逼着孩子学数学，最后数学没学好，特长也没发展。

小杰是七年级的学生，和班上的很多同学不一样的是，小杰从不在大家面前提起自己的爸爸，同学们也从来没有见过小杰的爸爸来过学校。

小杰的爸爸是位清洁工，而同学的爸爸不是公司经理就是公务员，因此小杰总觉得自己爸爸的职业实在是说不出口。每次当同学们问起小杰爸爸的时候，小杰总是避而不答。

一天，老师让同学们填表，其中一项是家长的职业，小杰将自己的爸爸写成了工程师，并说本市的很多楼房都是自己的爸爸设计的。

有一次老师遇到了小杰和爸爸一起买东西，小杰因为自己的爸爸穿得普通，也没有把爸爸介绍给老师。

小杰爸爸也知道自己是清洁工这点让孩子抬不起头，也有意回避着学校的老师和同学，不让他们知道。为了尽量使孩子不和同学们有太大的差距，爸爸将省下来的钱都给小杰买了他喜欢的运动鞋。

但是，爸爸并没有意识到，自己这样对小杰没有一点帮助，反而是助长了孩子的虚荣心，小杰在生活中也是处处看爸爸不顺眼，总觉得爸爸不如别人，言语上除了抱怨还透露出了些许不尊重。

小杰的爸爸除了伤心，也不知道该怎么办。

家长对孩子的爱都是真挚质朴的，总是尽自己的努力给孩子提供最好的物质享受。其实，家长忽视了孩子是家庭中的一个普通成员，无论是什么样的条件都要一起面对，没有谁是特殊的。家长应该认识到自己对孩子的特殊照顾只会让孩子愈加虚荣自私。

家长不要在孩子面前和别人进行比较。在现实生活中，许多孩子存在着对自己缺乏信心、瞧不起自己、总认为自己什么都不行、无法赶上他人的自卑感。孩子的这种消极的心理状态，会使自己沮丧、孤僻，以至悲观、失望。那么，孩子在与别人比较时有自卑感时应该怎样消除呢？

第一，要善于发现孩子的"闪光点"。每个孩子都有一定的长处，也都有他的短处。作为家长，在生活当中要注意并善于发现孩子的优点和点滴的进步，并不失时机地给予肯定和表扬。孩子认为自己有优点，也能取得一定的成绩，便会增强取得更好成绩的信心和希望。

第二，不要贬低自己的孩子。我们有些家长爱用大人或"神童"的标准去要求孩子，达不到这一要求就以侮辱性的语言讽刺、嘲笑孩子，数落他的短处。经常受到这种斥责的孩子往往自信心会受到强烈冲击，时间久了，就会在不知不觉当中接受家长的暗示，承认自己的素质差，慢慢地就失去了信心。

第三，要满足和引导孩子的表现欲。孩子们喜欢通过自我表现让别人来了解自己，当孩子的自我表现欲受到压抑时，就会产生自卑感。但不要单纯抽象地用貌美、聪明、学习成绩好等来展现孩子的自我表现欲，而要尽可能地在具体的不同层次的其他孩子身上让自己的孩子看到自己特有的优势，从而满足自我表现欲。

第四，要重视孩子每次成功的经验。要教育孩子重视自己每一次的成功经验。成功的经验越多，孩子的自信心也就越强。平时要注意教导孩子无论做什么事情都要量力而行，不可好高骛远，以免挫伤成功的积极性。

第五，要注意扬长避短。要让孩子明白，在生活当中具有多种才华和非凡能力的人只是少数，人各有所长，又各有所短。要采他人之长，补自己之短；要扬己之长，避己之短。这样，就能充分发挥长项，取得更大的成绩。

【情景提示】

情景中提到的现象很普遍，怎样跟孩子沟通才是正确的引导，这一点家长需要谨慎思考，孩子的自尊心都很脆弱，但是自我保护的意识有时候又很强，因此在面对类似情况的时候家长可以这样和孩子交流："孩子你是不是很羡慕别人的爸爸有小车呢？会不会觉得爸爸没有他们的爸爸有本事？爸爸不是否定你这样的想法，只是你要正确看待，不可否定的是年轻时候爸爸没有他们努力，才有这样的差距但爸爸在自己的工作岗位上一直很努力，也一直做得很好。物质生活并不能证明一切，人的价值是要看他的贡献，人的追求不能仅仅盯在物质享受上面。羡慕别人不如我们自己努力去超越别人。"

故事启读

笨学生开创了新纪元

爱迪生小时候并不聪明，学习成绩也一直不好，还总是爱问一些老师们很难作答的问题。老师认为他是"一个愚笨的、昏庸的蠢货"，一些同学们也经常取笑他，说他是个笨蛋。

一天，爱迪生又向老师发问了，他的"问题"惹怒了老师。于是，学校开除了爱迪生。爱迪生哭着跑回家去找母亲。母亲领着爱迪生到学校去找老师理论。

来到学校后，她当着全体同学的面，义正词严地对老师和校长大声宣布："总有一天，我将向你们证明，没有笨学生，只有笨老师。你们才是真正的大笨蛋！"说完，她带着爱迪生离开了学校。这样，仅上了三个月小学的爱迪生，就被迫退学了。从此，他再也没有进过学校。

从比，母亲做起爱迪生的老师，母亲的做法给了他莫大的自信。就从那一天起，爱迪生不再自卑了。他决心不辜负母亲的期望。

无论是严冬还是酷暑，他都坚持学习，坚持做试验。爱迪生终于成了举世闻名的伟大发明家。正是这个被老师称为笨学生的人，开创了人类现代发明的新纪元。

没有笨孩子，只要方法得当孩子都会成功的。

26. 拿别人和孩子比较的话——

人家比你强多了

类似话语：

看人家小强又听话学习又好，瞧你，啥也不行
　　　　　如果你能跟大宝一样就好了
你才得了这么点儿分，看你同桌，人家满分

学校一年一度的艺术节又要开始了，今年还特意邀请学生家长一同参加。小小参加了绘画比赛，第一次参加比赛小小很兴奋，自己的作品就要呈现在大家的面前，小小希望能得到大家的肯定，她要妈妈为自己加油。小小画得很认真，但遗憾的是宣布结果的时候小小没有获奖，心里很难受。本以为这时会得到妈妈的安慰，但没想到妈妈却说："你好好看看人家是怎么画的，比你强多了。"

情景分析

对正处于成长期的孩子来说，家长都希望自己的孩子比别人的孩子更加聪明成绩更好，一旦看见别的孩子比自己的孩子做得好，就会将自己急躁的心理强加在孩子身上，随意拿自己的孩子和别人的孩子比，甚至说出伤害孩子的话。孩子的心灵通常比较脆弱，不恰当的比较最终导致的结果并不是使孩子由弱变强，而是将孩子彻底"打败"。所以不要让孩子成为竞争的牺牲品。

【情景探讨】

"×××比你强多了"，这是不是大部分家长最常说的一句话呢？而这恰恰又是孩子们最讨厌的一句话。这种比较对孩子价值观的确立是一种极大的干扰，对于孩子的自我评价系统也是一种破坏。这句话对孩子的危害主要在于它破坏了孩子的心理平衡，更容易让孩子失去应有的信心。而对于家长来说，常常把这句话放在嘴边，证明他们的眼睛总是盯在别人孩子的身上，人家进步了就着急，人家退步了就窃喜，人家学钢琴就让自己的孩子也学，人家练书法，自己的孩子至少要练钢笔字帖，丝毫不顾自家孩子的兴趣点是否在这上边，这种盲目的攀比不但会造成孩子精力和时间的浪费，同时也引起了孩子对家长的抵触心理，得不偿失。

同样是教育孩子，同样是面对孩子间的差异，下面这位母亲的做法就值得学习和借鉴。

思恩是个优秀的女孩，人长得可爱，学习也不错，可是她只要和姐姐一比，就只能用平凡来形容了。因为姐姐不但亭亭玉立，年年被评为校三好学生，而且还画得一手好画，简直是完美无缺。看着姐姐的成绩，思恩常常感叹："在姐姐面前，我永远是一只丑小鸭。"

一天，姐姐拿回了市三好学生证书，爸爸妈妈自然是喜上眉梢。爸爸笑眯眯地夸奖姐姐："我这个女儿啊，可是为我们全家争了大光！"

思恩也真诚地向姐姐致以祝贺，可是小脑袋还是忍不住瞎想："我连校三好都没有拿到过呢。"

妈妈注意到思恩的表情，拉着思恩的手，温柔地说："思恩也是我们的骄傲啊，我很欣赏你在写作方面的才能，上次你写的小说真得很不错，也许你长大了能成为一名很不错的作家。那时，我们家就有一个画家一个作家了。"

竞争是现代社会的生命，培养孩子健康的竞争意识是必须的，但是个别家长对孩子提出过高的要求，超出了孩子努力所能达到的目标，这会造成孩子负担过重，压力过大。

对于许多孩子来说，生活或者学习过程中既有令人兴奋的成功，也有使人沮丧的失败。树立正确的教育观，采取科学的教育方法，尽快使孩子从"失败"走向"成功"，这才是家长应有的正确选择。

那么，怎样帮助孩子走出失败呢？

第一，找原因，指方向。失败总有其因，或是主观上不努力，或是客观上存在问题，家长应帮助孩子仔细分析症结所在，然后对症下药，采取相应措施，明确今后努力的方向，让孩子看到胜利的曙光。

第二，多鼓励，树信心。面对孩子的失败，家长应给予更多的关心和不失时机的教育引导。对于许多孩子来说，家长的信任和期待是一种强大的精神力量，它能激励孩子跨越失败的沼泽地，点燃孩子的希望之火。

第三，有进步，常表扬。在孩子不断努力的过程中，家长要善于发现哪怕是很小很小的成绩；在孩子不成功时找到积极的因素，并及时地给予不同形式的表扬与肯定，这样才能增强孩子的自信心和战胜困难的勇气。

很多家长望子成龙的心太过迫切，他们似乎容忍不了孩子的暂时落后与普通的成绩，往往把自己急躁的心情压迫在孩子身上，但这样做常常会适得其反。要学会欣赏孩子，生命之间是无法比较的，所以不妨冷静下来，即使孩子现在还不能让你满意，但要学会等待与忍耐，学会多想想孩子的好处，不要老想他的这不好那不好。多给予他们赏识与鼓励，他们才会有信心继续前边的人生路，最终获得精彩的人生。

【情景提示】

情景中的小小虽然没能获奖，但她已经努力了。她希望得到肯定这一点没有错。家长无论是奖赏还是批评都要找准"点"，不是得奖就一定要表扬，没成功就一定要否定。要知道，结果不能代替过程。如果妈妈这样说也许对孩子的帮助更大："其实小小的作品也不错，就和得奖的作品有一点点的差距，虽然有点可惜，但是我们努力了也有收获啊，下一次我们一定可以超过他们的，加油！"

✐ 故事启读

男孩与石头

小男孩从小在寺庙中长大，他常常悲观地问方丈："像我这样的没人要的孩子，活着究竟还有什么意思呢？"

方丈总笑而不答。

有一天，方丈交给男孩一块石头，说："明天早上，你拿着这块石头到市场上去卖，但不是真卖，记住，无论别人出多少钱，绝对不能卖。"

第二天，男孩拿着石头蹲在市场的角落，意外地发现有不少人好奇地对他的石头感兴趣，而且价钱愈出愈高。回到寺庙，男孩兴奋地向方丈报告，方丈笑笑，要他明天拿到黄金市场上去卖。在黄金市场上，有人出比昨天高10倍的价钱来买这块石头。

最后，方丈叫孩子把石头拿到宝石市场上去展示，结果，石头的身价又涨了10倍，更由于男孩怎么都不卖，此石竟被传扬为"稀世珍宝"。

男孩兴冲冲地捧着石头回到寺庙，把这一切告诉了方丈，并问为什么会这样。

方丈慢慢说道：

"生命的价值就像这块石头一样，在不同的环境下就会有不同的意义。一块不起眼的石头，由于你的珍惜、惜售而提升了它的价值，竟被传为稀世珍宝。你不就像这块石头一样？只要自己看重自己，自我珍惜，生命就有意义、有价值。"

生命的价值首先取决于自己的态度，孩子的价值更取决于家长的态度。

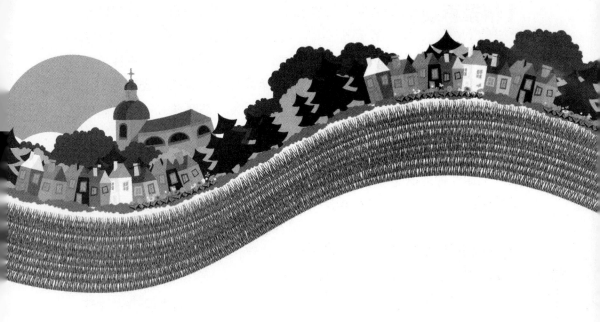

27. 情绪性的话——

我怎么生了你这么个孩子

类似话语：

我烦你，你离我远点
恨不得没生你
不想再看到你

【情景再现】

筱优的妈妈是一位语文老师，工作中她一直很要强，严格要求自己和学生们，工作成绩也很突出，是学校的教学骨干。生活中妈妈对筱优的要求也很严格，怎样说话，怎么做事，怎样学习……样样都要按照妈妈的标准来做。筱优也一直很努力，但有时还是做不好，这令妈妈很不满意。妈妈一生气时就会说："我怎么生了你这么个孩子？"每当妈妈说这句话的时候，筱优的心里就会很不舒服，有时候就觉得自己就是妈妈的附属品。

情景分析

赏识教育倡导者周弘老师在"调整家长情绪"的讲座中说过这样的一段话："家长情绪不好的时候，千万不要去教育孩子，这时教育孩子只能是一种情绪上的宣泄，教育孩子最好的时机是，情绪好的时候点孩子的不当之处，孩子才能容易接受，情绪实在控制不住时，千万不要拿孩子当出气筒。"

情景中筱优的妈妈在教育孩子的过程中是个典型的情绪化的人。"我怎么生了你这么个孩子"，筱优妈妈的本意是觉得孩子努力不够，没有达到自己的要求，由于失望产生了情绪。但是妈妈可能没有意识到，这么重的话孩子是承担不起的，孩子其实不知道自己犯了什么错误。

【情景探讨】

家长要学会控制自己的情绪，最好结合自己的特点找到控制情绪的办法，不要因为一点儿小事儿而失去理智。

家长非理性的大怒，会给孩子的心理带来巨大的恐惧。孩子经常受到恐惧的干扰，会产生程度不同的心理障碍，表现为做事情心不在焉，总爱"走神儿"，或表现为一惊一乍的，总是用被动的拖延来应对家长的变化无常的态度，更为严重的还会和家长发生冲突。

虎子很淘气，经常把家里弄得一团糟，妈妈总会大声地批评他，可虎子就是不听，而且越说越来劲。这让妈妈很为难，不知道怎么来管教孩子。

虎子平时很喜欢爸爸，只要爸爸在家，虎子都会和爸爸玩得很开心，妈妈看到后没好气地说对爸爸说："儿子和你亲，以后就你管孩子吧，我不管了。他根本不听我的话。"

爸爸说："孩子不听你的话，是因为你的火气太大，说话的时候没有考虑到孩子的感受，孩子当然不愿意听你的话。"

妈妈听了爸爸的话不以为然。她还是像以前那样，只要虎子一有什么问题，一定会生气地指责，然后和虎子无休止地纠缠下去。就这样虎子常常是和妈妈闹得不可开交。

一天，虎子和邻居家的小朋友一起去玩，回来的时候衣服弄得很脏，结果又遭到妈妈的责骂，虎子毫不示弱地和妈妈闹，丝毫没有一点改过的意思。妈妈在孩子心中没有了一点威信。

美国家庭治疗大师萨提亚说："当孩子确实有错误需要纠正时，充满慈爱的家长通常会采取坦诚的方式，询问原因，倾听孩子的心声，给予关爱和理解，同时体会孩子的感受。最后，利用恰当的时机，在孩子自然地倾听时才给他们讲道理。"

当家长发现孩子所做的事情违背自己的意愿的时候，要冷静下来分析孩子这样做的原因是什么，这样做好不好，如果家长就这一事情产生了情绪，那么在教育孩子之前不妨先试着调整和控制自己的情绪。

第一，孩子遇到麻烦或闯祸后要宽容、谅解。随着孩子的长大，孩子的是非观、自我观点及自我尊严也会随之加强。因为家长是孩子足以信任的长辈，在孩子有了麻烦或自知闯祸后，请不要破口大骂、厉声责备或对他动手。鼓励、相信孩子，指导孩子，然后放手让孩子为自己的行为负责，使孩子学会处理自己的事情，用自己的能力及办法解决这一问题。

第二，请不要对孩子唠叨。虽然家长是一片苦心，但总是对着孩子唠唠叨叨，他肯定会烦的，会试图摆脱这种烦恼，会产生叛逆心理。孩子在某些事情做得不顺利时需要的是实际的帮助。如，孩子成绩跟不上，家长可与他商量，为他请个家教，或与老师商量，找出切实可行的解决办法，而不是指责。

第三，请说出合理的理由征服孩子，不要以家长的权威压制他。孩子都会有自己的想法，有了想法当然会付诸行动，当他做了家长认为不对的事情时，请好好与他商谈，尊重他，不要对他发脾气，或无理由地拒绝、反对，用家长的威严压制他、命令他。这么做他只会觉得家长不讲道理，逆反心理强的孩子会更加坚持，即使当时家长压制了孩子，他也不会心服口服的，很有可能会背着家长继续做。

第四，转移思考目标。有时候当交谈或沟通进程不顺畅时，家长应暂时中断交谈，以沉默来应对负面情绪，最好的反应是能离开交谈的地方，使自己能忘掉困扰的问题。等觉得自己没有那么生气的时候再与孩子交谈。如果谈话没有办法控制自己的情绪，家长不妨也采用一些其他的方式与孩子谈心，如写信、留言等。

【情景提示】

情景中可以看出，筱优的妈妈是一个较强势的人，但这种强势积压在孩子身上是不应该的，妈妈要想孩子和自己一样，不妨言传身教慢慢熏染，而不是压制强迫。妈妈可以这样和孩子沟通："筱优，妈妈不是一定要你按照妈妈的标准来做，妈妈只是希望你做事要有计划和目标，同时要严格要求自己，今天开始妈妈不再强迫你怎么做，因为我相信你自己一定会做得更好。"

给儿子的信

儿子上高中了，一次妈妈去学校开家长会，听说他对一个女同学挺有好感，但那个女同学不理他，因此他的情绪很低落。回到家后，妈妈把这个情况跟爸爸说了，爸爸当时就态度很强硬地问他："你跟那个女生怎么着了？"儿子哭了，向爸爸妈妈大吼一声："别逼我好不好？"一摔门走了。

一会儿，儿子回来了，说了声："对不起，我刚才太激动了！你们批评我吧！"妈妈被儿子的"大度"感动了，反而觉得自己太不注意方法了，于是抱歉地说："是我们太心急了，今天不说了。"

当晚，妈妈给儿子写了一封信。信里写道："一个国家强大了，别的国家都来跟它建交；一个人强大了，别人就会跟他友好；一个男人强大了，好女孩也会主动跟他交友。一个男人是靠自己的力量来团结别人的。你现在还不是很强大，你去找人家不成功，心里很难受，这是弱势的表现。你要使自己强大起来，我相信你是一个真正的男子汉。"妈妈把这封信放在儿子的桌子上，从此没有再谈过这件事。

教育的最终目的是使孩子改正错误，而不是显示家长的威力，当责骂起不到任何效果的时候，家长就必须调整一下自己的情绪，变换一下方法。

28. 对孩子不耐烦的话——

到底要我讲几遍

类似话语：

这件事我重复说了多少遍了
难道你是聋子吗
怎么教你也不会，你可怎么办呀

【情景再现】

明辉有个坏习惯就是趴在桌子上写作业，为了这件事母子俩不知道吵过多少架，可是结果明辉依然没有改掉趴在桌子上写作业的习惯。星期天，只有明辉和妈妈两个人在家，妈妈的注意力自然都集中到了明辉的身上，为了不让妈妈再唠叨自己，明辉坐直了身子，可是时间一长明辉就忘记了，慢慢地又趴到了桌子上。"你怎么写作业呢，坐直了，到底要我讲几遍，没长记性啊。"

情景分析

好好地和孩子说话，很多家长都认为这是应该的，但在实际与孩子的交往中，家长往往习惯担任教育者的角色，总以教训的口气来指导孩子的行为。某个道理孩子明明已经晓得，可是家长还絮絮叨叨没完没了地将"到底要我讲几遍"挂在嘴边。于是孩子就产生了家长将他看"低"了的感觉，产生反感，家长越说就越听不进去。

对孩子的不耐烦其实也是家长教育孩子无计可施的一种表现。怎么做怎么说孩子也不按着自己说的办，家长就不耐烦了。

【情景探讨】

作为家长，有一种最常用但最不管用的方法，那就是唠叨。灶台边、饭桌上、闲聊时，甚或工作中，我们总会听到为人父母者情真意切的唠叨，以为唠叨得越多，尽到的责任越大，产生的效果越好。"在学校听话啊！""作业做完了吗？抓紧啊！""多吃点有营养的，对身体好。"家长对孩子这样关心的问话和嘱咐，但随之而来的也许只是孩子的声声埋怨，"知道了，真烦！""好啦，啰唆！"

在家长"千叮咛万嘱咐"的唠叨声中长大的孩子，大多从小就练就了对付唠叨的过硬本领——或置之不理保持沉默，或"砰"的一声躲进房间成一统，管他春夏与秋冬。结果是家长的唠叨越多，孩子的防御能力越强。而当孩子一旦在心坎上构筑起唠叨的"防火墙"，家长即使真有"金玉良言"，也很难穿透孩子的耳壁入其脑入其心发挥应有的作用了。

嘉嘉小时候很爱学习，成绩也一直很好。可是不知道从什么时候开始她喜欢上了课外书，为了有更多的时间看自己喜欢的课外书，嘉嘉做作业总是对付，以至于学习成绩逐渐下降。

每天放学到家，嘉嘉就迫不及待地拿出《约翰克利斯朵夫》或者《围城》之类的名著来看。这时嘉嘉也矛盾，因为作业还没有做呢！

妈妈过来了，一看见嘉嘉手上的课外书，就有些生气地说："还看，你还不写作业啊，天天说你，怎么就没有记性呢？自己的学习成绩下降了不知道吗？"嘉嘉赶紧心虚地说："看完这一段行吗？"妈妈瞪我一眼走开了。

可是妈妈在客厅的训骂声却传来了，"人家的孩子回家就写作业，这孩子可倒好，就知道看闲书，成绩下降一点都不着急……"嘉嘉越听越烦作业写起来很费劲，成绩也就越来越差。

后来爸爸看出了嘉嘉对妈妈的抵触，就让妈妈不要管嘉嘉的学习，全部由爸爸一个人负责。爸爸不像妈妈那样唠叨，他支持嘉嘉看课外书，但是前提是必须认认真真地写完家庭作业，而且是他检查无误后，剩余的时间由嘉嘉自己支配。

爸爸很信任嘉嘉，不像妈妈那样有事没事地监视她，嘉嘉开始按照爸爸的要求去做，渐渐地嘉嘉的学习成绩开始回暖，而嘉嘉的作文也在竞赛中获得了二等奖。

由此看来，在教育孩子时若想取得理想的效果，做家长的首要任务就是力戒不耐烦，多作诱导。对孩子不耐烦是不少家长在教育孩子过程中的通病，家长要改变这种对孩子的不耐烦，对孩子耐心一些再耐心一些。

第一，只有父母付出耐心才会培养出孩子的耐心。

是否有耐心被认为是一个人心理素质优劣、心理健康与否的衡量标准之一，也是孩子未来成功的关键因素之一。但孩子的耐心并不是与生俱来的，而是需要后天培养的。当孩子小时候不停地用哭闹强迫父母满足他的要求时，父母就要沉得住气，注意对孩子进行耐心训练。

许多孩子没有耐心，是因为家长自己做事也是虎头蛇尾。所以，要想让孩子有耐心，父母首先要有耐心地去做每一件事情。

比如，晚上父母可以跟孩子一起学习。当孩子不断地起身活动时，做父母的要坚持看书，孩子见父母能够耐心地看书，也能受到一些感染。

家长要以身作则，教育孩子时就要有耐心。孩子做错了事，要给他讲道理，耐心地告诉他错在哪里。不要不分青红皂白地打骂，就是拒绝他的不合理要求，也要让他"被拒的"心服口服。

第二，让孩子明白耐心的重要性。

父母一定要让孩子明白，耐心执著是成功的秘诀。培养孩子的耐心不仅对他在学习上有所帮助，而且对他今后的人生道路也有很大的影响。

第三，用耐心培养和点燃孩子的学习兴趣。

兴趣是最好的老师，是孩子认识世界的动力。但是由于孩子的生理和心理尚未成熟，认知视野受到限制，对事物的兴趣容易消退和转移。父母作为孩子的启蒙老师，应善于捕捉教育契机，用日常生活的点点滴滴激发孩子对学习的兴趣，并让兴趣尽可能持久一些。

一对父子正在浴室里穿衣。突然儿子对父亲说："爸爸，我们来比赛穿衣服吧！"父亲充耳不闻，一声不吭地继续穿着。儿子又说："爸爸，我们来比赛穿衣服，好不好？"这下父亲有点不耐烦了："别烦，快穿！我穿好了，你还没好，我就不带你回去！"孩子嘟着小嘴，慢吞吞地穿着……

多好的教育契机，就这样被那位不耐烦的父亲给错过了，孩子对生活的兴趣，就这样被抹杀了。生活是教育的大课堂，时时处处充满着这样的教育契机，家长应具有捕捉这种契机的意识，用敏锐的目光去发掘，以及时的行动去实现，以此来激发孩子对待事物的积极性。

而这种意识则来源于对孩子心理与生理发展的了解，行为举止的赏识以及个性发展的关注。高尔基早就说过："只有爱孩子的人才会教育孩子。"

第四，不要让孩子将来对家长不耐烦。

"现在你对孩子不耐心 将来孩子对你也不耐烦。"一些教育专家们提出这样的观点。教育孩子是一件很累的活，必须付出精力和情感，这是每一个家长都很有体会的。家长总是忙于工作、忙于挣钱、忙于交际等，但再忙再累也不要对前来和我们聊天的孩子说"烦死了，你走开"这样的话，因为现在你对孩子这样说，过两年就是孩子这样对你说。因为沟通是情感的交流和延续。家长们再忙，最好还是每天能给孩子一点时间，哪怕只有10分钟。

另外，父母在要求孩子做一件事情之前，要先跟孩子约定好这件事必须耐心地做完；如果没有完成不仅需要补上没做完的，而且还得再增加时间来处理相关的事情。这样，孩子就能够有计划地去做事，也能够在一定的时间内耐心地把事情做完。

【情景提示】

家长要有足够的耐心来帮助孩子、监督孩子，而监督绝不是无休止的唠叨。情景中明辉已经有了改正的意识，但是在写作业的过程中难免会因为累或者注意力的转移而放松对自己的要求，这时候的家长可以有所提醒但不一定是语言上的，比如孩子会在家长到来时意识到自己应该规范坐姿，当然最主要的是平时生活中家长也要以身作则，想想自己吃饭的时候、看电视的时候是不是能够坐直身子，给孩子以良好的榜样。

父亲的条幅

　　著名生物学家童第周的父亲为了让童第周从小就明白耐心的重要性，让他能够执著地学习和做事，特意给他题了"滴水穿石"的条幅，告诫童第周世界上没有穿不透的顽石，只有没有耐心的人。

　　父亲去世后，大哥安排童第周到宁波师范预科学校读书。只读了一个学期，童第周就提出要考当时全省著名的效实中学。哥哥对他说："效实中学是用英语讲课的，你的英语根本不行，肯定考不上的。"童第周却认为"滴水能够穿石"，只要自己耐心学习，肯定能够考上的。

　　为了准备考试，童第周坚持自学英语，每天除了吃饭外很少离开书房。终于，童第周考上了效实中学。在效实中学，童第周又用滴水穿石的精神，使自己的成绩从刚入学的倒数第一上升到了全班第一。这就是因为童第周对耐心学习有深刻的理解。

　　滴水穿石，正确的方法加上家长的耐心会让孩子更加成功。

29. 伤害孩子自尊的话——

头脑简单四肢发达，你能干什么

类似话语：

小孩子家懂什么，少问少管
就你那两下子还能做成什么事啊
养个你这样的孩子，我真是倒了八辈子的霉

【情景再现】

一次，几家人一块儿到一家高档餐馆就餐，7岁的女儿却表现得像一个3岁的孩子，桌子上自己的餐具弄得很乱，爸爸让她把佐料瓶递过来时，她竟将佐料瓶打翻，瓶中的佐料撒落在餐桌上，对此爸爸觉得很难为情甚至有些尴尬，生气地对女儿说："难道你越长越往回长了？你已经是7岁的孩子了，越长四肢越发达头脑越简单了，你还能干什么！"女儿听了爸爸的训斥，委屈地哭了起来。

情景分析

爱你的孩子，首先要给他尊严。家长动怒的时候，往往口无遮拦。因为是对自己的孩子，觉得有资格责骂，有资格批评，言语轻了重了无所谓，甚至根本就没有考虑过跟孩子说话还分什么轻重，还需要讲究什么方式。所以多难听的话都能说出来。有时觉得说得越难听，越能达到对孩子的警示作用。家长们没有想到，许多话一旦说出将会产生严重后果，因此家长一定要谨言慎言。

一个人一生中最重要的是什么？是尊严！如果连自尊也能随便被践踏，他还算一个独立的人吗？孩子虽小，但一样有生存的权利、做人的尊严。忽略孩子的基本权利，这样的家长是不合格的。避免伤害孩子的自尊心，是每个家长在教育孩子时要关注的。

【情景探讨】

现实生活中，不注意保护孩子自尊心、自信心，不尊重孩子隐私的事已司空见惯。有的孩子一件事没有做好，家长就说孩子怎么这么笨；孩子平时有些胆小，家长就说孩子真是个胆小鬼；孩子一次考试成绩不佳，家长就说孩子怎么这么没用；孩子偶尔一次小小的失误，家长就指责孩子怎么这么不给大人争气……有些家长看孩子不顺眼，总是指责、埋怨，有的甚至打骂体罚。这样下去，久而久之，一个本来不错的孩子，会在一片指责埋怨声中，失去应有的上进心和自尊心，最终难以成才。

家长要知道，是我们给了孩子生命，给了孩子生存的保障，但是生他是我们自愿的，养他是我们的责任。要知道，孩子不是我们的附属品，也不是我们的奴隶，我们没有权利剥夺孩子的尊严！俗话说，好孩子是夸出来的，而不是打骂出来的。

放学后，男孩独自到一片树林里玩耍。天黑了，这个胆小的孩子还没有走出树林，他怕遭到野兽袭击，就爬到一棵大树上躲了起来。父亲见孩子很晚还没回家，就沿孩子放学回家的路去寻找，在一片树林里，借着天空那微弱的星光，父亲隐约看见儿子正躲在一棵大树的树杈上。父亲没有马上喊儿子下来，而是假装没有看见，吹着口哨在离儿子藏身的大树不远处溜达。儿子听到父亲的口哨声好像遇到了救星，马上从大树上溜下来，吃惊地问："爸爸，你怎么知道我在这片树林里呢？""我是独自散步，没想正碰上你在树上玩耍呢。"据说这个孩子长大后进入军官学校深造，毕业后成了一名作战勇敢的将领。

树怕伤根，人怕伤心。自尊心、自信心是孩子成长的精神支柱，是孩子向上的基石，也是自我发展的内在动力。如果我们有意或者无意伤害了孩子的自尊心、自信心，那么孩子的心灵就会受到打击和摧残，就会失去向上发展的动力和精神支柱。不管什么情况下伤害或者诋毁孩子的自尊心、自信心，都是违背教育规律的愚蠢行为。

一个小学五年级的学生，一次因数学测试成绩差被老师当众训斥，并罚抄试卷三遍。孩子回家后，家长又没有正确地为孩子化解，也是对孩子一顿责备。平时性格内向的孩子，从此便更加精神压抑，离群寡欢，一上数学课就有一种莫名的畏惧感。后来竟发展到只要朝学校方向走便浑身发抖，上课常常觉得头晕眼花，耳边总回响着教师那尖刻的斥责声，度日如年。最后，孩子不得不休学。

这是一个伤害孩子自尊产生严重后果的例子，当然也是极个别的。但是，在现实生活中，家长对孩子一怒之下，开口便训斥且言语刻薄，什么"笨蛋""蠢货""没出息"，顺嘴劈向孩子，这种不经意的伤害孩子自尊的事却并不少见。

自信、自立的基础是自尊。一个在羞辱中长大的孩子，他的自尊是残缺的，他的内心是自卑的，将来，他就没有信心面对生活和事业。一个从小失去尊严的孩子，长大后就不会堂堂正正做人，抬起头来走路。如果你不希望你的孩子将来像奴隶一样，那么就把自尊还给他！

如果你希望你的孩子将来有出息，那就谨慎自己的言辞吧。贬损的话，一句也别说。时刻记住：孩子是你的，但是你无权伤害他。

在一个教育工作者的《不要做伤害孩子自尊的事》一文里，作者提出要摧毁孩子的自尊，就要将孩子贬到卑微的地位上。具体做法有这样几条：

第一，让孩子觉得自己什么都不行,没人赏识他。例如学习不行、长相不行、交际不行、干家务不行、马虎、粗心、让家人为他受累……总之，他身上没有一处闪光点。

第二，经常拿比他"行"的人刺激他。例如，这种话时常挂在嘴边："看人家××，从不让家长操心！"这类话最具打击力和摧毁力，是毁掉孩子的王牌语录。

第三，家长把自己塑造成为家庭牺牲者的形象，这样会使孩子产生罪恶感。而一个有罪恶感的人往往采用自暴自弃的方法度过一生。如经常告诉孩子，自从有了他，你连电影也没看过，你为他操碎了心，都累出病来了，最好再具体说出你身上的哪种病是由于他造成的。或者说，如果不是为了照顾他，自己早就在事业上有大发展了。

第四，和孩子说话时口气决不能和蔼，切不可使用商量的口吻，一定要使音量达到70分贝以上，一定要使用命令式的口吻。如果还能配合一些挖苦讽刺的词汇，则效果更佳。如"你真蠢""你混蛋""没见过你这么傻的""怎么生了你这么个东西"，等等。

第五，孩子的一切要由你来决定，切不可给他一点儿自由，他的行踪你要密切注视。他如果有日记或信件，一定要审查。这样做能在他心里造成他不是人的感觉，造成他是一个受人操纵的木偶的感觉。一个怀疑自己不是人的人是绝不可能奋发上进的。

第六，要学会迁怒的本事。单位上遇到不顺心的事，回来后要想方设法找理由撒在孩子身上。无论什么事都归功于孩子的过错然后教训他，并制止他流眼泪。这样做可以有效地打击孩子的自尊心，增强孩子的自卑感。

第七，当众出孩子的丑。真正要彻底毁掉他，一定要当着外人损他、贬他，让他无地自容。从心理学角度讲，这样做能使一个人产生惧怕社会的心理，产生自惭形秽的念头。而一个惧怕社会和自惭形秽的人是很难立足于社会的。

文章从反面告诉我们家长，要尊重孩子，要给孩子自尊，千万注意不要对孩子做这七个方面的事情。

【情景提示】

对于本情景而言，家长不应该说类似"头脑简单、四肢发达"这种惹恼孩子的话，相反，而用一种不带个人情感色彩的方式来处理，比如，告诉孩子下次再拿这样的东西时应该怎么拿，应该怎么放，告诉孩子做事要小心，等等。可以说："这个东西是不太好拿，爸爸告诉你要这样拿这个东西。""我姑娘总能给大家一些意外，没事的，去找一下服务员，叫她们收拾一下。"

🖌 故事启读

一瓶牛奶

科学家斯蒂芬·格伦在医学领域的多个方面均取得了很突出的成绩。当有人问他，是什么让他具有普通人不及的创造力时，他提到了幼年时的一段经历：那天，他从冰箱里取出一瓶牛奶，取出后刚走几步就失手将奶瓶掉落在地上，奶瓶碎了，厨房里顺时一片狼籍！他的母亲闻声而来，他很害怕，然而，母亲并没有发火，也没有惩罚他。她说："哦，我从来没有见过这么多的牛奶洒在地上，真有意思啊！好了，反正已经洒在地上了，在我们收拾干净之前，你可以玩一会儿，我想，玩牛奶说不定也是很有意思的。"他真的就玩起了牛奶。几分钟过后，他的母亲说："牛奶是你洒在地上的，也应该由你来收拾干净。他们一起将地上收拾得干干净净。接着，他的母亲又说："刚才你拿牛奶瓶没有拿住，这说明你还没有学会如何用一双小手拿一只大奶瓶。现在，我们到院子里去，在一个瓶子里装满水，看看你能不能发现一个很好的搬运方法，使瓶子不会掉落到地上。"他在院子里反复实践，知道如果他用双手握住靠瓶口的地方，则瓶子在搬运过程中就不会掉下来。母亲就这样教会他如何拿奶瓶。

也正是从那个时候起，斯蒂芬·格伦明白了无须害怕犯错误，错误往往是学习新知识的开始。科学难题也是在经过一次次失败的尝试之后，最终找到正确的解决方法的。

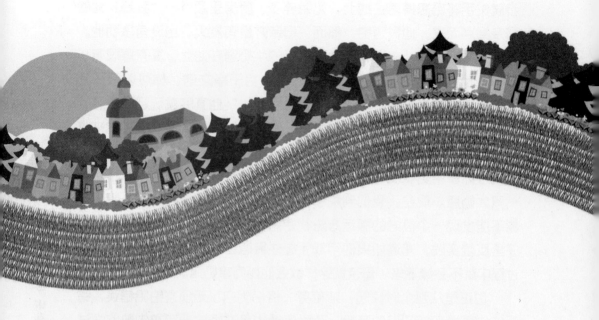

30. 说孩子不要强的话——

你不像我生的孩子，这么不要强

类似话语：

你怎么这么不上进，像谁呀
看看你的房间，像狗窝似的，我都不愿意进
啥也不是，今后别跟我说话，我不愿意理你

【情景再现】

7岁的女儿不喜欢动脑筋思考问题，一道题给她讲大概的意思，后面的让她自己去想，她也懒得想，非让爸爸妈妈把整道题的解法全告诉她。这可愁坏了爸爸妈妈，而且还不能多说她，一说她就哭个没完没了。一次，妈妈为了训练她自己去面对陌生人，让她自己去买冰激凌，她就老大不高兴，勉强去了，就站在卖冰激凌的地方，卖冰激凌的人也没看到她，她就站在那里半天也不吱声，直到人家看到她并询问她，她才小声说一句。妈妈气得没办法，和她嚷道：你怎么这么出息，你真不像我生的孩子，这么笨，你可怎么办呢？

情景分析

妈妈的话语给孩子留下家长不爱他嫌弃他的感觉，孩子会认为自己什么都不如爸爸妈妈，厌烦自己而疏远爸爸妈妈。

为人父母者望子成龙心切，这些都是可以理解的。今天的孩子，不要强、与世无争是不行的，现在的社会竞争压力如此之大，如果孩子从小就不去竞争到最后很可能被淘汰。所以鼓励孩子要强，鼓励孩子竞争是应该的。但是，孩子成长不是一朝一夕就完成的，我们不能指望孩子一下子就长大，也不能指望孩子一下子就什么都学会，这个过程，是个循序渐进的过程。这些道理我们都懂，但在对待孩子的具体的某一件事时，我们就犯糊涂了，就不知道应该叫孩子一点点来了。

【情景探讨】

家长都希望自己的孩子健康、聪明、向上、进步，但有时却因为孩子小、家长的方法不当等原因不能如愿。有句话这样说：上帝给了你一个美丽的容颜，也许不会再给你聪明的大脑，世界上没有十全十美的孩子。

中国有句俗话：孩子都是自己的好。即使愚笨或丑陋的孩子，在家长的眼中也是可爱的。有些孩子因为不上进、淘气不听话、成绩不好等原因家长可能很生气，感到很烦。

有个男孩天生迟钝、倔强，而他的弟弟却很聪明。两人在同一所学校读书，哥哥原比弟弟高两个年级，后因功课一直不好，三年内降了两级与弟弟同班。母亲有时候会因为一些小事跟他唠叨起来："我怎么会生你这么一个又蠢又笨的孩子！我不知前世做了什么孽。"这些话听久听多了，男孩对自己前途完全失去了信心，于是吃安眠药自杀了。孩子死后，母亲也十分伤心，但悔之晚矣！

做家长的没有不心疼自己的孩子的，正是由于这种心疼与忧虑，使他们对孩子的不上进、不要强更加感到无奈与怨恨，因而在生气时，或孩子不听话时，这种对上天不公的怨恨就会发泄出来。

有一个孩子说：我恨我妈，我小时候她都没正眼看过我，都是用斥责的语气说我，从来都是说别人怎么怎么好，或者一件事别人会怎么做，或者说我的命就是会不好之类的。可见，为人家长对孩子的影响太深了。

对不上进、不要强的孩子，下面几点需要家长特别注意。

第一，要尊重孩子，不管我们的孩子有多大的毛病和问题，我们都要尊重他们。要知道，孩子有自己的人格，家长不可以在语言上羞辱孩子，使孩子失去自尊。

第二，关注孩子的心理成长。家长要多倾听孩子的话，不要觉得家长比孩子懂得多，就总是喋喋不休地说个没完。要多听听孩子的，鼓励孩子说出自己内心的想法，关心孩子的内心成长，这样，我们才能有的放矢地对孩子进行帮助。同时，家长也要注意教育方式，逐渐学会与孩子平等相处，有意识地锻炼孩子去独立思考，鼓励他去做一些力所能及的事情，逐渐学会自己的事情自己处理。

第三，克服"望子成龙"的急躁情绪。希望孩子一天有一个进步，一段时间就有个大进步，家长的心情是可以理解的，但家长要根据孩子的现状，帮助孩子制订切实可行的计划。不要急躁，不要感情用事，不要将目标定得太高，给孩子太大的压力，否则容易适得其反，欲速则不达。

第四，提高孩子做事的兴趣。让孩子做一件事，要看孩子对这件事是否感兴趣。感兴趣，孩子就会主动去做。比如说引导孩子的学习问题，就要根据孩子的实际情况，因势利导，充分利用各种条件，调动各方面的积极因素，使孩子形成主动负责的学习态度和浓厚的学习兴趣。

第五，培养孩子独立处理问题的能力。面对困难，要让孩子先想想怎么办，不要只知道问怎么办，要鼓励孩子在行动上去摸索和实践，即使是比较难办的事情，需要家长帮助，也不能大包大揽，要增强孩子的责任感，具有责任感的孩子，就会自觉同依赖心理作斗争。

第七，多给孩子鼓励和肯定。对孩子来说，他们常常用他人对自己的评价或他人对他人的评价来对照自己，进行自我认识和评价，其中家长的评价是最有权威性的，家长的评价直接影响孩子的成长和良好行为的形成，所以，要更多地运用鼓励性的评价来增强孩子的学习自信心和积极性。当然，鼓励和夸奖要讲究方法，有成绩时给予表扬，激励他，鼓励他奋进；有了缺点时，要分析和查找原因。在谈问题之前先要肯定成绩，然后再指出存在的问题，指明努力的方向，如果这个问题改了就是一个更加优秀的孩子了。这样孩子就很容易接受，也很容易改正不足。

【情景提示】

面对自己的孩子，家长总是容易期望过高，有时候期望孩子能像自己一样成就卓著，甚至希望孩子青出于蓝而胜于蓝。就本情景而言，家长要对孩子有耐心，一点点地引导孩子，要知道孩子是在成长变化的，只要我们方法正确，坚持不懈，说不上哪一天，孩子就变得让你满意了。家长可试着这样说："好孩子，真勇敢，上次还不敢去买呢，这次都能和卖冰淇淋的人说话了，进步不小啊！"要相信，孩子下次肯定会比这次做得更好一些。

故事启读

借给你1分

在一次考试中，一个男生的语文得了59分。他找到老师说："老师，您就再给我的作文加1分吧，就1分。求您了！不然，我回家没法交代。我和爸爸保证这次语文成绩及格的。"老师被孩子的勇敢和真诚打动，就说："作文绝对不给加分；但是，我可以给你把总分改成60分——我借给你1分。不过，你可要想好啊，这1分不能白借，借1还10，下次考试你要还给我10分，怎么样？要是觉得不划算就不要借了。"男生咬咬牙说："我借。"结果，下一次考试中，他语文得了81分，扣掉10分，净剩71分。再下次考试时孩子得了98分。从此，男孩的语文就没有掉下90分的。

这位老师因有一颗真诚的爱孩子之心，充分相信学生并且善于利用契机激励学生。借分的男孩由于获得了老师的"资助"，得到了老师的关爱，鼓起了奋斗的信心，从考试不及格到考试得高分。

每个孩子都是上进的，关键在于我们如何去引导。

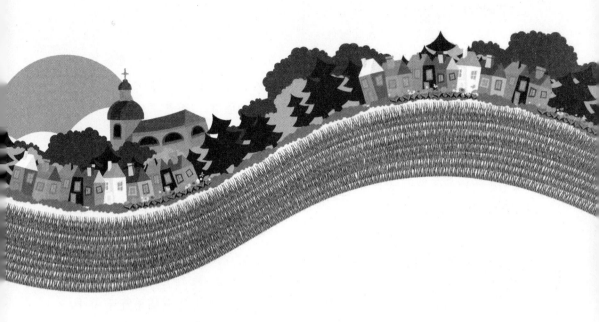

31. 抹杀孩子好奇心的话——

你哪来的这么多好奇心

类似话语：

别什么都想试试
不让你动的东西你别动
别什么事都问

【情景再现】

一天，3岁的东东在阳台上玩耍，他突然心血来潮，想知道爸爸养的那些花埋在土里的根长得什么样，便把花连根拔了。仔细研究一番后也没看出什么，就把花扔在了一边玩别的去了。爸爸下班回来后，发现自己养的花都被连根拔了出来，就怀疑是东东干的，爸爸拉过东东问花是怎么回事。东东看爸爸有些不高兴，就小声对爸爸说：我想看看埋在土里的花根是什么样的。爸爸没好气地说："你哪来那么多好奇心，下次不许再搞破坏，再搞破坏别说我揍你，听见没有。"

情景分析

好奇心是孩子创造力的表现，许多伟大的发明往往都首先来源于发明家的好奇心。可是许多家长却忽视了孩子的好奇心，认为孩子的许多问题滑稽可笑，甚至认为孩子的好奇行为是破坏行为，并严肃地告诫孩子下次不许这样做。

对于孩子来说，周围的世界是那样神秘、新鲜和美妙，他们的心中充满了好奇和求知的渴望，当他们用热切的目光注视我们，用稚嫩的声音询问我们，用纯洁的心灵渴求我们的帮助和支持时，我们要做好充分的准备，接纳、鼓励孩子的好奇心，为孩子的成长插上想象的翅膀，培养起孩子对未知领域的探索精神。这是孩子未来取得成功的重要支撑。

【情景探讨】

幼儿园的创始人、德国教育家福禄贝尔说："孩子就是我的老师，他们纯洁天真、无所做作，我就像一个诚惶诚恐的学生一样向他们学习。"孩子的好奇心和对事物的探索精神远胜于成人，在这一点上，成人要向孩子学习。如果我们能放下家长的架子，和孩子一起用新奇的眼光来看待这个世界，和他一起用纯真的心灵来感应周围的事物，我们将会极大地感染和促进孩子更加富有好奇心和探索精神。保护好孩子的好奇心，因为孩子好奇心的后面隐藏着的就是无穷的创造力。

古希腊伟大的哲学家柏拉图说：好奇者，知识之门。因为好奇，孩子会去探索丰富多彩的外部世界。这种接触和探索，不仅丰富了孩子的生活，而且让他获得有关外界事物的状态和性质的知识。

美国著名的心理学家、教育家塞德尔兹也是保护孩子好奇心的榜样。塞德尔兹对于孩子提出的问题就从不嫌麻烦，总是认认真真地回答。一天，小塞德尔兹手里拿着一本达尔文进化论的少儿读本问爸爸：

"爸爸，进化论中说人是由猴子变来的，这是对的吗？"儿子问道。

"我不知道是否完全对，但达尔文的理论是有道理的。"

"可是既然人是由猴子变的，那么为什么现在人还是人，猴子还是猴子？"儿子追问。

"你没有看见书是这样写的吗?猴子之中的一群进化成了人类，而另一群却没有得到进化，所以它们仍然是猴子。"塞德尔兹说道。

"这恐怕有问题。"儿子怀疑地说。

"什么问题？"塞德尔兹问道。

"既然是进化论，那么猴子都应该进化，而不光是只有一群猴子得到进化，我觉得另一群也应该进化，变成一群能够上树的人。"

"那是不可能的，因为事实上是猴子当中的一部分没有得到进化。"

"为什么？"儿子仍然不放过这个问题。

于是，塞德尔兹尽自己所能讲明其中的原因。这个问题讲清楚了以后，儿子又开始问另一个问题："可是为什么要进化呢?如果人能够像猴子那样灵活不是更好吗？"

"虽然在身体和四肢上猴子比人灵活，但人的大脑比猴子的灵活。"塞德尔兹说。

"大脑灵活又有什么用呢？又不能像猴子那样可以从一棵树跳动另一棵树上。"儿子说到。

"因为文明代表着人类的进步。"塞德尔兹解释说……

许多孩子都有极强的好奇心，他们总是问这问那，许多问题经常问得家长哑口无言。这时候，有的家长对孩子的问题一笑置之，有的家长甚至流露出极其厌烦的神情。或许我们觉得孩子的问题过于幼稚，觉得没有必要回答，孩子可能因为家长的不耐烦而不敢再提问题。不让孩子提问题可以让我们得到片刻的安静，可是却在不知不觉中压制了孩子的好奇心和求知欲，将来如果在学习中再遇到什么问题时他们可能就会选择沉默。

日本著名教育家池田大作说：孩子的求知欲非常旺盛，母亲会听到"这是什么""为什么"之类的连珠炮式提问围攻。但是因为怕麻烦，母亲常常不好好回答，有时还会说出"烦死了，这孩子！"之类的话。没有什么比这更伤孩子的心了。我希望你们明白，这样做等于亲手掰掉茁壮成长的嫩芽，这可不行呀。你们要把这些问题当作不可或缺的阶梯，引导孩子走上宽广的教育之路。

第一，正确对待孩子的好奇心。孩子的好奇心在很多时候表现为好动。由于年幼无知，孩子的好奇心常常会导致破坏性行为的发生。家长要正确对待孩子因好奇心而导致的破坏行为。

第二，积极回应孩子的问题，善待孩子的"为什么"。孩子在一天天长大，随着他知识和经历的增加，孩子往往会向家长提出这样或那样的问题。例如：为什么月亮有时圆，有时扁？为什么冬天光秃秃的树枝，春天会长出新芽？大海的颜色为什么是蓝的？地球是从哪里来的？螃蟹为什么会横着爬？太阳怎么不掉下来呢？等等。孩子的这些问题常常搞得大人很头疼。其实这种追根究底的精神，正是智力教育的精髓，家长应给予支持和引导。疑问就是孩子的智慧之芽，若家长不让他的疑问得到满足，无形中将会摘掉成长中的智慧之芽。

家长在回答孩子的问题时要具有启发性，要注意引导孩子，把孩子的好奇转到善于分析和积极思考方面上来，而不能理解的问题，家长不必勉强解释，可以告诉他：这些事，你以后读的书多了，懂得的道理多了，就能理解了。这样说可以鼓励孩子进一步探索知识。家长不要因为一时答不出孩子的问题而感到丢脸；其实，世上的万事万物，谁会什么都懂？不如老实对孩子说："我也不太清楚，我们一起来研究吧！"这才是正确的态度。

第三，支持孩子，正确地引导孩子的好奇心。一位对心理学颇有研究的教授说："孩子的好奇心是绝不该挫伤的，制止孩子一次奇想，就等于关闭了一次闸门；然而鼓励一次好奇，哪怕是怪想、幻想，就等于放纵一群野马，孩子那无知脆弱的思绪，会得到强化。也许有一天会发现，家长在不知不觉中当了一次三棱镜，孩子的智慧之光，透过折射，化为七彩霞光，绚丽辉煌。"

支持孩子的好奇心，就是支持孩子去探索世界的奥秘，正确地引导孩子的好奇心，家长就能把握孩子探索的大方向，更能激发孩子的好奇心，激发孩子探索未知世界的兴趣。

【情景提示】

就本情景而言，爸爸应该鼓励孩子的好奇心，和孩子仔细地讲讲花的根为什么生长在土里，为什么不能从土里拔出来，根的作用是什么等。还可以找一个透明的杯子，栽上一棵植物，叫孩子好好观察植物根的生长情况，让孩子了解得更多。爸爸可以说："好孩子，你想知道什么，爸爸告诉你。但花从土里拔出来会死掉的，以后不要把花从土里拔出来。你知道花的根是怎么回事吗？……"

司马光砸缸不聪明

一个5岁的男孩，和同伴们在家中的院子里玩耍。爸爸妈妈从外边回来，发现房檐下接雨水的大水缸歪倒了，里面储存的满缸的雨水流了一院子，妈妈心疼得不得了，问是谁干的？男孩诚实地说："是我和小朋友把缸推倒的。"

妈妈"啊！"了一声，拉住男孩的小胳膊就要打。爸爸忙拦住说："让他先讲讲为什么要这样干？"

男孩毫不示弱地说："我这是做试验！爸爸说司马光从小就聪明，我看不见得。如果聪明，他就不该把缸砸破，而应该把缸推倒。"

原来前一天晚上，爸爸给男孩讲"司马光砸缸"的故事，说司马光最聪明。当时男孩就不大服气，所以今天才故意把缸推倒，来证实他的想法是正确的。

男孩振振有词地说："缸倒了，水流出来，里面的孩子不就得救了吗！若用石头砸缸，缸破了，孩子的脑袋还不受伤啊！"

爸爸鼓励男孩说："儿子说得有理。现在就敢想别人不敢想的问题，将来一定会有出息。"

果真，这个孩子长大后成为一个很有成就的学者。

保护和引导好孩子的好奇心就是对孩子学习知识、探索知识的最大支持。

32. 让孩子不辨是非的话——

宝宝都会骂人了!好厉害

类似话语:

宝宝,爸爸不听话,打他
宝宝真行,幼儿园里的小朋友都怕你
宝宝看好自己的东西,谁要也不给

【情景再现】

由于妈妈平时说话时喜好骂人、说脏话，2岁的宝宝也和妈妈学会了骂人的话。一天宝宝和邻居家的小伙伴一起玩游戏，邻居家的小伙伴不知道怎么惹到了宝宝，两个孩子各不相让，宝宝随口就骂了小朋友一句脏话。两个妈妈见孩子打了起来，就各自领着孩子回家了。回到家里妈妈对宝宝爸爸说起两个孩子打架的事，很得意地当着宝宝的面对宝宝爸爸说："我们的宝宝都会骂人了，好厉害呀！"宝宝爸爸对宝宝妈妈说："孩子骂人是好事吗？都是跟你学的！"

✒ 情景分析

"宝宝都会骂人了！好厉害。""宝宝，爸爸不听话，打他。"有一些家长见孩子能够打人骂人，在和小朋友一起游戏时不吃亏会夸奖孩子，也有一些家长经常把孩子当玩具或者宠物，为了好玩，开这样或那样的玩笑。家长对孩子进行是非教育时要有一个正确的立场，要知道孩子小时候是不辨是非的，什么行为得到鼓励和刺激，什么行为就会得到强化。有些家长会随便拿孩子开玩笑，在这些无聊的玩笑中，孩子学得不辨是非，长大了就不会有一个正确的世界观，会产生不良的价值取向，从而影响心理的健康成长。

【情景探讨】

孩子对是非的判断能力也是有限的。特别是学龄前的孩子，对是非的认识，基本上都是来自家长的影响。家长表扬什么行为，鼓励什么行为，他就觉得什么是对的，他就越愿意做这样的事情。特别是他们做错了事，家长采用迁就、纵容的方法，这样更会使孩子不辨是非。

爸爸和妈妈离婚了，女孩和妈妈一起生活。爸爸答应每月给孩子

300元的生活费。妈妈挣钱不多，经济不太宽裕，自己带着孩子不容易，对孩子在花钱上管得多一些，这一点女儿很不理解。女孩的爸爸比妈妈经济条件好，可经常是连300元的生活费都不愿意给孩子的妈妈，但总是偷偷地几百元地给孩子零花钱。女孩拿到爸爸给的钱后，为满足自己的虚荣心，用这些钱在小区的孩子面前玩老大风范，给同伴们买吃的、买玩的，并一再欺骗妈妈是同伴们自己买的。妈妈管教她时，女孩就跑到爸爸那里。一次女孩又跑到了爸爸那里，妈妈在给女孩的信中说：

女儿，妈妈真的不爱一个说谎的孩子！我不知道为什么，你一再的欺骗我！难道你真的认为，妈妈是用来欺骗的吗？

你离开我已经两天了，在这两天的时间里，我无时无刻不在想你，可是，妈妈不想给你打电话。你已经13岁了，妈妈当然不可能认为一个13岁的孩子很懂事，可你应该有分辨是非的能力吧。

女儿，你乱花父亲偷偷给你的钱，我问你，你说不是我的钱，我管不着。女儿，你的父亲这样对你，采取这样的方式来"爱"你，这是在害你，你会养成很坏的习惯，这不利于你的成长，你明白吗？在你看来，妈妈管你的学习，管你的日常生活，都是不值一提的事情，妈妈的唠叨只会让你厌烦，但这对你的学习你的习惯养成很有益处。女儿，是和非你一定要清楚。妈妈希望在你的心里有一个是与非的标准。

在现实生活中，是与非的矛盾大量存在。教会孩子分清是非，就应当紧紧围绕出现在孩子身旁或周围的是非矛盾冲突来进行。例如，当孩子摘下公园的花，当孩子剩下了半碗米饭，当孩子在客人面前大吵大闹，当孩子吵嚷着买这买那，当孩子与小伙伴发生争吵，当孩子不愿意上学，当孩子损害公物，当孩子骂人说脏话等的时候，都是教会孩子分辨是非的好机会。

对孩子的是非观应当适时地进行引导和教育，不能坐等其成。这是因为，任何一个人的是非观都不可能自然而然地形成，都需要在一种正确思想的引导下，在充满是是非非的大千世界中逐渐磨炼出来。

家长怎样培养孩子分辨是非的能力呢？

第一，培养分辨是非的能力。只有是非观明确了，才能保证他今后对万事万物有自己的主见。这需要孩子在成长的过程中，慢慢地去体会，去辨别，去看清楚事情的本质。

第二，要成为孩子辨别是非的榜样。教导孩子辨别和学习好的、对的、让人喜欢的，最好的方式就是家长们就是这样做的。家长是孩子最亲近最知心的人，也是这时候孩子接触最多的人。孩子的模仿能力又特别强，孩子也许不是特别明白我们这样做的原因，但是在孩子幼小的心里，和家长做一样的事他们就会觉得是对的。

第三，要让孩子在道德实践中养成扬善抑恶的自我约束能力。善与恶的纷争散见于日常的道德生活之中，孩子们尽管生活在自己的小天地中，但也离不开与他人、与社会的多种联系。况且，随着孩子年龄的增长，他们所接触的事物会越来越多、越来越复杂，遇到的善恶问题也会层出不穷。孩子最初的道德行为，主要取决于他们对道德规则的掌握，这时候，孩子尚不具备自己制定道德规则的能力，还需要父母教给他们一些道德规则，用规则来影响和支配他们的道德行为。并且，道德教育不能仅停留在用一定的道德规则去调节孩子们的道德行为上，还要使这些道德规则深入到他们的内心深处，积淀为道德意识和道德信念。使得孩子按着一定的道德信念去行事。

【情景提示】

"孔融让梨"是大家再熟悉不过的故事。四岁的孔融之所以使大家敬佩，正是因为他懂得谦让。他虽然还是一个孩子，但他已经明是非、辨美丑、懂礼仪。而这些正是做人的基本品质。

就本情景而言，妈妈在两个孩子打架时就应该制止自己孩子的骂人行为，告诉孩子骂人是不对的是不可以的。回到家后，妈妈把这个事情告诉爸爸后，应该和爸爸一起来告诉孩子不许再骂人，要让孩子知道一些最简单的是非观念。同时，妈妈也要从此给孩子做好榜样，自己不再开口骂人、讲脏话。

聪明的父亲

上高中的儿子跟父亲说："爸，本人看上一个女生，漂亮、智慧、善良，我能跟她结婚吗？"

父亲说："好啊，你能看上她，她看上你了吗？"

儿子自豪地说："她也看上我了。"

"那很好，你能被一个女生看中，说明你很了不起；你能看中一个女生，说明你的眼界开阔了，如果你将来想在县里发展，你就跟她继续交往下去；如果你想在市里发展，你将来就应该在市里去解决这个问题；如果你想到省里发展，你应该到省里解决这个问题；如果你想到北京发展，你应该到北京解决这个问题；如果你想在世界发展，你应该出国解决这个问题。"

儿子听了说："那我就等等再说吧。"

父亲简单的几句话，让孩子知道了为什么不能早恋和怎样对待早恋的问题。方法得当，效果就明显。

33. 教孩子没有爱心的话——

你哪有钱去捐款呀

类似话语：

困难的同学多了去了，你帮得过来吗
上车找个好位置坐着，别给别人让坐
别管别人的事，和我们没关系

【情景再现】

　　放学回来，梁梁对妈妈说，班里一个同学家里失火了，这把火把家里所有的东西都烧光了，老师号召同学们献爱心，帮助一下受灾的同学，为他捐些衣物，把自己的零花钱拿出来一些捐给同学。梁梁的妈妈平时就是一个对钱看得很重的人，听了梁梁的话，问梁梁："你的零花钱捐出去了你花什么呀，你哪有钱去捐款哪？咱不捐。"

情景分析

　　俗话说，种瓜得瓜，种豆得豆。孩子爱心的培养，需要家长的爱心浇灌。外面的世界五彩缤纷，我们的生活丰富多彩，这些都需要有爱心的人去发现，去欣赏，去领悟。对孩子爱心的培养，家庭是最重要的培育基地，家长是最直接的爱心播种者。要使孩子富有爱心，家长必须从自己做起，从孩子一生下来就开始做起。妈妈不愿意为同学捐款，还侧面地劝阻孩子不要动自己的零花钱去捐款。这样的言行，无益于孩子爱心的培养。妈妈没有同情弱者、扶危济困的爱心，为孩子树立了反面的榜样，孩子只能像妈妈学习，长此以往，注定造成孩子的爱心缺乏。

【情景探讨】

　　今天，很多孩子集万千宠爱于一身，在家长自私的教育下，舍不得对别人付出一点点爱。其实，孩子不是天生就缺乏爱心的。随着孩子的一点点长大，受周围人的影响，爱心得不到很好的培养，那么他的爱心就会逐渐消失。

　　仔细观察我们的周围，不难发现不少家长对孩子的爱心教育并不尽如人意。有的家长认为，现在就一个孩子，只要我有能力，孩子要什么，我就给他什么，图的就是让孩子快乐幸福；也有家长认为，对孩子来说，最重要的是多学点知识技能，在聪明才智上超过别人，至于其他方面，用不着怎么教；更有甚者，一些家长还把孩子自私、霸道的表现视为孩子的聪明、好玩而加以纵容。

看看下面几个孩子的故事：

故事一：一位妈妈带着她三岁的女儿到幼儿园开会，会议过程中，不知道从哪里飞进来一只蜻蜓，可能是它"年老"或受伤等原因，飞进来以后，就反躺在地上起不来了，这个孩子看到以后，很高兴地跑过去看，并一脚踏了上去……

故事二：妈妈买了饼干，孩子把饼干一把抓在手里，就是不肯给妈妈尝一口。妈妈故意咬了一口孩子手里的饼干，结果孩子大发脾气，非要妈妈把饼干吐出来不可。这位妈妈无比感叹地说：这孩子真没良心，我对他那么好，什么都依着他，有点好吃的都给他留着，可他一点都不会体贴大人。长大了真不知道会怎么样……

故事三：星期天，爷爷带着孙子到超市买了很多零食，结完账后，爷爷把其中最轻的一个袋子递给孙子说："来，帮爷爷拎一个。"孙子见状赶忙把手缩到背后说："我小，拎不动。"爷爷说："这么多袋子，爷爷一个人拎不过来，你来拎一个。"可孙子依然不肯把手伸出来，爷爷无奈，只好吃力地拎着大包小包在后面走，孙子则空着手，在前面一蹦一跳地走着，还不时催促爷爷："快点！"孩子的爸爸无奈地说："都6岁的孩子了，一点爱心也没有，这可怎么办呢！"

孩子太过缺乏爱心，不舍得与别人分享他的东西，没有同情心，缺乏社会责任感，归根到底是家长教育不当的结果。如今家庭以独生子女家庭为主，家长不忍对孩子进行严格教育，将亲情视为至高无上的原则，导致孩子自我意识膨胀，只知索取，不愿付出。

古今中外的大学者无不视爱为社会的灵魂。孔子说"仁者爱人"，孟子讲"王道"，都以爱为核心。爱心的培养、途径和方式很多，家长首先要做一个爱的使者，长期地、不断地把爱传递给孩子。

第一，教育孩子爱护身边的一切事物，启迪孩子的爱心。从细小的事情做起，让孩子在他熟悉、亲近的环境中开始受到启迪。引导孩子用和善的态度对待自己的玩具、伙伴、父母、家人。带孩子到大自然中，引导他们去亲近周围的一草一木，去关注大自然中的每一个生命，鼓励孩子给花浇水，给动物喂食……由于孩子与动植物有天然的亲近感，这样的爱心教育就更为自然、更为有效。孩子在这样的情境中不知不觉地就会学会关心、爱护别人。

第二，教育孩子懂得分享。父母要学会坦然地与孩子分享，成为与孩子分享的伙伴。在家庭生活中，可口的水果饭菜，不要让孩子独吃独占，要养成"大家分享才快乐"的习惯，让孩子逐渐知道要给别人留下应有的一份。与别人分享好吃好玩的东西，对别人说一些关心体贴的话，同情并帮助有困难的人，不计较别人的过错，对别人能够宽容和谦让，孩子的爱心就是通过这样一次次的行为模仿和强化而逐渐形成的。一个能真心与别人分享的孩子，总是会满怀快乐、喜悦的心情开始自己每一天的学习和生活。

第三，给孩子树立良好的榜样。孩子最初的同情心和怜悯心是成人同情心和怜悯心的反映。家长如果同情别人的困难，并最终在孩子身上培植出善良之心、仁爱之情。孝顺长辈、关心亲朋、关爱社会、帮助弱者，必会深深打动孩子的心灵，感染和唤起孩子对别人的关心。所以家长更要注意时时检点自己的爱心行为，避免无意间给孩子造成不良的影响。

第四，给孩子锻炼的机会。家长要循序渐进地教孩子做一些力所能及的事，把培养爱心教育落实到平时的点滴行动中去。如每当家长、长辈外出回来时，要教育孩子主动上前问候，主动帮家长拿拖鞋、搬椅子、端茶水、送报纸等。家里有人生病时，要启发孩子主动询问："哪里不舒服呀？""想吃什么呀？""我能帮您做点什么吗？"并引导孩子观察他人的表情，理解别人苦恼悲伤的缘由，努力想出办法来减轻别人的痛苦等，使大家快乐起来。在家中要适当分配给孩子一定的任务，让孩子承担适度的家务劳动。家长对孩子良好的言行要给予微笑、鼓励，而不是物质允诺，因为爱心应当是不图回报、不计代价的。

第五，帮助孩子了解社会、学会生活。要让孩子逐渐懂得这个社会不只家长疼爱他，还有许多人关心他，要使别人关心自己，首先自己要关心别人，给人以爱心。要让孩子学会融入集体当中，让孩子记得自己是社会的一分子，在拥有权利的同时需要承担相应的义务，要关心集体、关心社会，做个有爱心的人。

第六，正确地引导孩子，欣赏孩子的爱心。要冷静地对待孩子的缺点，要宽容的给孩子尝试错误的机会，善意的批评要讲方式，用博大的爱心去感化、理解孩子，这才是真正的爱。孩子有爱心行动，家长要给予鼓励和支持，使得孩子能够爱心不断。

【情景提示】

就本情景而言，妈妈应该积极支持孩子的捐款捐物行动，不论多少，都要体现自己的一点爱心，更主要的是借此对孩子进行爱心教育，告诉孩子要关心别人，帮助别人，扶危济困，让孩子知道，这样在自己有困难时才能得到别人的帮助。"好孩子，你想为同学捐多少呢？妈妈支持你，别人有困难时，我们帮助别人是应该的。"

故事启读

爱心让孩子重归校园

孩子玩电脑游戏上瘾，一个多星期没上学。一个星期后孩子回到家，整个人又黑又瘦，眼神都有些恍惚了，长时间地玩电脑游戏，已经使他的身心遭受了沉重的裂变。

学校为严肃纪律，要给孩子记处分。妈妈陷入了深深的思考，孩子到了这般天地，是谁的错，事已至此，埋怨谁都没用，关键是现在该怎么办，怎么把孩子从这个深深的泥潭中拽出来。

妈妈开始很激动，不知怎么办才好，后来慢慢冷静下来，觉得自己要正视现实，不在追究孩子的过去，也没有把孩子整天关在家里，而是坦然地承认孩子已有了心理问题。妈妈到学校找到相关部门，说明了自己孩子的问题，也没有和学校回避什么。希望学校从保护孩子名誉及前途的角度出发，不要处分孩子。学校被这个妈妈的诚意所打动，决定再给孩子一次机会。妈妈把孩子从学校带回家里，找到心理医生对孩子进行矫正。妈妈还带孩子出去旅游，让孩子换个环境，让他认识到除了网络世界之外，还有一个更美的现实世界等待着他去发现、去感知。旅游途中妈妈适时地跟孩子进行心理沟通，孩子一点点有了变化。结果，从外地旅游一回来，孩子就要去上学，在妈妈的努力下，学校也很宽容地接纳了孩子。

　　爱心足以化解孩子的千千心结。

34. 阻碍孩子进步的话——

当个小组长有什么值得骄傲的

类似话语：

咱不当班干部，影响学习
在班级里别什么事都管，管好自己就行了
学校的事你怎么那么积极呢

【情景再现】

放学了，三年级的李聪进了家门就高兴地对妈妈说："妈妈，我告诉你一个好消息，老师和同学们说我最近进步比较快，选我当小组长了。"妈妈回答说："我还以为你考试得了100分呢。当个小组长有什么值得骄傲的，告诉你不能因为当小组长影响了学习啊！"李聪的高兴劲儿一下子全没了。

情景分析

孩子有了进步，高兴地告诉家长，家长应该为孩子的进步而感到高兴，这个母亲说给孩子的话却明显地表达了他认为孩子别的方面的进步都没有用，唯有学习的进步才是进步。这种一切都从学习的角度来看问题来要求孩子的态度，对孩子的成长进步会产生负面的影响。孩子会认为妈妈不关心自己别的，只要学习成绩好其他事情与自己无关了。

中国有句俗语："有其父，必有其子"，这句话印证了家长的行为处事对孩子的深刻影响。几个月大的孩子就开始跟家长"咿呀"学语，一岁左右蹒跚学步，孩子学会了说话、走路后，其说话的语调、走路的姿势都可能带有家长的痕迹。在孩子成长的过程中，他们对家长的行为看在眼里，听在耳中，记在心上，并照此行事，这些行为潜移默化地影响着孩子的行为习惯。

【情景探讨】

孩子的人生观和价值观，很大程度上是在家长的影响下形成的，家长是孩子的老师，家长有责任培养孩子良好而优秀的人格品质。

有这样一幅漫画。一位年轻的妈妈教儿子写作文。在妈妈的精心辅导下，儿子作文写得非常精彩，母子俩准备把它拿到报刊上去发表。以下是他们的对话：

"妈妈，作文已经写好了，投到哪里去?"儿子问。

"这还用问，当然是哪里钱多，就投到哪里。"妈妈答。

于是，儿子在信封上写到："中国人民银行收"!

我们为故事中的孩子担心，这个孩子今后要走什么样的道路。作家柳青说过："人生的道路虽然漫长，但要紧的只有几步。"如果幼小的心灵中没有撒下健康的种子，怎么能指望孩子将来能结出善果?

几个孩子玩过家家游戏，孩子们争着做家长，奇怪，为什么都不做孩子呢? 原来，谁做家长的角色，就会冲着别的孩子们说："哭，哭，你再哭我就把你的屁股揍烂。""你这孩子不听爸爸话了是吧? 对着墙壁站10分钟。"每次游戏中，扮演孩子的往往是个受气包。

家长在家怎样教育孩子，孩子就学会了怎样教育别人。

幼儿园里描红课上，老师让孩子们自己管理自己。代替老师负责管理的孩子开始发言了："你们都给我认真地写，如果写不好就罚你重写，比别人多写一张。"老师问孩子为什么要这样惩罚呢? 他说："我在家写错一个字就要多写一张呢，这还算少的呢，我最多一次被爸爸罚写了4张呢，手都写疼了。"

我们常说：有什么样的家长，就有什么样的孩子，孩子就是家长的翻版…… 这些话蕴藏着深刻的道理。

为了塑造一个比自己更优秀的孩子，家长应该约束自己的行为举止、言谈喜好。努力为孩子营造一个美好的生活空间和氛围，让孩子初到这个世界就接收到美的信息，让孩子在成长过程中少一点瑕疵。

家长的言行影响孩子的进步，影响孩子的一生。那么我们做家长的应该怎样来影响孩子呢?

第一，家长要注意言传身教，不断进步。 家庭教育的第一步，应是家长教育；家庭教育的重心，也应是家长教育。要想提高家庭教育的效果，需要真正提高家长的素质。

为家长者常常会发出这样的感叹：孩子越大，就越不了解他，就越不知道他心里想什么。这是因为我们没有和孩子很好地沟通，没有陪着孩子一起成长，当孩子渐渐长大，孩子有了自己的思想和认识了，就会和我们离得越来越远，代沟也随之产生，从而难以把正确的思想和经验传递给孩子，导致教育的失败。如果家长从一开始就能做到和孩子一起成长，用孩子的眼光看孩子。那么，随着孩子的成长，你会发现，在孩子慢慢读懂这个世界的同时，你也慢慢地读懂了孩子，走进了孩子的心灵世界。这时，你会觉得你离孩子很近。

第二，智育和德育要两手抓，保证孩子成长方向的正确性。一味追求学习成绩，忽视对孩子非智力因素的培养，这是很多家庭的"通病"。有些家长片面认为，教育子女就是开发智力、学习知识，而学习知识就是考试得高分，取得好成绩。而对影响孩子成长进步的德育问题，很多家长都没有给予应有的重视，认为孩子会树大自然直，这是孩子教育过程中很危险的观念。

第三，创建和谐的家庭人际关系。家庭人际关系的和谐，对孩子起着潜移默化的作用。在和谐家庭人际关系的陶冶下，孩子会形成良好的心境、乐观的态度和积极向上的人生观；紧张的家庭人际关系会造成孩子的心理压力，产生消极悲观情绪，对家庭失去信赖，严重的还会导致心理疾病的产生。有些家庭"大吵三六九，小吵天天有"，家长经常为一些生活琐事吵得面红耳赤，甚至大打出手，这对孩子幼小心灵产生了极坏影响，久而久之对家长感情疏远，对家庭产生逆反心理。

第四，明确孩子成长过程中家长的责任。随着社会的迅猛发展，来自各方面的压力非常大，为此，家长们除了工作之外，几乎把所有的精力都投入到对自己子女的培养上，真是从娃娃抓起、从胎教抓起。然而现实生活中，我们许多家长面前却出现了诸如孩子"不听话""学习成绩不好""不争气"等等困惑，教育结果是事与愿违。于是乎便出现了一些逼子成龙、逼女成凤的现象。这种情况的出现，许多家长都以为是孩子的问题，其实不然。这个责任完完全全在我们家长身上。有的家长推脱说孩子天生不是那块料，这是家长在推卸责任。许多事例证明了世上没有教育不好的孩子，只有不会教育孩子的家长。更有许多事例证明了一些好孩子让不会教育孩子的家长给教育坏了。

【情景提示】

学生应以学习为重，但"学习"的概念并不单指学习数学、语文等文化课。家长要明白，做值日让孩子学会如何劳动，当干部培养孩子的能力，体育活动锻炼了孩子体魄，对他们来说，这些都是学习，对未来对成长进步都有重要意义。就本情景而言，孩子当了组长应该是孩子进步的表现，妈妈应该鼓励孩子的进步，同时提醒孩子，当班干部要负责任，要学会工作更要努力工作，同时注意别影响自己的学习。"好孩子，进步不小啊！一定要把工作做好，有什么困难时，妈妈可以给你出出主意。注意别影响自己的学习。"

故事启读

最富有爱心的人

我们家很穷，但是我们的心理很富有。

爸爸已经去世5年了，他没留下什么钱，家里只剩我和妈妈相依为命，妈妈身体又不好，没有工作，只靠拾荒维持我们的生活。

汶川地震发生后，老师宣布，班级搞一个"节省一周的钱，为灾区小朋友献爱心"的活动，希望大家都能将手里的零用钱节省一部分，做特别的奉献，去帮助地震灾区生活困难的人。我知道，我没有钱可节省。我更知道，我们家是我们班同学中最穷的一家，全班级我也是最穷的孩子。我上哪儿去弄钱呢。晚上放学，我和妈妈说了老师的要求。妈妈说，我们一定要支持学校和老师。我们一定尽量帮助灾区的孩子。我们家里穷，但我们的心不能穷。我们家困难的时候国家和学校还帮助过我们呢，现在是我们献一点儿爱心的时候了。

可是我们没有钱怎么办呢？妈妈说，只要我们动手，我们就能挣来钱。妈妈保证你在班里节省的钱是足够多的。妈妈想出了一个办法，让我放学后和她一起去拾荒，把一周拾荒的收入都交给学校。

我觉得这个办法很好，我也很高兴这样做。

那一周，我利用休息时间和妈妈到处拾荒，一周后我们拾荒挣得80多元钱，当我把我和妈妈辛苦赚来的不多的钱都交给老师时，老师很惊讶，问我从那儿弄来的这些钱。我告诉了老师是我和妈妈一周辛苦赚来的。老师搂着我，向全体同学宣布，我是我们班最富有爱心的人。

爱心是能够传递的，妈妈富有爱心，孩子才更有爱心。

35. 无益孩子求知的话——

你烦不烦，问个没完没了的

类似话语：

你怎么什么都问呢
别问这些不知羞耻的事情
等你长大了就知道了

【情景再现】

一对年轻家长带着三四岁的女儿来到游乐场游玩。因为爸爸妈妈工作忙，很少领孩子到游乐场玩，小女孩到了游乐场后见有这么多自己没有见过的好玩的东西很是兴奋。玩了小飞象后，女儿问妈妈："小象为什么会飞呢？"妈妈说："因为有电。"女儿接着问："那我们家的电动小熊也有电为什么不能飞呢？"……妈妈被女儿的一连串的为什么问住了，不耐烦地对女儿说："你烦不烦，问个没完没了的，好好玩你的就行呗。

情景分析

好学好问好玩是每个孩子的天性，对周围的事物都感到新鲜有趣，上至云电风雨、日月星辰，下至海洋生物、河流山川、花鸟虫鱼，他们什么都想知道并且认为家长什么都知道。于是从会说话起，就不管家长有事没事，缠着提些稀奇古怪或被家长看来根本就不值一提的问题。因为孩子不明白，所以才问妈妈这些为什么。因为好奇，孩子才想去学习知识，探索未知的领域。因此，满足孩子的好奇心，就是激励孩子去学习新知识，就是满足他们的求知欲望。孩子想知道更多的为什么，这正是家长教育孩子探索未知，鼓励孩子学习的好机会，但这位家长，却因为自己解答不了孩子的问题，对孩子不耐烦，这是熄灭孩子求知欲望的愚蠢行为。

【情景探讨】

孩子求知欲望活跃与否是由家长的态度和行为决定的，那些家庭生活内容丰富，经常接触新鲜事物，家长从小积极带动并鼓励不断探索、勇于试验的孩子，其大脑活跃程度很高，求知欲望就很强，孩子会主动发现感兴趣的事情，积极学习相关知识，并养成深入探究、勤于思考的习惯，成年后还会拥有更强的综合能力和乐观精神；而那些家庭生活内容缺乏变化，很少接触外界环境的孩子，其大脑活跃程度较低，求知欲望不强，孩子对很多事物不甚感兴趣，缺乏主动探究事物的动力，学习处于被动接受的状态，成年后往往喜欢重复单调的生活，不敢面对生活挑战，因而工作成绩也不高。

对于孩子来说，周围的一切事物都是新鲜的、令人激动的东西。保护孩子的好奇心，并加以正确引导，就能培养孩子强烈的求知欲，从而使孩子能够有所作为。

英国当代最杰出的哲学家、思想家、文学家柏特兰·罗素是从他祖父的书房开始他的学术生涯的。

罗素4岁失去双亲后，跟随祖父母生活。其祖父曾数次任英国首相，家有万卷藏书。在祖父家，小罗素最爱去的地方便是祖父的图书室。尤其是他6岁那年祖父去世后，这儿就成了小罗素的书房。他在这里浏览各类图书，无论是历史、文学、哲学还是数学，各种知识他都如饥似渴地汲取。他常瞒着家人偷偷地学习到深夜，一听到有大人来，就吹熄蜡烛悄悄钻进被窝装睡。他的哲学兴趣正是从童年时代养成的对知识的好奇和渴求开始的。

渴求知识，渴求学习，渴求探索未知的世界，这是孩子的天性。

日本有一位在50年间发明了2360项科研成果，平均每年发明63项的"发明大王"中松义郎。他孩提时出于好奇，曾趁家人不备之机，把家里买来的一辆崭新的汽车全部肢解成各种零件。但他的父母教子有方，不但没有批评他，反而认为他好奇、探索有理，引导他，这更增强了他的好奇心的发展。

在日常生活中，随着接触的未知事物越来越多，孩子好奇心的范围也在不断扩大，在许多外界事物的刺激下，好奇心不断增强。家长要引导孩子的好奇心，不可掐掉了好奇心的幼芽，压制了孩子求知欲的发展。

当我们的孩子爬树时，当我们的孩子掀开门前地面的地砖时，当我们的孩子在叠一架纸飞机或正在拆家里的小物件时，当我们的孩子不停地提出种种幼稚而可笑的问题时，我们一定要认真去对待，千万不能斥责，因为这很有可能会熄灭一簇可以燎原的星星之火！

家长要激发孩子的求知欲，以适当的方式引导孩子多思多想，以民主开明的态度面对孩子的提问。

第一，给孩子求知的机会。好奇是驱使孩子去认识世界、改造世界的内动力，也是孩子成长的第一步。正因为有了好奇心，孩子什么都想去探索，都想去尝试，难免会面临一些危险。而家长就是担心这"万一"才会有了诸多的约束、干涉等。比如不允许孩子玩泥沙，因为太脏了；不允许孩子去碰剪刀等一切锐利的东西，原因是太危险了；当孩子对某种小虫感兴趣并兴致勃勃地观看时，却引来家长这样的一句话："这有什么好看的，快走吧。"其实这一切都是为了避免大人们的麻烦，方便管治。可是，这样的约束使得孩子智力的发展被禁锢了，探索世界的主动性削弱了，孩子的个性也受到束缚了。真正地爱孩子，就给孩子求知的机会。

第二，培养孩子求知欲。思索始于惊异，有计划有目的地引导孩子多走走、多看看、多感受变幻莫测的自然风光，五光十色的艺术品，扑朔迷离的社会生活。这样不但可以满足孩子的好奇心，而且可以激发孩子的求知欲。

第三，把孩子引进书的世界。书本是孩子认识、了解世界的又一个重要的窗口，家长在引导孩子通过这个窗口认识世界时，应选择符合孩子兴趣爱好的书，以培养孩子对书本的兴趣。在此过程中，家长千万不可操之过急，否则只能引起孩子对书本的厌恶。在读书问题上家长要注意方法，调动起孩子读书的兴趣。同时家长应给孩子树立个榜样，自己多读点书，看点报，少看点电视，少玩点游戏、麻将之类。要培养孩子的求知欲，自己必须先做出样子，这是教育孩子的一条捷径。

第四，参与到孩子求知的活动中去。一大群三四岁的孩子们蹲在沙池里玩沙。有几个家长充满激情，带着孩子修城堡、挖地道，玩得不亦乐乎，孩子兴奋地跟来跟去，小脸红扑扑的，眼里放着喜悦的光彩，不时喊出自己的新想法；另有几个家长只作为旁观者，发现孩子兴趣减弱后没有引导行为。孩子虽然玩得不错，但没有前一类家长带的孩子那么思维活跃和兴奋。

很多家长认为孩子的求知活动不需要自己参与，比如孩子自己会学习怎么玩，实际上孩子在学会主动创造前是需要被引导的。通过引导，帮助孩子启动求知系统，并让孩子进入良性探索循环中。

当然，在引导孩子时也需要注意尺度，让孩子感兴趣并主动去求知，应该给孩子更多空间，让孩子成为游戏的主导者，家长逐渐变成配合者。

【情景提示】

就本情景而言，家长应该积极地鼓励孩子提问题，表扬孩子的求知的欲望，并且尽自己所能认真回答孩子的提问。即使是家长无法回答的问题，也要给孩子一个明确的说法，告诉孩子回家可查资料，可问别人，帮助孩子弄清楚。妈妈可这样回答："女儿的小脑袋里有很多问题呀，真是聪明的孩子。电动小熊不会飞是因为……""好孩子，这件事妈妈也不知道为什么了，回家后我们一起看书，看看书上是怎么说的"……

故事启读

书本是甜的

在每一个犹太人家庭里，当小孩稍微懂事时，母亲就会翻开《圣经》，滴一点蜂蜜在上面，然后叫小孩子去吻《圣经》上的蜂蜜。这仪式的用意不言而喻，书本是甜的。

古代犹太人的墓园常常放有书本，因为"夜深人静时，死者会出来看书"。象征生命有结束的时刻，求知却永无止境。犹太人家庭还有一个世代相传的传统，那就是书橱要放在床头，要是放在床尾，会被认为是对书的不敬。

犹太人不焚书，即使是一本攻击犹太人的书。

犹太家庭的孩子，几乎都要回答这样一个谜团："假如有一天你的房子被烧毁，你的财产被抢光，你将带着什么东西逃命？"如果孩子回答是钱或钻石，母亲将进一步问："有一种没有形状，没有颜色，没有气味的宝贝，你知道是什么吗？"要是孩子回答不出来，母亲就会说："孩子，你要带走的不是钱，也不是钻石，而是智慧。因为智慧是任何人都抢不走的，你只要活着，智慧就永远跟着你。"

对一个犹太家族来说，没有比家庭中有一名或几名博士更为荣耀的了，其结果是在犹太人中产生的诺贝尔奖获得者，科学领域中的代表人物以及各种专业人才，数量之多远远超过他们在世界上的人口比例。

教孩子热爱书本吧，它是一切力量的源泉。

36.让孩子不认真做事的话——

差不多就行，别那么认真

类似话语：

啥事别那么较真儿
在学校劳动时，别光傻干，学会躲着点
人家别人都不干，就你傻干

【情景再现】

小雯是班级的宣传委员，老师安排她星期日在家上网找一些关于交通安全的图片和资料，班级要办一期关于交通安全的板报。星期日写完作业，小雯就上网查了起来。刚查一会，妈妈就告诉她差不多就行，别查时间太长了。又过了一会，妈妈看小雯还在上网查，就叫小雯说："小雯，差不多就行了，跟学习没关系，别那么认真。"小雯心里有些不舒服，小声音嘟囔着："平时叫我学习要认真，做这个就叫我差不多就行了。真是无法理解！"

情景分析

妈妈的"和学习没关系，差不多就行了"的话，给孩子制造了一种矛盾的心理。每个家长都希望孩子认真做事，如，小时候认真吃饭，认真走路；长大一些的时候认真听课，认真学习，认真完成作业等等。一方面，家长希望孩子认真做事，另一方面家长又在教育孩子对一些事"别太认真，差不多就行"。这样不但给孩子制造一种矛盾的心理，更主要的是孩子由此可能一点点的形成了做事不认真的习惯。这是家长们最不愿意看到的也是最为头痛的事情。

【情景探讨】

在搜索引擎百度上输入"孩子不认真"5个字进行检索，会得到200多万篇相关文章。输入"孩子学习不认真"这7个字进行检索，得到的相关文章更多达470多万篇。可见家长对孩子"不认真"是多么的重视。我们随手就可以找到几个家长说孩子不认真的事例：

例一：儿子今年8岁，上小学二年级。孩子够聪明，但做什么事都不认真，体现在做作业、画画、打球等各个方面。这种情况我留意很久了，很是头痛。我觉得这是一种学习习惯和对待自己所要做的事情的态度问题。如果长时间得不到纠正，儿子可能就形成了终身的书写及做事不认真的习惯，这种习惯将影响其一生中对待各种事物的态度。这样的习惯真让我担忧。为这些无论是正面的激励还是反面的惩罚都没有效果。真不知怎么办才好!

例二，我的孩子上小学一年级。上学学习不认真，比如读书，有他不识的字，他不会去想办法认识理解，而是一笔带过，知道意思就行了。而且凡事他都是觉得他自己什么都会，说起什么事，他都知道似的，都会抢先说。改变孩子的不认真毛病，该从哪里着手?

例三，女儿3岁半了，幼儿园老师反映说她学习很不认真，做事情也很马虎，比如老师教她们画画，老师说小朋友先画个圆，还没说画在纸的什么地方，她就飞快地在纸上画好了。做一件事也不容易坚持到底，上课也是东张西望的。在家里我也发现她有类似的毛病。我可怎么才能培养孩子认真的习惯呢?

对提这些问题的家长，专家、老师都给出了很多办法。但我们觉得这里很重要的成分是我们做家长的对"不认真"认识上有偏差。因为我们对孩子教育没有一贯性，影响了孩子的"认真"问题。所以，要想叫孩子认真，还应该从我们自身做起。

第一，家长要以身作责。我们不能只是教育孩子干什么事情都要专心、认真，可是我们自己做事情没有专心和认真的态度。要想让孩子成为一个做事认真的人，首先我们要成为那样做事的人，有的时候孩子是不听大道理的，他就看你是怎样做的，某种程度上我们就是他的标准。

第二，培养孩子做事的兴趣。孩子对于感兴趣的事情总是很专注的。比如，看动画片、玩游戏等，所以，让孩子对所要做的事情感兴趣才是关键。

第三，锻炼孩子集中注意力。孩子学习的最大"敌人"就是注意力涣散。有的孩子学习时，脑海里想到的是电视机里正在播放的他们最感兴趣的动画片。有的孩子做作业时，无意识地东张西望，心猿意马，摆弄摆弄这儿，看一看那儿。有的甚至是一边看电视，一边做作业。很多家长向老师抱怨，孩子只需十分钟完成的作业却两个小时还完成不了。这就是注意力不集中的问题。

第四，给孩子一个安静整洁的学习环境。孩子的注意力跟孩子情绪有很大关系，因此家长应该创造一个平和、安宁、温馨的学习环境。声音嘈杂的环境，杂乱无章的屋子，不正常的家庭生活，所有这一切都严重地影响着孩子注意力的集中。我们可能没注意，孩子在那边学习，你在这边玩麻将、大声地和客人聊天、没完没了地看电视，等等，这些对孩子的注意力都有很大的影响。

【情景提示】

就本情景而言，妈妈不管出于什么考虑，都要支持孩子，让孩子把这件事做好。妈妈可以这样说："要抓紧点时间，该准备的都要准备好，老师交给的工作一定要尽力完成好。需不需要妈妈帮忙？妈妈可以帮忙的。"这样，督促孩子抓紧时间，又表示了对孩子的支持。孩子会认真做好这件事。

故事启读

坐在桌边的妈妈

有一家有两个孩子，他们做作业都很慢，很不认真。本来一个小时左右就可以完成的作业，他们要做四五个小时，不是不会做，而是写字太慢，而且写一会儿玩一会儿笔，或者两个人聊天，到后来实在是太晚了，他们也累了，才急急忙忙地写，所以字总是写得很差。妈妈不想让孩子养成这种不好的习惯，所以他们做作业的时候，妈妈看到他们不专心了，就走过去提醒一下，但是妈妈一走开，他们又不认真做了，不管骂也好，处罚也好，他们就是不改，每晚都要到差不多十一点才能睡觉。一个半学期过去了，这种情况都没办法改善。

如何让孩子有所改进呢？妈妈去请教有关专家，专家告诉她说："小孩做作业的时候，你不要走开，就坐在旁边，但也不是坐着监督他，更不要老提醒他做快一点，你可以拿本书坐在旁边看，或者写一些东西什么的，不要说话，就用你的认真去影响他，他就不好意思不认真做作业了。"妈妈听了觉得很有道理。第二天，孩子做作业时，妈妈也在旁边看书。不一会儿，他们又开始说话，妈妈当做没看到，继续看她的书。他们悄悄地说了几句，再一起偷偷地看了一下妈妈，然后又开始做作业了。后来他们都不说话了，有时候停一下，往妈妈这边瞧一瞧又继续去做。结果那天很快就把作业做完。后来，妈妈都采取这种方法，他们每天都能很快的完成作业。有时候做完作业看到妈妈还在看书，他们也会拿出自己的书坐到妈妈旁边看！

妈妈认真了，孩子也认真了。家长的一些小的变化，就能带来孩子的很大的变化。

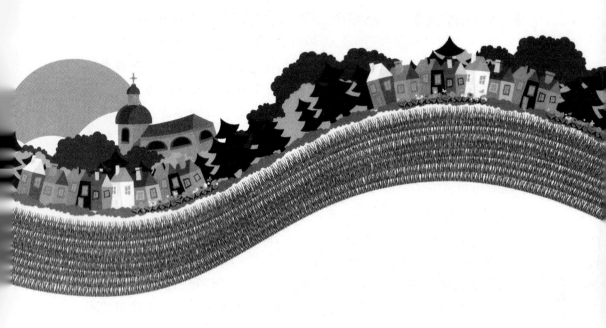

37. 不允许孩子发表意见的话——

小孩子你懂啥，大人说话不许插嘴

类似话语：

你懂啥，让你干啥你就干啥

你真没良心，养你这么大，还说这些话

住嘴，你再说看我怎么收拾你

【情景再现】

儿童节这天正好赶上爸爸妈妈也休息。爸爸妈妈决定领4岁的小妍到公园去玩一天。在商量去哪个公园时，爸爸妈妈意见不统一了。爸爸说，春天了花都开了，动物也都出来活动了，我们应该去动、植物园。妈妈说，还是应该上儿童公园，孩子玩的地方多。小妍听了爸爸妈妈的议论，接过话说："还是去动物园吧，我喜欢看动物……"妈妈有些不高兴了："小孩子你懂啥，大人说话不许插嘴。"

情景分析

"小孩子你懂啥，大人说话不许插嘴。""你懂啥，让你干啥你就干啥。"诸如此类的话我们并不陌生。许多家长都有一个共同的毛病就是不愿意听孩子们的意见，总觉得孩子小，自己走的桥比孩子走的路都多，什么事能不比一个小孩子强？所以，总希望孩子听家长的话，家长是不会让孩子吃亏的。

领着孩子去公园游玩，那么，玩的主体是孩子，本来就应该听听孩子的意见，尊重孩子的看法，这样孩子玩起来心情也能愉快，也能玩得高兴。相反，这个妈妈觉得孩子小，什么都不知道，不能按孩子的意愿去做。妈妈不让孩子说话，剥夺了孩子说话的权利，定会影响孩子的心理情绪。

【情景探讨】

一篇《美国高中"中国妈妈"为何成了贬义词？》的文章曾在网上引发热议。在美国学生、家长眼中，"中国妈妈"爱攀比，永远以别人为标杆，成了美国高中生口中的讽刺语。不少妈妈对此颇感委屈，认为"中国妈妈"是世界上最伟大的；也有妈妈反省，认为潜意识里的溺爱对孩子造成了伤害。为此人民网推出关于"'中国妈妈'成贬义词，该咋教育孩子"的调查。只一天的时间，该调查就收到15116票，其中选项"允许孩子发表自己的意见"获得了12190票，占全部投票数的80.6%，远远高于其他选项。这也从侧面反映了广大网友对待孩子教育问题的一个基本意见，那就是要平等的对待孩子，学会尊重孩子的意见。

儿子小然今年快4岁了，越来越有主见。比方说，小然希望自己控制睡觉前的活动，会选择性地要求妈妈讲故事、唱儿歌给他听，陪他在被窝里窝一会儿，或者再回答他一个问题等。

当妈妈满足其种种要求后，准备离开他的房间时，小然又会再提出"最后一个"问题。而这个"最后"的问题常常不止一个。于是，让孩子上床睡觉变成相当冗长的仪式。

早教专家认为，4岁孩子的确有一些明显的转变。"我已4岁大了，不再需要别人告诉我该做什么、该怎么做，我想自己做主，掌握一切事情。"孩子已有自己的想法，"妈妈要我上床睡觉时，可我不想睡，有一个好办法可以拖延时间，比如不断提出问题，妈妈没回答完，我就不必睡觉。"这是一种孩子表达自己意见的方式。

孩子不愿意去做的事情，家长有时非要强迫孩子去做；老师也不顾孩子的心理特征，把大量无用的知识塞进孩子的脑子里，让孩子重复做许多习题，乃至一个字要写上数百遍。类似的问题我们见得并不少，于是孩子的思维变得麻木，许多教育的不成功几乎都是由此产生的。我们是不是注意了孩子的个性，注意了孩子的生理和心理的需求，是不是能听取孩子的意见，这显然是一个重要的问题。

孩子想和家长表达自己的意见时，家长应该为之高兴，这是孩子想与家长沟通的表现。如果发生了矛盾，这有利于矛盾的化解，有利于问题的解决。所以家长要掌握好下面的几点原则。

第一，和孩子发生矛盾时，不可以势压人。不少孩子有这样的看法："每当我和爸爸妈妈的意见不一致时，他都以势压人，不让我说话，有时批评的根本不是那么回事。" 家长不允许孩子发表自己的意见，也不调查问题的来龙去脉，而是一味地大发脾气，严格地说，这种做法是违背教育宗旨的。家长和子女发生矛盾在所难免。作为长者，应该让孩子把意见申述完，要耐心地倾听，如果不等孩子讲完话，家长就主观臆断地下结论，必然会带来一系列的消极后果，其中，孩子的逆反心理将会表现得十分强烈。孩子的意见对与错，我们作为家长的都不能压制，要鼓励孩子说完。

第二，尊重孩子，让孩子说话。孩子小，和家长比起来处在弱势地位，他们更想得到家长的尊重。家长只有尊重孩子，所说的话才会发生效应，何况在许多争论中，孩子往往是站在真理一边的。

第三，用孩子的标准去要求孩子。孩子毕竟小，对一些问题的看法会不成熟，有许多不同于成人的特点。所以，比成人更需要理解。我们不能忽视了孩子的这些特点，要知道用孩子的标准去要求孩子，如此，我们对孩子的意见就会认真倾听了，就会满意了。

第四，要注意倾听孩子。倾听孩子比什么都重要。倾听就是要认真地听，要用心地听，但并不仅仅是听，要在认真倾听的基础上，引导孩子去说。躬下身子，侧过耳朵认真地听孩子的讲话。这是一种修养，一种风度，一种善待自己善待孩子的积极的生活态度，也是沟通交流成功的关键。只有认真倾听孩子的话，才能进入孩子的语境，明了孩子心思，清楚孩子心理需求，从而有针对性地提供帮助，才能取得满意的效果。对于心理还很稚嫩脆弱的孩子，更需要付出特别的耐心去倾听他们、解读他们。

【情景提示】

情景中父母就儿童节带孩子去哪里玩产生了分歧，既然是领着孩子去公园游玩，那么就应该去孩子选定的地方。"今天是女儿的节日，我们就尊重女儿的意见，女儿想去哪里我们就去哪里，让女儿玩得高兴。"类似这样对孩子表态，听孩子的意见，孩子的这一天定会是高兴的。

倾听听不见的声音

古时一个国君把王子送到一个寺庙的大师处，希望大师将王子收为门下，并教导他成为一位杰出的国王。大师将王子独自送到大森林中，并要求王子在一年后回到寺庙时，要描述出森林的声音。

一年后，王子回到寺庙，滔滔不绝的对大师讲述他再森林中听到的一切声音："大师，我听到了杜鹃美丽的声音，树叶沙沙的作响，凤鸟喻喻地啼鸣，蟋蟀唧唧地鸣叫……"听完王子的话语，大师再让他回到森林中继续倾听。对此王子颇为困惑，难道自己还没完全辨识所有的声音吗？

王子孤独的端坐在森林里，竖着双耳尽力地倾听。然而令他失望的是，除了已听到的声音外，别无其他的声音。有天清晨，正当他在树下默默地坐着，心神安静下来之后，他突然开始感觉到从来没有听到过的模糊声音，愈是聚精会神去听，这些声音愈来愈清楚，他立刻茅塞顿开。

回到寺庙，王子恭敬地向大师描述他的收获："当我集中全力地倾听时，我听到了前所未有的声音，鲜花在缓缓开放着，大地在阳光的普照下苏醒，小草在吮吸着露珠……"大师频频点头赞赏地说："倾听听不到的声音，是成为杰出君王的基本素质，你可以开始学习如何领导你的国家了。"

如果我们不能够倾听孩子的声音，不能够虔诚地了解孩子真实的愿望，也许，我们将错过我们与孩子心灵的接触，也体会不到真正的震撼！

38. 打击孩子学习兴趣的话——

你以为学习那么容易啊

类似话语：

学习是很难、很痛苦的事情，必须刻苦努力才行
邻居的哥哥那么用功还学习不好呢
你没看那么多人考不上大学

【情景再现】

开学了，小伟成了一名小学生，每天高高兴兴地背着书包到学校上学。可是没几天，小伟就高兴不起来了，原来小伟总是粗心大意，作业总是不能按老师的要求写好，这几天经常被老师要求重写。小伟的妈妈也有些着急，帮助小伟几次也没见效果，小伟越着急越写不好，一写作业就抹眼泪。妈妈教育他说："现在你知道了吧，学习是一件很难的事，也是很痛苦的事情，必须刻苦努力才能学习好，从现在开始我们就得努力了。"

情景分析

人是具有逃避痛苦的本能的，特别是孩子，对于什么是困难什么是痛苦理解得还不是很深，妈妈对孩子说学习是一件很不容易、很痛苦的事情，给孩子灌输学习需要"头悬梁、锥刺骨"的精神，就会在孩子心中留下学习是可怕的苦差事这样的想法，如此一来，在孩子心中就会产生害怕、逃避学习的本能反应，一想起学习来，就痛苦不堪。孩子对学习没了兴趣，当然就不愿意去学习。栽什么树苗结什么果，反之，如果妈妈在孩子心中播种下学习就像玩游戏一样的种子，孩子就会像做游戏一样饶有兴趣地对待学习。

【情景探讨】

学习确实不是一件很容易的事情，不然不会有这么多家长为孩子的学习操心，不会有那么多教育工作者研究怎样才能让孩子学习好。

"孩子最近不知道为什么总是说头痛，一说学习就头痛。""这孩子干别的都不错，就是学习学不好。""这孩子就是学不进去。"经常有家长这样评价自己的孩子。有一些孩子对学习不感兴趣，课堂上无所事事，不完成作业，旷课逃学，几乎在学校的一切活动，都是在极不情愿的前提下被逼着完成的。孩子为什么会这样不愿意学习，为什么厌学，家长应该承担怎样的责任？这和家长也包括老师的引导有着很大的关系。

为什么有许多家长觉得学习很难，为什么很多学生认为学习是最难的事？其实根源在于心态，心态是一切问题的症结。

王金占，中国人民大学附中副校长兼网校校长，数学特级教师，全国优秀教师。在他的眼里没有差生，他曾让全班倒数第一的学生考上北大；他被誉为"高考战神"，他带的一个复读班，83个学生100%考上大学。为什么经过一年的努力，他们都能考上大学呢？王金占认为这和他对学生的心态调整有关。王金占这样介绍自己的经验：

第一，我非常理解他们，理解就能产生信任，所以我适当地给他们鼓励，就能使他们产生学习的动力。我告诉学生们："你们有些人考上一般的大学都不去上，是因为你们不甘于命运安排你们在这样的起点上开始惨淡的一生，你们想追求一个更高的起点，因此才选择复读。你们比同龄人多了一份顽强，多了一份执著，多了一份追求，单凭这一点，就值得我尊重你们。"

有人说，心态决定成败。我认为这句话一点也不为过。美国成功学学者拿破仑·希尔曾说："人与人之间只有很小的差异，但是这种很小的差异却造成了巨大的差异！很小的差异就能决定所具备的心态是积极的还是消极的，巨大的差异就是成功和失败。"不要让你的心态使你成为一个失败者，成功是抱有积极心态的人才可能取得的。

第二，现身说法。以我自己为例子，我自己就曾是一个差生，经过努力考上了大学，这也是我认为差生不差、经过努力就能够一鸣惊人的原因。我告诉他们："我也当过差生，而且是全班倒数十几名的学生，你们的起点比我要高得多。像我这样的差生都能考上大学，你们只要努力，绝对能达到比我更高的境界。"

第三，提出明确的要求："我可以允许你成绩落后，但是我绝对不能允许一个学生承认自己不行，我更不允许你自暴自弃！"

"哀莫大于心死"，心死了，谁也救不了；只要一息尚存，你就有创造奇迹的可能。诺贝尔和平奖获得者南非前总统曼德拉先生说过："人生可怕的事情，不是你更多地看到自己的不足，而是没有看到自身所具有的巨大潜能。"你自己承认不行，谁也帮不了你。

即使你现在倒数第一，只要你能够顽强地战斗下去，最后你一定能成功。

中国古代教育家孔子早就指出："知之者不如好知者，好知者不如乐知者"。就是说学习有三种境界，从低到高依次为知学、好学、乐学。英国教育家斯宾塞认为，教育应当是快乐的，快乐的情感状态有利于学生的智慧活动。因此，如果孩子对学习发生了兴趣，那么他就会自觉地、能动地、持续地、努力地克服困难，快乐学习。

对孩子的学习来说，兴趣第一、信心第二、意志第三。

第一，兴趣是最好的老师。一个人当他对某种事物发生兴趣时，他就会主动地、积极地、执著地去探索。我们都有这样的体会：喜欢的事，就容易坚持下去；不喜欢的事，是很难坚持下去的。而兴趣不是与生俱来的，它需要培养。

第二，调动孩子的情绪。在孩子的学习活动中，适当的激情、良好的心境、饱满的热情是学习的重要心理品质。所以如何调动孩子的情感，让孩子保持和激发积极的情绪状态，满腔热情地投入到学习中去，这是家长要注意的问题。

第三，锻炼孩子的意志。要使孩子不懈努力并取得较好的效果，就要培养孩子坚强的意志。当然，意志的培养不是一蹴而就的，我们要从最简单的事情入手，逐步培养不辞劳苦、持之以恒、勇于攀登的精神，成为一个意志坚强的人。

第四，勤奋是必不可少的。学习是一个日积月累的渐进过程，是没有任何捷径可走的，要让孩子懂得任何成功的获得都要靠自己的努力，要一步一个脚印地学习，才能打实学习的基础，才能把知识掌握牢靠。

当然，影响孩子学习的因素，让孩子喜欢学习的因素还有很多，比如学习态度、学习方法，等等，这些也都需要孩子一点点养成的。

【情景提示】

爱因斯坦说：兴趣是最好的老师。孩子在满怀兴趣的状态下学习时，学习效果就显著。所以要培养孩子的学习兴趣，调动学习的积极性，使学生"愿学""会学""乐学"。

就本情景而言，家长应该对孩子进行正确的引导，孩子刚刚上学，学习兴趣的培养很重要。妈妈可以对孩子说："别急，孩子。学习没有你想得这么难，你看许多同学都学得很好，你刚上学，慢慢就好了。""小伟刚刚上学就这么要强，想把作业做好，真是喜欢学习的孩子，别急，慢慢就会写好的，就像一个人要慢慢长大一样。"

故事启读

15岁才开始上学的总统

在美国肯塔基州一个荒凉的农场里蚱诞生了一位叫亚伯拉罕·林肯的孩子，他就是美国第十六任总统。

因为家里贫穷，林肯15岁的时候才开始上学，每天早晚都要走四公里的森林小路到校求学。他买不起算术书，特地向别人借，再用信纸大小的纸片抄下来，然后用麻线缝合，做成一本自制的算术书。他以不定期上课的方式在校求学，知识都是"一点一点学的"。他所受的正规教育，总计起来的日子不过十二个月。

林肯下田工作的时候，也将书本带在身边，一有空闲就看书。中午吃饭时，也是一手拿着玉米饼，一手捧书。他在被提名为总统候选人以后，曾说："我能够达到这一点小成果，完全是日后应各种需要，时时自修取得的知识。"

林肯由一个贫穷的孩子成长为美国著名的政治家，他成功的关键在于奋发向上，努力不懈，不向命运屈服，迎接生活的挑战。

　　学习确实不是一件容易的事，成功与否就在于我们如何培养孩子的坚持的精神。

39.给孩子过大压力的话——

我们全指望你了，就看你能不能有出息了

类似话语：

一家人都为了你，就是希望你能有出息
咱们家好几辈都没有出息人的，就看你了
这学期一定要争取全班前5名

【情景再现】

最近，13岁的小强晚上睡不着，白天不吃饭，反复地思索着数不清的"为什么"，医生确诊他患上了强迫症，而其根源，竟然是妈妈常和他说的一句话："小强，爸爸妈妈全指望你了，就看你能不能有出息了，你一定要好好学习，取得好成绩啊！"

小强的妈妈对他的学习要求很严格，如果小强成绩不理想或作业完成得不好，就会遭到妈妈的严厉责备。几个月前老师出了一篇作文，题目是《蜘蛛是怎样结网的》，小强生怕写不好遭到妈妈的责备，就开始上课想，下课想，从此一发不可收拾，脑子都没有停过。走到路上看到树就想这棵树倒了会不会砸到人，看到别人骑自行车就想会不会摔下来……无休止的问题困扰得小强痛苦不堪，失眠、吃不下饭、消瘦，但是却控制不住自己。看到孩子的异常表现，妈妈赶紧带孩子到医院就诊，才知道孩子患上了强迫症。

情景分析

由于家长望子成龙心切，往往会给孩子施加过大的压力，这样做不仅不能使孩子的成绩有所提高，而且常常会适得其反。家长在孩子身上寄托着很高的期望，希望自己孩子的学习成绩优秀，将来能考上重点高中，能上名牌大学，这都是可以理解的。

"我们全指望你了，就看你有没有出息了"，家长不要以为自己是在激励孩子，这样的话不是孩子前进的动力而是压在孩子身上的五行山。孩子精神长期处于过度的紧张状态，精神负担重，这对孩子的心理和精神都有很大的影响。家长把自己的压力传导给了孩子，孩子认为如果我做不好，家长就没有希望了，这是多大的压力。在这样的学习压力下，孩子很容易患上强迫症等心理疾病，也会影响孩子的学习与成长。

【情景探讨】

有很多家长，当孩子成绩有进步时，他们希望孩子进步更大；当孩子的成绩稍有下降时，他们就会严厉地训斥孩子，说一些过激的话，而不去帮助孩子分析成绩下降的原因。家长们这样做常常会挫伤孩子的自信心，给孩子的身心造成过大的负担。据研究表明：如果人的压力过大，人体就会分泌出一种皮质醇，这种醇不仅会减弱人对语言的记忆力，还会减弱人对事物的专注力，所以家长们一定不要施加给孩子太大的压力。要让孩子在一个轻松自如的环境中成长，以免影响孩子的一生。

有个女孩，开始学习并不怎么好，家长望女成凤心切，铆足了劲辅导孩子学习。请家教、上课外班、陪她熬夜……终于，超常的付出获得了回报，孩子的成绩节节上升，于是家长的期望也水涨船高，辅导孩子的劲铆得更足了。然而中考前，这位女孩患上了严重的神经衰弱，根本无法参加考试，休学一年后，仍然无法恢复正常状态，孩子的学业就此中断了。

近年来，许多孩子面对着学习压力、家长的期望压力、竞争压力等出现了一种较强烈的焦虑心态和恐慌心理。

李女士的儿子在一所重点小学上三年级，从一年级第二学期开始，她每个周末抽一天时间让孩子上英语班和奥数班。"你不学，别人都在外面学，我们不就落后了？把你逼得只能上。而且家长之间互相攀比，让我很矛盾，也很苦恼。"

李女士说她的孩子即便这样也算是轻松的，"据我所知，有的同学晚上9点下了课后班，回家还得弹会儿琴，背点单词，折腾到十一二点才能睡。"孩子的"挣扎"才刚刚开始。

不情愿让孩子和自己背上这样大的压力，但又不得不给孩子和自己这样的压力。是什么逼得孩子的家长们如此左右为难？

专家指出：我们过去的目标是考上大学，现在不再是上大学那么简单，而是要上好大学。怎么上好大学？重点高中，重点初中，重点

教育孩子你不能说的50句话

小学，甚至重点幼儿园，现在竞争的触角已经伸到幼儿园了。

一个高三学生，在高考复习最紧张的日子里，突然在一个早上向家长提出不去上学了，说实在太累，受不了了，只想在家睡觉。在老师同学的反复劝说下，他在睡了几天之后又回到学校，但举止变得非常怪异——上学路上把自行车骑进了路边的水沟里；课间常常一个人面对墙壁念念有词；放学回家时居然经常把书包落在教室……高考之后，大家都认为，成绩还算不错的他应当没什么问题了，谁知进入大学没多久，他就因精神分裂不得不休学。

到孩子出现这个问题的时候，我们再想解救为时已晚。所以说，家长别给孩子过大压力，特别是在学习上，过大的学习压力是能够让有些孩子"崩溃"的。

家长们对子女的期望值在不切实际地成倍增长，与此同时，就业压力也导致了恐慌心理的蔓延。更为严重的是，家长的压力不断传递给孩子，已经成为一种惯例，使竞争成为一种习惯。这是非常可怕的，许多孩子认为，我不拔尖就不是好孩子，就辜负了家长的希望，这是对孩子心理的一种极大的伤害。

有人说，学习是为了更聪明，而不是更迷惘；学习是为了更幸福，而不是更痛苦；学习是为了主宰自己的命运，而不是被命运所主宰。那么家长怎样做才能避免给孩子更多的压力呢？

第一，给孩子加压务必要远离"底线"。这个底线就是，无论如何，我们不能让孩子出现心理问题。那些出现心理问题的孩子，他们的家长几乎无一例外地事先对孩子可能因学习而"崩溃"全然无知，往往是孩子出现严重问题后，才追悔莫及。

第二，对孩子的成长和发展要有耐心。"留得青山在，不怕没柴烧"的古训家长们都知道，但设身处地，许多家长却常常没了留住青山的境界。家长的理由是："我如果给了孩子一个轻松的童年，将来就会欠孩子一个幸福的人生。"这成了无数家长向孩子拼命加压的"内在动力"。他们担心一步赶不上，步步赶不上。

其实，对于孩子来说，无论是学业还是人生，还有很长的路要走。学业不成功，也不意味着人生的失败。无数事例证明，除了学业，孩子的一生还有很多事要做，做得好，一样可以有辉煌的人生。再退一步讲，即使没有任何成功，就一个健康活泼的生命而言，不还有最平凡的幸福和快乐可以品味吗？但孩子一旦身体和心理出现了问题，就什么都不来及了。

第三，正确地评估自己的孩子。许多家长会想当然地认为，别人家的孩子能做到的，我家孩子也一定能做到。是的，今天的孩子都很聪明，但确确实实有的孩子能把学习搞好，有的孩子虽然很聪明，就是学习搞不好。这里有学习能力差异的问题，既源自先天禀赋，也与后天长期的训练和积累密切相关。学习成绩不理想，不等于这个孩子将来就没有作为。

第四，帮助孩子缓解学习压力。家长也要根据孩子的兴趣创设一些任务，让孩子在完成自己的兴趣任务中找到学习的乐趣。鼓励孩子参加学校的课外兴趣活动和社会上的一些实践活动,开阔孩子的视野，锻炼孩子的信心和毅力，另一方面这些活动也有助于培养孩子的团队合作意识并能增进亲子关系。实践证明，这是一种非常好的缓解和转移孩子学习压力的方法。

【情景提示】

爱孩子是容易的事，对孩子真正的爱要表现出一种眼界，一种教育上的远见卓识。爱孩子,就要为他的幸福着想。孩子的各种发展都有可能获得幸福。幸福，首先就是让孩子身心健康。

对于本情景来说，孩子的心理压力已经够大了，家长不能用"全家的希望都放在你身上了"这类的话来刺激孩子。要把握好自己的心态，不给孩子过重的压力，不能总是学习学习一味地学习，要懂得劳逸结合，在孩子失利的情况下,不要对孩子抱怨，不可以急功近利！要反过来安慰孩子。如："我们知道你已经尽自己的努力了，取得这样的成绩就不错了。""没关系，总结经验，我们下次努力争取好成绩！"

加压的苦果

　　一个上初二的男孩，因为一次考试成绩不理想，爸爸妈妈觉得很失望，因为他们对孩子寄予了很大的希望，他们不允许孩子失败。为此，爸爸妈妈狠狠地批评了孩子一顿，让孩子保证下次考到理想的成绩。没想到，这孩子第二天就离家出走了。爸爸妈妈动员了所有的亲朋四处寻找也找不到。一周后，因为在网吧里没钱了，网吧报了警，警察才把他送回家。

　　爸爸妈妈到楼下去接他，爸爸和警察在楼下说几句客气话，妈妈领着孩子先上楼回家。妈妈边走边批评他，可能是言辞过于激烈，孩子接受不了了，就快步地往楼上跑，妈妈也紧跟着上去了。爸爸刚要上楼，就听见楼前咚咚的两声。爸爸想这是什么声音，到楼前一看，妈妈手拉着儿子的衣服，两人都躺在血泊中。从七楼摔下来，结果可想而知了。后来人们分析，孩子上楼后要跳楼时，妈妈肯定是不放手去救孩子，结果妈妈也掉下去了。

　　孩子的父亲痛苦不已，在这血淋淋的教训面前，方知自己教育的失败。

　　有压力才更有动力，但过大的压力会压垮孩子幼稚的身心。

40. 阻止孩子探索尝试的话——

我说你不行吧，我就知道你不行

类似话语：

我像你这么大的时候，早就会了
你得听爸爸的，爸爸这些年什么不知道
小孩子，我吃的盐比你吃的米都多

【情景再现】

学校手工课要求每个学生要交一件手工作品，瑶瑶想刻一个印章，为了让印章更漂亮，瑶瑶决定用胡萝卜来进行雕刻。瑶瑶像爸爸说明了自己的想法后，妈妈先摇头，"这怎么行啊，你还是做点别的吧，别割到手。"瑶瑶坚持着向爸爸寻求帮助，可是爸爸和妈妈一样反对，"你的想法不是不可以考虑，但是胡萝卜是不行的，胡萝卜直径小难度大，你妈妈说得有道理，你从来没有拿过刀，太危险了。"爸爸妈妈的话让瑶瑶很泄气，但她还是决定坚持，晚饭过后瑶瑶偷偷地拿了几个胡萝卜回到了自己的房间，两个小时过去了，所有的胡萝卜都割烂了成了废品，这时候爸爸走过来说："我说你不行吧，我就知道你不行，放那儿早点睡吧，我帮你弄好，以后大人说话你要听。"

情景分析

孩子在成长中总会面临一些尝试和挑战，最初的尝试又常常和失败结伴。家长怎样面对孩子的失败就显得尤为关键，正确地引导不但会让孩子重拾信心还能教会他们在失败中总结经验。情境中的父亲却没有给孩子足够的时间和空间去体验错误、尝试挫折，孩子甚至都不知道到底什么原因导致了失败，批评和制止就已经接踵而至。家长这种急于求成、急功近利要将自己的经验传达给孩子的做法，往往扼杀了孩子的创造力和探索精神，限制了孩子的发展。

【情景探讨】

孩子是在不断尝试探索中成长的，在这一过程中无论遇到什么困难家长都应该鼓励孩子坚持下去而不是忙于批评否定或亲自上阵代替孩子。

都说美国人富于创造力，我们且不去评价这句话的正确性，但是可以通过下面的实例来看看美国人是怎样教育孩子的。

3岁的贝恩拿着一把钥匙，动作笨拙地试着插进锁孔，想打开卧室的门，可怎么也插不进去，门一直打不开。

这时正巧在他家做客的中国客人发现了并想帮他一下，却被贝恩的妈妈阻止了。贝恩的妈妈说，让他自己先犯些"错误"，琢磨一会儿总能把门打开，这样他就会记住应该怎样用钥匙开门！果然，贝恩折腾了很长时间后，终于如愿以偿。他欣喜地拍着双手，一副兴高采烈的样子。

孩子的错误，可分为两种：一种是必须予以立即纠正的，如不讲礼貌，不讲卫生，欺负弱小等；而另一种，即孩子能够自行纠正的错误，主要是如何适应生活的那一类，这是应该允许其犯一犯的。孩子不断"犯错误"的过程其实正是不断改正错误，完善方法的过程。假如不给予这类机会，轻易地帮他打开门，非但剥夺了孩子寻求正确"开门"方法的乐趣，也会使他们变得懒于动手，疏于尝试，习惯依赖家长。

随着孩子年龄的增长，孩子就会产生摆脱各种束缚和依赖的独立倾向。他们喜欢探索活动，努力在生活中寻找解决问题的答案，这是儿童心理发展的正常现象。

探索兴趣是孩子获取知识的重要条件，也是孩子进行创造性活动的推动力。孩子对某种事物或现象产生了兴趣，就会对它向往，从而促使孩子去接触它、了解它，对其进行观察和思考，将来才有可能在某一领域做出贡献。

那么，怎样才能激发孩子的好奇心和探索兴趣呢？

第一，不要过分保护孩子，乱下禁令，这也不行，那也不行，束缚孩子的手脚。

第二，对孩子提出的问题，一定要耐心解答，不可说"别啰唆了，什么都问，真讨厌……"之类的话语，这样会伤害孩子的好奇心和求知欲。

第三，让孩子做些力所能及的劳动，比如扫地、擦桌椅、洗手帕等，这都有助于培养孩子的劳动习惯和探索兴趣。

第四，孩子可上幼儿园时应送孩子去幼儿园，这一点对独生子女尤为必要，让孩子早日迈入社会，在社会化的道路上不断探索新事物。

第五，鼓励孩子和小朋友一起游戏，游戏是孩子的主导活动，是儿童社会化的重要途径。

第六，教孩子进行发现学习，要教会孩子一些必要的方法，比如，实验的方法、比较的方法、试错的方法。让孩子用简单的实验去寻找事物的规律，用比较去寻找事物的特点，用试错的方法去认识现象背后的规律。

其实，孩子们天天在发现着，而且都是很珍贵的发现，但需要父母们去鼓励。孩子们会发现小鸟是用草和泥做窝的，发现小猫喜欢晒太阳，发现小鹅和小鸭都穿着同样的"黄衣服"，发现指南针总是固执地指向南方。孩子们会兴奋地报告他们的新发现。对孩子来说，这些发现都具有重要价值，它们表明了孩子的好奇心、观察力，表示着他们的心灵在思考。当孩子向父母报告新发现的时候，父母们一定要像对待重大发现一样分享孩子的快乐，表扬孩子发现了一个秘密，鼓励孩子去作出新的发现。

【情景提示】

许多家长都希望给孩子铺一条平坦的路，这是不现实的。这既影响孩子的成长，也不利于孩子良好意志品质的形成，还会造成孩子长大后不能适应复杂的社会生活，产生自卑、抑郁、厌世等不良心理。

情景中父亲的做法是不可取的，孩子一次的失败并不能证明她接下来不会成功，找到原因才是关键。"瑶瑶，看来进展的并不顺利，其实你的想法不错的，但是你选择的材料你暂时还不能驾驭，做什么事情都要一步一步地不能一口吃个胖子，你可以先尝试用土豆或者大萝卜，这样相对容易，等你掌握了技巧，就能够刻胡萝卜了。"

故事启读

"金鱼"的秘密

居里夫人的长女绮瑞娜也是诺贝尔奖金的获得者。绮瑞娜上学时在学校里遇到了一个难题：老师说，根据阿基米德定律，物体浸没在液体里，就会排开一定量的液体。如果把一条金鱼放在水里，金鱼并不排开液体，这究竟是怎么回事？

绮瑞娜想，也许是阿基米德定律只适用于非生物而不适用于金鱼之类的生物。可是，她并不满意自己的这些想法。她决定自己试一试。她拿来一只量筒，注满了一定量的水，再放进一条小金鱼。她惊奇地发现，量筒里的水面升高了。金鱼像别的物体一样，也要排出水；阿基米德定律适用于生物。而且这次自己动手实验，她还发现，自己也可以有所发现，这使她变得自信起来。她后来果真发现了人工放射性，并因此荣获诺贝尔奖。

支持孩子的探索和尝试吧，那是孩子成功的基础。

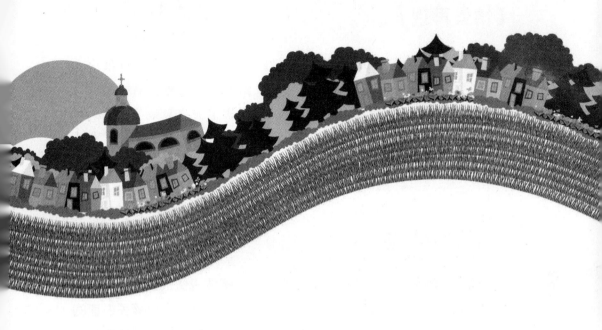

41. 批评孩子说谎的话——

你那点小心眼能骗得了我

类似话语：

终于逮到你了，我就知道你的毛病还得犯
又说谎了，我说对了吧
你以为我不知道，能骗得了我

鹏鹏很喜欢玩电脑，但因为妈妈对他管得很严，所以他很少有玩的机会。双休日在家休息，趁妈妈出去买菜的机会，鹏鹏玩了一会儿。怕妈妈发现，还没等妈妈回来，他就赶紧把电脑关了。妈妈回来后，看了看电脑，问鹏鹏："鹏鹏，你刚才玩电脑了？""我没有。""还没有？"妈妈说："你又说谎了，我早就做了记号了，你那点小心眼还能骗得了我？"接着就是一顿劈头盖脸的批评。

情景分析

本来，教育孩子不要说谎、不要骗人、不要说假话是对的，但类似情景中的这些话语和这个妈妈的做法并不能很好地解决孩子说谎的问题。这类话语从表面上看表现出家长很精明，孩子有说谎和欺骗行为都逃不过自己的眼睛，都在自己的意料之中。但对孩子来讲，孩子会觉得家长时刻在防着自己，家长不信任自己。结果是孩子没想从根本上解决说谎和欺骗的问题，而是想在下次说谎或欺骗时如何更加小心不让家长发现。

【情景探讨】

跟说谎一样，欺骗也是一种"以假乱真""以次充好"的不良行为。说谎是在用言语作假，而欺骗则是用行为作假。说谎和欺骗会损害孩子的自尊心，一个人失去自尊，则会自暴自弃，什么事儿都做得出来。同时，欺骗说谎丧失信用、得不到别人的同情与帮助。

"狼来了"的故事大家都知道。当牧羊儿第一次说谎，在山冈上大喊"狼来了"的时候，人们听了，连忙跑来替他打狼，可是他却怡然自得，以愚弄了别人一次而暗暗高兴。哪里知道这样一次说谎，竟播下了失信的种子，当真的狼来了，他惊慌失措大喊"狼来了"的时候，人家以为他又在撒谎，都不来救他。

说谎绝不是偶然说说的，必定会养成一种说谎的习惯，而这种说谎的习惯大多数又是从小养成的。

在班里，明明的成绩一直名列前茅，经常考双百，爸爸妈妈感到由衷的骄傲。

班里要考试测验，爸爸妈妈想当然的觉得儿子肯定会拿个好成绩。不料，考完试回来，明明嘟着小嘴说考得不好，并说考试的时候有一题他会，和另外一名学生讨论被老师看见了，老师说要扣10分，爸爸妈妈都没当回事。随后的几天都很平静，明明回来没再提考试的事情。直到有一天，爸爸妈妈出去散步时，遇到明明班上的同学，才听说数学成绩早下来了，明明考了84分，并被老师批了一顿。回家以后，问明明考试成绩，他支支吾吾的不愿答，爸爸妈妈说都问过你老师了，知道你考多少分了，明明这才用低得近乎听不见的声音说考了84分。妈妈说："试卷拿给我看看。"明明说："试卷给班里某个同学带回家了。"妈妈当时不知道说什么才好，明明的爸爸说了小孩子不要撒谎之类的话。

事后，明明的爸爸妈妈都反省了自己，是不是对孩子要求过于严格，导致他小小年纪已经感受到了压力。是不是我们不应该天天把一百挂在嘴上……

孩子为什么要说谎呢？

第一，孩子担心家长批评和打骂，便用说谎来掩饰自己的过错，这种掩饰得到家长的宽恕，于是再做错事时，便再说谎来求得过关。

第二，逃避现实。有时孩子为了不愿意做或不能做某事时，便用各种谎言去欺骗家长，这种谎言又往往得到家长的同情，因此便常说谎来推诿了。

第三，好虚名要面子。某件好事本来不是孩子做的，但为了得到奖赏，面子光彩，孩子就说是他做的；某件不好的事本来是他做的，但怕丢脸，就说不是他做的，以此躲避家长的批评或惩罚。

第四，贪图小利。很多孩子为了得到一点奖赏而说谎，比如，嘴馋，想吃点东西，便说说谎,又有些孩子为了要得到很高的分数或奖品，便在考试时作弊。

第五，和家长们学的。孩子对事物的好坏分辨能力差，好的不好的，耳濡目染，孩子都会和家长们效仿。家长经常说谎，孩子也就学会了。孩子如果多次撒谎而没及时得到教育，慢慢便会变成"真"说谎了。

那么怎样纠正孩子说谎的习惯呢?

第一，要了解孩子：孩子愿做什么，能做什么，希望得到什么，我们一定要了解。了解了孩子的心理与能力，然后让他去做。在做的过程中，我们要帮助他去发现问题，克服困难将事情做成功，而得到奖励。要消除他说谎的动机，鼓励他诚实地去做。

第二，用暗示来感动孩子：暗示有两种，一种是正向的暗示，譬如有两个小孩子在一起，一个是诚实的，另一个是喜欢说谎的，要对那个诚实的孩子鼓励，使那个说谎的小孩子感动，走上诚实之道；另一种是反向的暗示，譬如孩子跑来报告一件事时要信任他，不要说"真的吗，你不要骗我呀"。如果你这样说，在孩子的心灵上，就种下一个说谎的种子，以为说谎原来是可以骗的。要用正向的暗示去感动孩子，不要用反向的暗示去刺激孩子说谎的动机。

第三，为孩子树立榜样。做家长的要以身作则，做诚实的事，不要在孩子的面前说谎。家长骗孩子，孩子不一定反驳，但内心会激起好奇心理去尝试和验证家长的话，故意证实不同的结果给家长看。小时候孩子信家长的，大了自己有辨别能力了，就有自己的主见了。如果家长们总是说谎，孩子自然就可以照自己的意思去欺骗别人甚至是家长了。

第四，家长采取的教育方法不当，会造成孩子不诚实的言行。对孩子管教过严，或过于溺爱都会给孩子提供说谎的机会。家长不信守诺言，没有满足孩子的正常要求，也会引起孩子不诚实的言行。所以，你想培养什么样的孩子，你就怎么做，你就向什么方面努力，这是不会错的。

【情景提示】

就本情景而言，妈妈最好是在临走的时候和孩子说一下，告诉孩子一定不要玩电脑，如果发现孩子偷偷摸摸地玩或说谎，那么就要严厉地批评他。妈妈也要做到不和孩子玩做记号的骗术，把电脑用密码锁上，孩子进不去，要比做记号好得多。

✒ 故事启读

站在门口等孩子

赵女士有一次拜访朋友后要离开，她让儿子与所有人道别，自己则站在门口等他。

朋友问赵女士："奇怪，他怎么不怕你会不等他？"

赵女士听了有点儿摸不着头脑，反问："怎么会？"

朋友说她的女儿就不行，会吵着要在妈妈身边，怕妈妈会在自己去与大家道别时走掉。赵女士想了想，问她这样的事情是否曾经发生过？朋友嘿嘿一笑："当然，每次我们要单独出去，被她发现了就会让她先去后面跟奶奶说再见，我们趁机悄悄溜掉。"

"难怪小家伙不信任你啦！"赵女士笑道。

朋友有点儿不甘心："难道你从来没做过这样的事？"

赵女士肯定地告诉她："我从不骗我的孩子。"

以大人的经验，要技巧性地哄小孩儿不是难事，可为什么要直接骗他们呢？

大人骗小孩子好像是一件小事，但小孩子说谎又让大人非常紧张。可是，大人没有以身作则，孩子怎么会做得好呢？

做让孩子信任的事，孩子才能信任我们。

42. 护着孩子的话——

你们老师这样说话真是太差了

类似话语：

你的朋友让你吃亏，以后别理他
错了咱也别承认，没理还辩三分呢
你都吃亏了，你那朋友也不帮帮你

【情景再现】

刘宇放学回家就坐在沙发上生气，妈妈叫他吃饭他也不动。原来老师因为作业的事把他狠狠地批评了一顿："看看你的作业，乱成什么样子了。怎么学习一点也不认真，这样下去，你的学习不会好的。今天回家把作业都重做一遍，如果还不认真，没有什么改进，就请你妈妈来一趟。"

刘宇觉得很委屈，一边向妈妈诉说着老师的话，一边为自己辩解。儿子的成绩一直不错，表现也都不错，妈妈心中有数，老师这样给孩子下结论未免有些严重了，妈妈看着儿子心疼地说："你们老师水平太差，怎么能这样和你说话呢，这不是打消你的学习积极性吗？明天我找他去。"

情景分析

每一个孩子在家长的眼里都是一块珍贵的美玉，捧在手里怕掉了，含在嘴里怕化了。往往就是这样的溺爱，使得今天的孩子承受能力极差，经不起一点的挫折和失败，吃不得一点亏，受不得半点自己的不好，听不得一点的批评。学校是一个大家庭，老师是这个家庭的长者，他既是"慈母"又是"严父"，然而更多的时候老师都是"严父"，他希望在他的大家庭里每一个孩子都能够成才。同样急切的心理在表达的时候，言语必定是严厉的。在溺爱的环境中成长起来的孩子是无法承受这样严厉的批评的，他们不会思考老师的动机和用意，甚至在向家长反馈这一信息的时候也会带上个人的主观色彩，这在某种程度上也蒙蔽了家长的眼睛，从而在家长、老师、孩子之间形成一道沟通障碍。特别是一些不愿意和老师沟通，喜欢听孩子一面之词的家长，觉得自己的孩子什么都好，什么都对，不能让自己的孩子受委屈。所以就出现了说老师的不是护着自己的孩子的现象。

【情景探讨】

不正确的教育方式，对孩子而言就是一种伤害；不懂教育的家长，便在爱的旗号下，肆无忌惮地伤害孩子。

家长介入孩子的学习现在已经是十分普遍的现象。特别是低年级的孩子，学校和老师要求家长每天必须检查孩子的功课，帮助和督促孩子完成作业，许多时候还需要在作业本上签字。有些家长文化水平比较高，于是常将"你们老师水平太差"这样的话挂在嘴边。还有的家长因为护着自己的孩子，当得知孩子受到老师批评时，为了安慰孩子竟也将这样的话挂在了嘴边。

在孩子面前，最好不要对老师作出否定的评价，个别学生之所以不尊重老师，甚至对老师诽谤攻击，往往是承袭了家长的观点和行为。孩子会认为：既然老师不对，我就没必要听他的，也造成了一些孩子以此为借口，不尊重教师不遵守课堂纪律，甚至与老师作对的现象。

一个老师在《家长不能护孩子的短处》一文中这样写道：

教学过程中，常常遇到一些家长护孩子短的问题。一些家长送孩子上学晚了，却为孩子找许多借口，不是说叫孩子起床晚了，就是说还没吃完早餐了，反正千方百计地为孩子解脱。

还有一些学生没有完成作业，交不上作业本，屡次三番，老师不得不请来了家长，要求家长配合老师共同教育孩子。这时，有些家长却谎称孩子几天的作业都写了，我全看了，但不知放在哪儿了。

孩子犯点错误，极为正常。作为家长要耐心讲究方法，不能抱怨，更不能护短。只有这样，才能使孩子在不断改正缺点的过程中，完善自己并成为一个对社会有用的人。

特别是孩子犯了错误时，更应真诚地与老师配合教育，切忌护短。要知道，家长采取这种不冷静的护短手法管教孩子，有百害而无一益。孩子看到家长为自己的错误如此包庇、袒护，更助长了孩子的不良习气，不利于其健康发展。

家长也不要怕丢自己的面子，而庇护孩子的短处。这样不仅不利

教育孩子你不能说的50句话

于孩子的学习进步，还会在其心灵上制造混乱，埋下隐患。

实际生活中，家长护孩子的现象司空见惯！当然这是人之常情，但护孩子不能过度，过度就是害孩子了。有的家长，自己的孩子打了别的孩子，骂了别的孩子。自己非但不批评，反而对被欺负的孩子又骂又训。有的家长因为两个孩子闹矛盾，自己参与进去伸手打别的孩子，有的家长因为老师批评了自己的孩子而去找老师大闹。这类家长护孩子明显有些过头了。

那么，家长如何解决孩子不愿意接受老师批评的问题，要注意下面几点。

第一，给孩子一些积极的引导。有的老师批评孩子时可能不太注意方式，比如语气太重、用词尖刻，或者当着同学的面批评，等等，这些都让孩子觉得自尊心受到了伤害。如果是这些情况，家长不能跟着孩子一起情绪化，当着孩子的面说老师的不是，这样只会强化孩子对老师的不满情绪。如果家长淡化老师的批评方式，强化老师批评的目的，孩子可能会转变心态。比如说：老师批评你，至少说明老师关心你；如果你犯了错误，老师都不理睬你，你是不是会感到老师忽略了你呢？孩子自会有正确的判断。

第二，如果老师真的伤害了孩子，应该和老师沟通。比如老师说了诸如"你是猪脑子"等侮辱孩子的话，或者体罚了孩子，家长就应该和老师沟通，因为这种伤害会影响孩子的心理和学习。但注意和老师的沟通不是去找老师算账，不是去找老师吵闹，而是要和老师一起共同研究怎样解决孩子身上存在的问题。

第三，教孩子学会与老师沟通。有时候孩子因为被老师误解而受到批评，这时，孩子应该学会用恰当的方式向老师解释。不可当着同学的面顶撞老师，不可和老师无理取闹。和老师之间的误会解开了，怨恨也就消除了。

【情景提示】

孩子在外和别人发生矛盾和冲突，家长要相信他们，先让他们自己去处理、解决，这样可以锻炼孩子处理和解决问题的能力。老师批评孩子，家长要正确理解，家长"护犊子"是要不得的。本情景中，"老师很在意你，在他的眼里你是那么优秀，容不得半点的瑕疵，这个错误你自己都没有意识到，但是你的老师就已经替你找到了，并告诉了你，可能语言上有点生硬，但这正反映了老师内心的焦急，我觉得你应该虚心接受并改正，这才不辜负老师对你的期望。"如果家长都能从这个角度来启发孩子，师生之间的矛盾就会少了很多。

故事启读

与众不同的博士

有一天，一个被祖父母娇纵惯了的孩子和家人去逛商场。

当他们走到游乐区时，孩子一看到有旋转木马，便立刻一跃而上。等到游戏结束时，这孩子却像身上粘了胶水一样，说什么都不肯下来。

正当父母和服务人员都束手无策的时候，有位游客对另外一位游客说："你不是儿童心理学的博士吗？你去试试看！"

就在众人的怂恿与期待下，博士走到孩子旁边，附耳向他说了些悄悄话，孩子二话不说地下了木马。

大伙儿有些不明白，纷纷向博士请教："你究竟对那孩子说了些什么呀？怎么这么有效？"

"也没什么，"博士平心静气地说："我只是小声地对他说：'如果还不下来，我就狠狠打你一顿屁股，你要不要试试看？'"

众人一片愕然。

培养孩子从一开始就不能一味顺着他，应刚柔相济，才能培养出健康的孩子。

43. 无益孩子和同伴交往的话——

别理那些学习啥也不是的同学

类似话语：

你带的吃的东西不要给别人
离学习不好的孩子远点
以后不要再带同学到家里来

【情景再现】

下午上课，班主任老师给冬冬调了座位，身边都是学习好的学生，这让冬冬有些奇怪，原来的同桌不是很好吗？为什么还会调换呢？下课时听有的同学说，中午的时候看见他妈妈来了。有的同学说一定是冬冬的妈妈找了老师了，这让冬冬很难为情，也很生气。心里想，放学回家要好好和妈妈谈谈。

一进家门，冬冬就直接冲到厨房，要和妈妈理论，妈妈一边忙着做饭一边冲着冬冬不耐烦地说："你这孩子，怎么就不知道好坏呢，妈妈还能害你不成吗？你最近的学习成绩有些退步，你原来的同桌学习不好，我和老师说了半天才给你调的座。你记住啊，从今以后别理那些学习不好的同学……"

情景分析

家长希望在孩子的周围都是好学生，在学习上相互之间有个帮助，这是可以理解的。妈妈认为和学习不好的孩子交往会影响学习，这种担心也许有一定的道理。但孩子们选择交往对象的标准并不是学习的好坏，他们选择的是志同道合者。每个同学都有自己的特点，与不同类同学的适当的交往，不但不会影响学习，反而有助于促进学习，有助于智力激活。要知道，智商和情商对孩子的成长进步都有着重要的影响。和同学交往就是培养孩子情商的一个很好的机会。

为了提高孩子的学习成绩，家长想尽了能想的一切办法，但孩子成绩退步，最应该在孩子自己身上找原因，而不是一味地指责他人，将孩子学习退步的原因归结到了受学习不好的同学的影响身上，结果不但于事无补，还为孩子的退步找借口。

【情景探讨】

　　家长不放心孩子在学校的交往，经常进行干涉。这种无微不至的关怀，孩子却不一定买账。当孩子有一定的辨别能力后，孩子就不愿意家长再来为他的事情做决定。孩子希望得到家长的认同和尊重，希望有一个自我发展的空间，自己决定和什么样的同学交往，发展什么特长。

　　每一个孩子，在学校都会有几个要好的同学，这些同学中可能有学习好的和学习差的，也可能有行为不良的。家长帮助孩子掌握与同学交往的标准是对的，但要讲究方法。即使孩子身边的是必须断绝来往的不良朋友，也应该重在开导，简单粗暴的命令，反而容易造成孩子心理上"归属感"的转移，往往事与愿违，使得这个家长眼中不良的同学更有吸引力。

　　婷婷在班上担任学习委员，班里有一个叫兰兰的女孩，是大家公认的"差生"。很多同学都不愿意和她同桌。作为学习委员的婷婷却主动提出和兰兰同桌，和兰兰交朋友，这让妈妈很为女儿担心。

　　自从婷婷和兰兰交上朋友后，每天她放学回来，妈妈都会忐忑不安地问："兰兰有没有影响你的学习？你们今天有没有考试？你考了多少分？"女儿不仅一五一十地回答妈妈的问题，还煞有介事地告诉妈妈她的最新"发现"：兰兰非常能干，什么家务活都会干；兰兰对爷爷奶奶十分孝顺，什么好吃的都留给他们；兰兰很聪明，学东西特别快，等等。婷婷能用全面、辩证的眼光去看待一个"差生"，去发现她身上的闪光点，这让妈妈感到十分欣慰。

　　一天，婷婷把她的英语考试试卷拿了回来，妈妈一看，才考了八十分，就生气地说："你怎么才考了这么一点分，是不是和兰兰一块玩去了？"婷婷不紧不慢地说："妈，不是的，这次考试题目特别难。""再难也不至于一下子下降十几分吧，你肯定是受兰兰的影响。明天我就去找老师，不允许你再跟她同桌。"

　　第二天一大早，妈妈就心急火燎地去学校找老师。老师一见妈妈，就不停地夸婷婷，说她聪明、乐于助人、成绩优秀。说到成绩，妈妈赶紧说："老师，她现在成绩下降很多！昨天的英语考试才考了八十分。"老师笑着说："昨天的考试是竞赛题，难度很大，八十分是全年级最高分呢！听了老师的话，妈妈长吁了一口气，同时心里也有些不安。

那天晚上，妈妈特意准备了一桌丰盛的晚餐，招待女儿的朋友兰兰。兰兰告诉妈妈，自从和婷婷交往后，她改变了很多，也想学习了。听了兰兰的话，婷婷马上说："兰兰，你以后放学就来我家，我们一起做作业吧，你不会的我教你。"兰兰没有说话，只是用眼睛看着妈妈。妈妈爽快地说："行，你来吧。"兰兰笑了，笑得很甜。

就这样，兰兰成了婷婷形影不离的好朋友。和兰兰交往后，婷婷也改变了很多，变得爱说爱笑了，也变得勤快能干了。妈妈知道，这些都是在潜移默化中受了兰兰的影响。

其实我们做家长的，掌握孩子的交往大原则是应该的，以免孩子在交往问题上走弯路。但是我们要注意方法，要改变我们的一些固有的不正确的想法。比如，孩子并不一定非得和那些公认的好孩子交往。其实，每个孩子身上都有闪光点，让孩子和各种类型的朋友交往，让他们互相学习、取长补短，对孩子的成长来说是一件非常有意义的事情。

所以，家长要正确对待孩子与同伴交往的问题。

第一，对孩子的交往问题家长不能太功利。

不要认为孩子的一切交往都必须是孩子能得到利益。孩子交往的同学应该是广泛的，和同学的交往的目的也应该是多方面的，只要是正常的朋友，他们在相处和沟通中各自都能有所收获。

第二，要让孩子懂得每个人都有长处和短处。"尺有所短，寸有所长"，学习成绩不好，并不等于一切都差。成绩只是人的素质的一个方面。每一个人都有自己的特长和优势，都有值得别人学习的地方，只有博采众长，广泛吸取不同类型的人的长处，才有可能成为一个高素质的人。与成绩差的同学交往，既是为了学习，也是为了相互帮助。从某种角度讲，还可以培养自信心。

第三，真诚对待孩子的朋友。有的家长看学习差的同学来家里玩，表面上很客气，可等同学一走，就会向孩子提出警告："以后跟这样的人少来往！"有的甚至批评孩子："我看你是在学坏，你怎么同这样的人打得火热？"这种两面派的做法，不但会影响家长在孩子心目中的形象，也会损害孩子与朋友的感情。家长要学会宽容，要学会善待孩子的"差生"朋友。

第四，教给孩子交往的方式和艺术。孩子的生活经验不够丰富，因此不能像成人那样可以轻松自如地与别人进行交往。有的孩子有了交往的意愿，但是不知道如何去交往，就会产生胆怯心理；有的孩子由于采用不适当的交往方式，就会与别人产生冲突。因此家长有必要让孩子了解一些与人交往的方法。如真诚、平等对待每一个同学、向有优点的同学虚心学习，等等。

第五，学做孩子的朋友。孩子的生活圈狭小，家长需要花时间参与孩子的生活，应该放下家长的架子，不要只以权威态度叮咛孩子学习，而是化身为孩子的朋友，陪孩子一起玩。在玩的过程中，巧妙地指导孩子学会处理人际关系，以弥补孩子社交环境不足的缺憾。

【情景提示】

同学是否会影响孩子的学习主要是看孩子本身的自制力和学习的热情。如果家长担心孩子周边的同学会影响孩子的学习，家长可以先和孩子沟通，共同来想一个应对的办法。

就本情景而言，妈妈可以先和孩子了解情况，弄清楚孩子学习退步的真正原因。如果真是同桌影响了孩子的听课和学习，那么可征求孩子的意见调座，或告诉孩子怎样避免同桌的影响。如妈妈可以和孩子说："冬冬，最近功课有些退步，什么原因呢？你的同桌成绩现在怎么样？你们天天坐在一起在学习上要互相帮助，共同进步。可不能共同退步啊，如果不能这样，妈妈会建议你们分开。"

天堂里的画眉

上帝到人间巡视，看见一只被囚在笼中的画眉。上帝问："你愿意到天堂去生活吗？""为什么要去那里呢？"画眉问。"天堂是人们都向往的地方，那里宽敞明亮，不愁吃喝。""可我现在过得也很好啊。我不但不愁吃喝，还能天天听见主人说话、唱歌。"画眉回答。"可是，你自由吗？"听了上帝的话，画眉沉默了。于是，上帝以胜利者的姿态，把画眉带到了天堂，安置在翡翠宫里住下。

一年后，上帝突然想起了画眉，便去翡翠宫看望它。他问画眉："你过得还好吗？"画眉答道："感谢上帝，我过得还好。""能谈谈你的感受吗？"上帝真诚地问。画眉长叹一声，说："唉，这里什么都好，只是没有人和我说话，我实在无法忍受。您还是让我回到人间吧。"听了这话，上帝不禁大为感慨。

与人交往若是没有相互交流和相互欣赏，即使给你天堂，也注定找不到快乐、自由、幸福的感觉。

44. 不相信孩子的话——

你说什么我都不信

类似话语：

别跟我说这个，我不愿意听
再给我顶嘴
你还有理了

【情景再现】

一天，茵茵很高兴地对妈妈说："妈妈，今天老师表扬我了！""是吗？怎么表扬你的？"妈妈怀疑地问茵茵。茵茵的学习成绩一向不是很好，也怪不得妈妈会不太相信。"今天上作文课，老师读了我写的作文，还说让同学们向我学习呢！"茵茵的脸上带着幸福的笑容。"老师会表扬你的作文？真的假的？"妈妈更不相信了，在她的印象中，茵茵的语文成绩最差，还曾经不及格过呢。看到妈妈不相信，茵茵着急的脸都红了起来，大声地对妈妈说："是真的，老师真的表扬我了！"妈妈看茵茵说的话好像是真的，但还是对茵茵说："你说的我还是有些不信。"

情景分析

有些家长总是怀疑孩子的话，他们总用一成不变的眼光看待孩子，而不注意孩子的变化和发展。他们还总爱把自己的孩子往坏处想，一出什么事，首先想到的是自己的孩子做错了。当孩子做出一件超出他们想象的事情时，家长往往会对此产生怀疑，认为是孩子在撒谎，故意骗取家长的夸奖。

"你说什么我都不信"，当家长这样对孩子说时，会让孩子觉得很失望，以至于形成亲子沟通的障碍，以后家长再想听孩子说什么也很难，听到真话就更难了。

【情景探讨】

不信任孩子是家长普遍存在的教育误区。大多家长没有意识到，对一个人能力的不信任是对人尊严无情的挑战。当家长怕孩子撒谎，对孩子的话挑剔、质疑时，就无形中在孩子心里栽下了一颗被怀疑的种子。

2004年印度洋发生了一场大海啸，因为爸爸妈妈相信了孩子不寻常的话，许多人因此获救。

2004年12月26日，蒂莉跟爸爸妈妈已经在泰国度假胜地攀牙湾玩了一个多星期了。

26日上午，她又吵着要爸爸妈妈陪她到海滩上玩。就在她和小朋友玩得正开心的时候，蒂莉无意中瞥了眼远处的海水，就是这么一眼就让她预感到大事不好！

她发现远处海水突然不平静起来时，她马上觉得非常不安。蒂莉注意到，远处的海水开始出现泡沫，水流的速度也在加快且急速后退，这让她立即联想到老师在地理课上讲述的有关海啸将发生的知识。

蒂莉赶紧冲着妈妈狂呼"不好了，要发生海啸了！"妈妈根本不信。因为爸爸妈妈从来不知道海啸是什么样子，再说蒂莉还是小孩子，怎么可能知道海啸呢？见爸爸妈妈不相信自己，蒂莉不管不顾歇斯底里地大嚷起来，最后终于让爸爸妈妈相信了她。"

他们看海水确实和往常不一样，于是就赶紧返回旅馆，并将此警告带给一百多位游客和旅馆的工作人员。"

就在人们离开海滩没几分钟，巨浪袭来，人们全都获救了。

家庭教育是在家长和子女的共同生活中，通过双方的语言交流和情感交流来进行的。家长与子女的相互信任是成功家教的重要因素。

子女对家长有特殊的信任，他们往往把家长看成是自己学习上的老师，德行上的榜样，生活上的参谋，感情上的挚友。他们也特别希望能得到家长的信任，像朋友一样和家长平等的交流。他们认为，只有家长的信任，才是真实、可靠的。家长的信任意味着重视和鼓励，这是真正触动他们心灵的动力。

在家庭教育中，家长的信任可使子女感到他们与家长处于平等的地位，从而对家长更加尊重、敬爱，更加亲近、服从，心里话乐于向家长倾吐。这既增进了家长对子女内心世界的了解，又使家长教育子女时更能有的放矢，获得更好的效果。

反之，若家长对孩子持不信任的态度，就无法了解孩子的愿望和要求，孩子的自尊心和自信心必然会因此而受到伤害，他们对家长的信赖也势必减弱。这样，家庭教育的效果也会相应减弱。

家长可从以下几方面和孩子建立相互信任的关系：

第一，尊重孩子的人格。虽然许多家长极力宠爱自己的孩子，用现代物质文明满足孩子的一切需要，但是却不懂得尊重孩子的人格，从来没有想到塑造孩子高尚、健全、自尊的人格形象。有的家长随便拆孩子的信件和偷看孩子的日记，还相信孩子的话，使孩子受到人格的挫折，无形中增加了对家长的不满情绪。出现这种情况，家长和孩子之间就没有了信任。尊重孩子的人格，是家长自身人格的一种体现，是与孩子建立相互信任关系的基础。

第二，不轻易许诺。孩子往往将成人的许诺当成誓言。假如我们说明天带他去公园照相，可是我们说完了又不算数了，孩子就会觉得我们骗了他，以后我们再说什么，他都很难相信。因此，家长不要轻易对孩子许诺什么，除非是保证能做到的。

第三，不要蒙骗孩子。要经常用正直和诚实的行为获得孩子的信任。对孩子的提问，包括像"死""性"等传统禁忌的话题，也应作诚实的回答。孩子喜欢问："我是从哪里来的？""我到医生那里打针会不会很痛？"对此都应做出诚实的答复。

第四，及时承认错误。家长教育孩子难免出现一些失误。要承认自己的错误，并向孩子道歉。比如，家长因孩子犯了一点错误而大声叫嚷，原因是他们自己心情急躁而失去控制力。这时就该向孩子诚恳地承认真实原因。"我刚才对你吼叫是不对的，现在我知道你并没有做什么错事。是由于我感到疲倦情绪不佳才对你发脾气，请原谅！"家长坦白地、富有感情地承认错误，孩子会原谅我们。

第五，爱孩子始终如一。每天用同一态度爱孩子。换句话说，不经常改变你对他热爱、高兴和欣赏的态度。不要今天高兴了对他们一个样，下次生气时又一个样。对孩子始终如一地爱，是孩子对你信任的基础。

【情景提示】

很多家长认为孩子还小，不会有那么多的想法，家长这样想就错了，孩子最看重家长对自己的评价，家长不经意间流露出来的评价，孩子也会铭记在心。所以家长在和孩子进行沟通的时候一定要对自己的言语负责。

如情景中，母亲认为孩子语文成绩一向不是很好，得到表扬成为榜样有点意外，心存怀疑是可以理解的。但是做法上，母亲听见孩子说自己得到表扬时，首先应当表现得很高兴，这样的表情传递给孩子的信息是，妈妈希望她成功，相信她有这个能力。接着妈妈可以用行动来证实孩子的话："太棒了孩子，让我也看看你的作文吧。"

故事启读

塌鼻子的男孩

有个塌鼻子的小男孩，因为两岁时得过脑炎，智力受损，学习起来很吃力。别人写作文能写两三百字，他却只能写三五行。但即便这样的作文，他同样能写得美丽如画。那是一次作文课，题目是《愿望》。他写得很认真，那作文极短，只有三句话：我有两个愿望，第一个是，妈妈天天笑眯眯地看着我说："你真聪明。"第二个是，老师天天笑眯眯地看着我说："你一点也不笨。"

这篇作文深深地打动了他的老师，老师不仅给了他最高分，在班上带感情朗读了这篇作文，还一笔一画地批道：你很聪明，你的作文写得非常感人，请放心，妈妈肯定会喜欢你的，老师肯定会格外喜欢你的，大家肯定会喜欢你的。

是的，智力可以受损，但爱永远不会，它朝气蓬勃，永远垂着绿阴，开着明媚的花，结着芳香的果。

45. 瞧不起别人的话——

瞧你同学那样，一看就没出息

类似话语：

她是我们家佣人，我们有权骂她
不是主科的老师，别在乎他
别像邻居的孩子似的，没出息

【情景再现】

　　程程的家庭条件比较好，今年上初一，学习成绩也不错，平时也很喜欢和同学交往。休息日，程程的同班要好的同学到她家来向她借一本书。两个同学闲聊了一会，那个同学拿着书就走了。同学走后，妈妈和程程打听了这个同学的家庭和学习情况后对程程说：这就是你要好的同学呀，瞧你同学那样，没有个礼貌，一看就像没出息的孩子，以后咱们少跟她来往。

情景分析

　　程程妈妈的话表现出是一种瞧不起程程的同学的意思。不论那个同学家庭条件如何，也不论那个同学学习怎样，平时在学校表现怎样，妈妈给那个同学下"没有出息"的定论是不应该的。孩子都是在变化发展的，有没有出息也是不一定的，家庭条件不好，暂时的学习不好也不一定没出息。更主要的是做家长的不能在孩子面前瞧不起或者看不上孩子的朋友、同学。那样给孩子的影响就会是孩子也瞧不起自己的同学和朋友，也会因此使得孩子高傲自大、目中无人。

【情景探讨】

　　一些人不管自己成功与否，能力多强，都看不起别人的家庭，看不起别人的做事，看不起别人的学习成绩，看不起别人不聪明，等等。看不起别人，这是生活中人与人交往比较常见的现象。

　　彭程小时候自己确实比较聪明，成绩也好，而且是当地一个比较有势力的家庭的孩子。所以他从小就被众星捧月般地宠着，在大人们和同伴的艳羡和恭维声中长大。由于家人对他赋予了极高的期望，他也不敢忤逆家人的期望。因此从小心里就套上了不能比别人弱一点的重枷锁，以非常高的标准要求自己，也拿这个标准看待别人。处处要强，不愿输给任何一个人，看到同学比自己强就很痛苦，一心要超过他。

由于自小精神压力重大，彭程学业和家庭出现一点变故，自己就受不了，就出现心理问题。先后经历了精神分裂、重度抑郁和焦虑。多年过去了，现在他心里还有那种看不起别人的感觉。如果一个人不聪明、愚笨，或者表现得没礼貌或粗俗一些，彭程就在心里看不起他，也不愿意和他交往。小时候家长的价值观在彭程心里生根了。人到中年了，彭程心里的偏见仍然使自己不能和别人无障碍地交往，第一眼看别人总是会在他身上看到各种不顺眼的地方，看谁都不舒服。和别人平等、自在、愉快地交往是他心里所求的，看到别人互相相处得那么愉快，他很羡慕，但心理的障碍总是阻止他能向别人那样与人交往。

许多研究表明，不良的家庭教育，如过高期望、溺爱、片面追求考试成绩、不民主行为、不良的家庭关系、不健康的家庭文化、家长自身素质偏低等都容易影响到孩子的健康成长，如果不及时加以引导、纠正，就有可能导致孩子不良行为的发生。孩子会瞧不起别人，产生交往障碍，从而影响了一生的发展。

某高档幼儿园的老师劝一5岁女孩吃饭时，这个女孩竟然掌掴老师，而且姿势很专业，一般小孩子打架都是挠或抓，而她简直就是在扇嘴巴。事后该女孩毫无悔意，拒不道歉，竟然对被打老师说："反正也没打坏你，要不让我爸赔点钱给你算了。"而当老师把这事转述给家长时，家长虽然向老师道了歉，但对女儿并无过多的责怪，家长不是引以为耻，而是引以为荣，好像自己的女儿做了很了不起的事。

家长的思维方式、情感取向、处事的理念，以及个人性格都是孩子模仿的对象，家长应在家庭教育中起到好榜样。一些家长或因家境好，或因工作好，或因地位高等等，看不起孩子的普通同学、看不起孩子的老师、看不起平民百姓，如农民、清洁工、建筑工人，等等。还威胁着提示孩子说："如果不好好读书，长大就像他们（农民、清洁工、建筑工人）一样。使孩子从小就瞧不起同学、普通老师、平民百姓，在感情上与他人格格不入。这样环境下成长的孩子心理是一种扭曲的心理，不健康的心理。

人与人都是平等的，生活中、交往中不要瞧不起别人。

第一，父母自己首先要做到平等待人。做家长的自己要树立正确的榜样，不瞧不起别人，与人为善，与人和谐相处。更要教育教孩子不要瞧不起人。

第二，培养孩子的公民意识。培养公民意识是平等教育的核心，其中包括培养勇于维护自己和他人的自由权利、尊严和价值的意识，每个人既要维护、争取自身的自由和权利，也要关注、尊重和维护社会中其他每一个个体、其他群体的自由和权利。

第三，如果父母平常就是个势利眼，看不起别人这个看不起别人那个，那么孩子自然也会受到父母这种坏习惯的影响而不能平等地看待别人。也有一些家长感到孩子长大了，明白一些事理了，好像瞧不起家长了。这些都是孩子受不良教育的影响造成的，其中家长的教育因素更有着很大的关系。

【情景提示】

现实生活中，很多人生活在被人瞧不起和瞧不起别人的阴影中。有人说，瞧不起别人就是瞧不起自己。因为只有真正无知的人才会去嘲笑别人，瞧不起别人，真正的智者通常不会愚蠢到瞧不起别人。

就本情景而言，妈妈对孩子的同学到家来要表示欢迎并热情地接待。如果来的这个同学真有什么劣迹或是不良孩子，那么就告诉自己的孩子少和他来往，如果只是这个同学家庭条件差一点，或学习差一点，就不要流露出瞧不起这个孩子的神情，也不要表达瞧不起这个孩子的话，以免影响孩子和这个同学的交往。

家人都瞧不起的苏秦

苏秦，战国时洛阳人，著名的纵横家，为"合纵"派的代表人物。但他成名之前，没有人看得起他，甚至连父母、妻子都轻视他。

有一次，苏秦父亲过生日。他哥哥端了一大杯酒去祝寿，父亲高兴地赞叹道："真是美酒，好香啊！"等到苏秦端了酒去祝寿，他父亲骂道："酒太差，酸的！"苏秦只好从哥哥处借了一大杯酒去祝寿，他父亲仍然骂道："酸酒！"苏秦不服地申辩："这是从大哥处借来的酒啊！"父亲却说道："你这倒霉的人，好东西经过你的手就坏了！"

苏秦学习纵横术后，游历秦国而不被重用，等到他回到故乡时，钱用光了，衣服也穿破了，一副穷困潦倒的样子。他的妻子见到他也不理他，都不停止手里的织布，嫂子也不愿为他准备饭食，父母也不和他说话。苏秦深受刺激，于是用锥刺股苦读诗书，精研纵横术，后来游说六国，合纵成功，身挂六国相印，终于功成名就。

别让孩子瞧不起别人，因为我们不知道哪一天我们瞧不起的人就会比我们强。

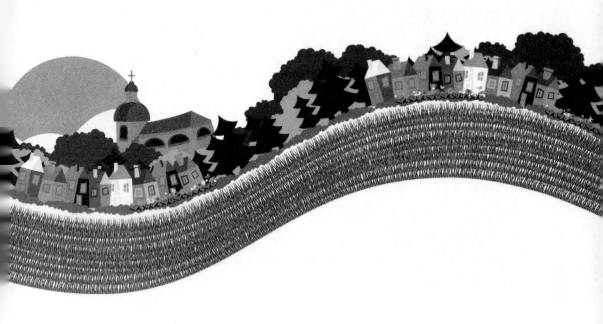

46. 对劳动认识偏差的话——

你的任务就是好好学习，别的不用你做

类似话语：

劳动课又不算考试成绩

现在辛苦一点吧，等考上大学就可以玩了

你的成绩这么差，大了让你去扫大街

【情景再现】

点点是家里的小公主，已经上小学五年级了，可是在家里，她什么也没干过。并不是点点生性懒惰，而是爸爸妈妈不让她干活。每当点点主动提出要帮助家长打扫卫生、收拾一下餐桌、洗洗自己小物品时，爸爸妈妈一准儿会说："快做作业去！你的任务是学习，只要学习好了就行，别的不用你管。"慢慢地，点点也不再主动请求做家务了。当爸爸妈妈收拾屋子的时候，即使她在旁边玩或者看电视，也不再理睬他们了，包括她自己的屋子都是爸爸妈妈帮着收拾的，更别说帮爸爸妈妈打扫房间了。

情景分析

以为什么事也不用孩子做，只要学习就行了。这是一个很荒唐的做法，孩子是人不是机器，不能机械地设定程序：只许这样不许那样，这样会扼杀孩子的创造天性。作为一个人，他的任务是通过兴趣来了解这个世界，通过感受来探索宇宙、生命和人生。所以，我们家长一定要意识到孩子是人，要用人的方法来教育孩子。

其实，和孩子说这样的话无形中把学习从孩子的生活中单独提出来，变成一种非常正经的事，并赋予学习特殊的要求，使孩子产生一种生活的全部内容就是学习的错觉，加大了孩子的心理压力，加大了孩子对学习的恐惧感。同时，也剥夺了孩子在做其他事情时学习知识、增长能力的机会。

【情景探讨】

孩子只要学习好就行，其他的无所谓，其他以后再学也不晚。不少家长都怀有这样的想法，可结果怎么样呢？孩子上小学了还不会自己穿衣服，十几岁的孩子竟然从来没洗过袜子，在家什么活都没干过。上中学了还不会洗自己的衣服，系鞋带还很吃力，有的不会自己收拾书包，还有的不会自己整理房间，等等。甚至上大学了还不知道鸡蛋是带壳的，要让家长去陪读……

家长只注重孩子的学习能力，久而久之，孩子也就对劳动产生了强烈的反感，认为家长会把一切都打点好。如果不从小培养孩子的动手能力，当孩子长大时，遇到困难便不知如何应对。有些家长当看到孩子干活笨手笨脚时，就抢过来，认为花时间告诉孩子做还不如自己做，这也是家长教育的误区。没有经过相应劳动的磨炼，孩子长大后会因此吃更多的苦头。

家长适当让孩子做一些劳动，不仅让孩子得到了锻炼，而且会让孩子认识到自己的社会价值。孩子们童年时的活动与成年后的情况有着十分密切的关系。那些替孩子做一切事情的家长，实际上是害了孩子，孩子的劳动教育必不可少。

劳动有利于培养孩子节约的好习惯，有利于增强孩子的体质和智力，有助于培养孩子的自立能力，有利于培养孩子的审美情趣和空间意识，有利于调节家庭气氛，有利于培养孩子的交往能力。让孩子学会自己做家务不但能使他们的生活充实、有趣，还可以让孩子在做家务的过程中学习做人做事的道理。而不让孩子做家务其实是限制了孩子发现自己能力的机会，让孩子觉得自己很无能。例如安排孩子打扫房间，孩子犹豫的时候，给他鼓励；当他们收拾完屋子，地板干净了、窗户明净了、房间井井有条了，再加上家长给予适当的夸奖，这时孩子的心里就会由衷感到高兴，感受到劳动带给他的快乐。

那么家长怎样让孩子做家务劳动才更有利于孩子的成长呢？

第一，让孩子知道，每个家庭成员都有义务做家务劳动。要让孩子知道，帮助家长做点家务，不仅仅是为了减轻家长的负担，也不仅仅是为了教他怎样干活，而是每一个家庭成员的义务，每一个人都应该相应地承担自己对这个家的责任。

第二，让孩子明确自己应该做什么。比如，收拾自己的房间、洗自己的小物品、收拾餐桌等，家长可以直接指定一项或几项相对简单的家务，或者让孩子自己选择他所喜欢的事情。告诉孩子完成劳动任务的标准，并对孩子的任务完成情况进行检查指导。

第三，对孩子所做的事情给予鼓励。不管孩子做得多么不好，家长都要对孩子给予适当的鼓励，调动孩子去做的积极性。在鼓励中，指出孩子做得不当的地方，帮助他去改正，让孩子感兴趣去做。

第四，教给孩子一些劳动的技巧。孩子没有掌握劳动的技巧，往往会弄得一团糟。家长此时不要责怪他们，而应先肯定孩子愿意劳动是好的行为，然后再教给他劳动的技巧，让他有信心继续去做。孩子能做好，下次再做往往就会更有信心也更有积极性。

【情景提示】

教育家苏霍姆林斯基曾语重心长地告诫家长们："不要把孩子保护起来而不让他们劳动，也不要怕孩子的双手会磨出硬茧。要让孩子知道，面包来之不易。这种劳动对孩子来说是真正的快乐。通过劳动，不仅可以认识世界，而且可以更好地了解自己。"

就本情景而言，家长要鼓励孩子参加家务劳动的热情，调动孩子劳动的积极性。妈妈可以说："女儿长大了，能够帮助妈妈干活了。""女儿真懂事，休息时知道帮助妈妈做家务。""真好，今天有人帮助我干活了，我也能够轻松一些了。"

✎ 故事启读

八倍的辛劳

赖斯是美国第一位黑人女国务卿，当有人问起成功的秘诀时，她简明扼要地说，因为我付出了"八倍的辛劳"。

赖斯10岁时全家到首都游览，却因身份是黑人，不能进入白宫参观。小赖斯倍感羞辱，凝神远望白宫良久，然后回身一字一顿地告诉父亲："总有一天，我会成为那房子的主人！"赖斯的父母很赞赏她的志向，就经常向她灌输这样的思想：改善黑人状况的最好办法就是取得非凡的成就。如果你拿出双倍的劲头往前冲，或许能赶上白人的一半；如果你愿意付出四倍的辛劳，就得以跟白人并驾齐驱；如果你愿意付出八倍的辛劳，就一定能赶在白人前头。

为了能"赶在白人前头"，她数十年如一日，以超过白人"八倍的辛劳"发奋学习，积累知识，增长才干。除母语外，赖斯还精通三国语言；她考进丹佛大学拿到博士学位；26岁她已经是斯坦福大学最年轻的教授，随后又出任斯坦福大学历史上最年轻的教务长。天道酬勤，她终于脱颖而出。

有耕耘就有收获，一个急切渴望成功却又总与成功无缘的人无需怨天尤人，不妨先问问自己：你是否付出了"八倍的辛劳"？

47. 对金钱认识偏差的话——

好好学习将来挣大钱

类似话语：

没时间管你，不挣钱你花什么
好好学习，有钱才有一切
花钱我们保证你，别让人瞧不起

【情景再现】

邻居家的小朋友买了一辆电动小汽车，6岁的小玉见到小朋友在玩这辆漂亮的小汽车时，就想和小朋友一起去玩，可是邻居家小朋友的妈妈担心两个孩子一起玩把车玩坏了，就没让他们一起玩，小玉委屈地哭了起来，非和妈妈要那样的小汽车。小玉妈妈很生气，告诉小玉说：儿子，明天妈妈去给你买，你长大了好好学习，将来挣大钱买好多的汽车。

情景分析

妈妈的这句话错误地向孩子传达了两个意思：一是别的孩子有我们也要有，另一个是告诉孩子好好学习才能挣大钱买小汽车。

有人说，再穷不能穷教育，再富不能富孩子。这句话是很有道理的。成由勤俭败由奢，止奢当自年少始。在许多经济发达国家，从学校到家庭都十分重视对孩子的"磨难教育"，唯恐孩子走上"贵族化"的歧途。富裕在中国绝对不是坏事，但是不能落到孩子们的身上，"再富也不能富孩子"，我们应该对孩子进行正确金钱观的教育，谨慎地往孩子的口袋里放钱，让他们远离金钱消费的心理怪圈。

【情景探讨】

今天，更多的家长受目前社会金钱至上论的影响，给孩子一种什么都要和钱联系起来的认识。

家长都知道"金钱至上论"是不对的。但是，口头上的否认并不能消除骨子里对金钱的崇拜。因为生活中许多家长在为柴米油盐奔波，面对孩子我们不能说钱没有用。孩子一天天长大，一次次看见我们为金钱费尽心机。有时你陪孩子逛商店，却不能给他买他想要的玩具；有时却可以毫不犹豫地给他们买大包大包的东西回家，孩子心里明白：这都是有钱的原因。

于是，这样的教育场景出现了：

"儿子，好好读书，以后挣大钱！"

"怎么这次考试不理想？你看那些工作不好的人，那就是因为学习成绩不好，所以没有钱。你难道以后想这样？"

"只要你考一门100分，就给你100元，想要什么都给你买！"

……

慢慢地，在孩子心目中，读书就是为了钱，没有钱，就没有一切，钱越多越好。这样的孩子，除了对金钱的崇拜、迷恋乃至畏惧外，很难有更宽广的视野和追求。我们每一个家长，都或多或少地用金钱在引诱着孩子，教训过孩子，用富贵或贫穷的例子来打动着孩子。也几乎每一个孩子都知道这样一个道理：要是不好好学习，以后就会是穷光蛋，就没有钱花……所有这一切，是很隐蔽的金钱至上论。我们把这种对金钱的错误观念传给我们的孩子，毒害和限制着他们的思维和前程。

一个女孩子在一所中学上高中，她父母和哥哥都在外地打工，几个人挣钱供她自己，给她在校外租了房子，每个月都给足了她的学习、生活费用，让她好好学习。可是她并不遂家长愿，而是用父母和哥哥给的零花钱与同租一室的女同学一起上网，不专心上自习课，甚至经常缺课。一个月的时间，女孩向她家长和哥哥要到一千多元零花钱都乱花完了，还在伸手向母亲要钱。后来女孩子又因上网早恋，学习成绩大幅度下降被学校开除。

某晚报报道过这样两个孩子，一个16岁的孩子，偷拿了父亲朋友装有大量现金的钱包上网吧，而另一个才12岁的孩子偷拿了家里10000多元钱后离家出走。

这样的例子很多，这些孩子都是未成年人，但是他们却可以随手花掉父母的血汗钱，随手"拿"走巨额的现金，可见他们对金钱根本没有什么概念，或者对他们而言，钱就是拿来花的，他们不会想到家长挣钱的艰辛与不易。具有这样金钱观的孩子是可怕的，现在他们可以伸手向家长索取，但长大成年之后，对金钱的欲望自然会更加膨胀，当家长不能满足时，他们会怎么做呢？

当今社会是市场经济社会，就是不特意教，孩子也会耳濡目染地受到金钱的影响，但若家长及早地加以正确引导，及早对孩子进行"钱"的教育，培养孩子正确的金钱观，对孩子将来的发展会有更好的促进作用。

第一，要让孩子认识金钱是来之不易的，我们的不少孩子只知道没钱卡里有，取款机里有，不知道钱是通过艰辛的劳动得来的。国外有很多亿万富翁，让孩子通过参加一些力所能及的劳动来换取零用钱，让孩子从小就懂得珍惜生活。

第二，要让孩子养成勤俭节约的习惯。要让孩子在生活中学会不铺张浪费，从身边的小事做起，节约用水用电，节约每一张纸，等等；不爱慕虚荣，从小养成不盲目追求名牌、不与同学攀比的生活作风。

第三，要让孩子明白，金钱仅仅是一种工具。一定数量的金钱代表着一定数量的劳动，从而避免表面的假象，认识到劳动的本质；家长的钱不是白来的，是用劳动换来的。爱家长同时也就应该珍惜家长的劳动，养成不乱花钱、勤俭节约的好习惯。

第四，让孩子明白，现实社会中，适量的金钱是生存所必需的，是家长和自己温饱的保证，是自己上学读书的保证。当然，同时要说明这些适量的金钱目前由家长负责提供，不需要孩子操心。

第五，让孩子知道，一个人或者一个家庭，只要有适量的金钱，那么就可以做自己想做的事，而不必再去贪婪地积聚金钱。一个人的价值和成功，可以通过很多途径去实现，包括：成为一名科学家、工程师、教师、技术员；成为公务员、管理者；拥有自己的公司，成为企业家、老板……金钱也是其中的一种体现，但并不是唯一的。学会以自己的劳动获得适量金钱，合理地支配它们，然后，根据自己的爱好和志向，去实现自己的人生理想和价值才是最重要的。

第六，还要培养孩子自主理财的能力。教孩子理财时，家长可以将一段时间的零用钱交给孩子，让孩子学着怎样根据自己的生活需要来合理分配零用钱，家长进行适当的监督，孩子自然就养成了自主理财的能力。

第七，让孩子明白花钱就是尽责。家长要让孩子明白，我们挣来的钱是用来消费的，不能做守财奴。花钱是为了满足自己的生活和学习需要，是为了增进社会的进步，即对自己尽责、对社会尽责，而不是满足不正当的欲望。如买学习用品、买物品看望病中的亲人、向灾区捐款等都是在尽责。

同时在教导孩子正确的金钱观时，还需要注意以下一些问题。

勿以金钱作为利诱。有些家长喜欢用钱作为孩子帮忙做家事的报酬，用钱来鼓励孩子学习，这种方式容易让孩子变成了获得金钱才帮忙做家务的错误观念。用钱作为奖赏虽然是奖励办法中的一种，但只能偶尔为之；如果时时、处处都用钱来奖赏或打发孩子，跟孩子的关系将只建立在金钱上，这是有害亲子关系的。

要随时正确地引导孩子。在孩子尚未懂得运用金钱之前，家长要随时引导，别让孩子挥霍无度，也别让他成为一毛不拔的小气鬼；除购买自己喜欢的物品外，家人的生日、朋友的生日时，也可以引导孩子量力地表达自己的关怀和祝福。

不一味满足孩子的要求。许多家长对孩子的要求总是照单全收。一味满足孩子的要求，孩子若不能体会家长持家的艰辛，当家长无法满足孩子的要求时，后果可想而知。

【情景提示】

就情景中家长遇到的事情而言，妈妈应该正确引导自己的孩子，告诉孩子别人的东西、小朋友的玩具等等是不属于我们的东西，不让我们动时，我们不能随便动。更要让孩子知道，不能看到别人有什么我们就想要什么。也可以告诉孩子小朋友的玩具需要用钱才能买到，想得到这样的玩具，我们可以通过努力去获得。

故事启读

这不是你挣的钱

儿子整天游手好闲，好吃懒做。铁匠父亲年老了，养不起家了，他觉得再不能让儿子这样。铁匠把老伴叫过来说道："我们的儿子一无所长。要是他再不学着干活，我们的家产就得让他坐吃山空，他自己也得饿死。我们干不动了，应当让他挣钱糊口了。"

老伴深知儿子一个小钱也挣不着，就偷偷地给了儿子一个硬币："出去待一天，晚上回家，把这钱交给你爹，就说是你自己挣来的。"晚上儿子回来，父亲接过他的钱，在手中挥动了几下，又用鼻子闻了闻，就扔进了壁炉里，开口说道："这不是你亲手挣的钱。"

第二天，母亲又给了儿子一个硬币，嘱咐道："出去吧，一整日别回来，多跑跑逛逛，晚上回来就疲倦了。这样你爹就相信了。"

儿子又遵嘱行事，晚间回来，把钱递给了父亲。父亲接过来，又挥动了几下，接着扔进了壁炉里说："你又骗我来了，这钱绝不是你亲手挣的。"母亲明白了，溺爱儿子是无济于事的。父亲扔钱时，孩子脸上的肌肉纹丝不动，因为他不知道挣钱是多么艰难。于是她对儿子说道："你是骗不了你父亲的，你明白吗？别让他生气了，找个地方干活去，学点手艺。不管挣几个钱，都要交给你父亲。让他知道，你能自食其力。"

儿子走了一星期，不知去向。他帮人干家务，又帮人下地干活。就这样挣了一些钱，带回家来交给了父亲。老父亲把钱从一只手，倒向另一只手，闻了闻，就又把钱扔进了壁炉："我不相信这些钱是你挣的。"

儿子见状扑到壁炉前，从灼热的炉火中，一个个地把那些钱币掏了出来，并大声嚷道："你干什么！为了挣这些钱，我从早到晚干了一星期的活儿，可你却不拿它们当回事儿，就这样扔进炉子里了。"

父亲看了看儿子："现在我真相信了，这才是你自己挣的钱，也知道这钱来得不易。别人给你的钱，你是毫不可惜的，可为了自己挣的钱，就一头扎进火堆里去。我再不会为你感到羞耻了。"

铁匠父亲是个智者，他没有用更多的语言去伤害孩子，他用自己的智慧告诉孩子要用行动来证明自己行。他将儿子推上了一条看似艰难但却是无限光明的道路。

48. 不讲诚信的话——

那是为了鼓励你，随便说说的

类似话语：

我说的就算吗，我还让你好好学习你怎么不听呢
别跟我讲条件，我不那样说，你能干吗
要什么奖励呀，那是你应该做的

上五年级的许峰迷上了漫画书《名侦探柯南》，正好期中考试考得不错，就借机恳求妈妈给他买一套，妈妈也很爽快地就答应了，但后来妈妈好像将这件事忘记了，闭口不提，许峰催妈妈，妈妈就以各种借口拖延，许峰说妈妈总是说话不算数。妈妈跟她说："那是为了鼓励你，随便说说的，哪有那么多说话算数的事。"许峰气得不得了，但也没办法。

情景分析

古语说："民无信不立，国无信不兴。"对于一个人来说，诚信代表着其基本素质，诚信是灵魂，是生存之本。对孩子不讲"诚信"，孩子就会起来"维权"。孩子们或许尚不懂得什么是诚信，但他们的纯真无瑕告诉我们，家长不能轻易食言。这里，妈妈说话不算数，不讲诚信，答应的事情不兑现，怎么能让孩子再信服妈妈？家庭里的"信"对孩子做人做事品质的培养起着潜移默化的作用。我们在社会上和别人讲诚信，在家里对孩子更要讲诚信。

亲子信任是诚信教育的基础和载体，只有充分取得孩子信任的家长，才能担任好诚信教导者的职责，以个人魅力和榜样力量引导、教育孩子；只有充分信任家长的孩子，才能够乐于被影响和塑造，最终朝着真、善、美的方向健康成长。

【情景探讨】

诚信是一个人立足社会和成长发展的基石，更是人性优点的基础，比任何品质都更能赢得尊重和推崇。在家长美好的愿望和祝福中，无不希望孩子能具备各种美好品质和高尚情操，诚信和其他所有优点一样，都必须由家长巧妙地教授给孩子，其传承的内容本身就是家长留给孩子最宝贵的财富。

但诚信品质的培养并不简单，它首先需要家长渗透于日常生活的琐碎点滴中，它贯穿在家庭生活和亲子成长的全过程。在任何教育过程中，都必须维持亲子间的相互信任，家长和孩子建立起真诚信任的关系，是培养孩子良好道德素养的首要条件。

期中考试的前几天，商场搞活动，雅思想想自己整天闷着头学习，已经好久没出去逛街了，前一天就跟妈妈说想逛街，妈妈痛快地答应等她做完作业就去逛。可是第二天妈妈就变了卦，先是借口身体不舒服，后来又说时间太晚、逛街不安全……雅斯很生气，责问妈妈说话不算数。妈妈看雅思真生气了，有些着急，和爸爸商量后决定还是带雅思去逛街，但雅思拒绝了，当时雅思已经没了逛街的心情。

妈妈对此的解释是：女儿好不容易有个机会轻松一下，所以她提出逛街时，我几乎没考虑就答应了。可是第二天她做完作业已经九点了，考虑到时间太晚，怕影响她次日的学习，我决定不去逛街。但我又不能生硬地拒绝孩子的请求，于是搪塞说自己身体不舒服。

类似这样的故事，在家长和孩子之间经常上演。相关的调查显示，70%多的孩子都对自己的家长说话不算数很不满。家长们一次次的失信于孩子，对孩子的心理等各方面将产生一些负面影响：教会孩子撒谎、降低家长在孩子心目中的地位、亲子关系紧张、亲子间互不信任，等等。

希望孩子做到诚信，说话算数，家长就要注意下面的问题：

第一，不为自己的说话不算数找理由。说到家长们的不讲"诚信"，说话不算数，100个家长可能有1000个理由。许多家长面对孩子的要求，大多当时不会拒绝，甚至随口答应。然而食言后，找各种理由去跟孩子解释，孩子对家长很有意见。

第二，不给孩子日后的撒谎提供"理由"。家长说话不算数很可能成为孩子日后撒谎的"正当理由"。许多家长对孩子的错误不能容忍，其实他们不知道孩子的很多错误、缺点都是从家长身上学来的。

比如乱穿马路、迟到、说话不算数等等，别看是小事，孩子却都看在眼里。中央电视台的一句"妈妈，我也给您洗脚"，让亿万观众深受震撼，虽然这只是个公益广告，但其中蕴含的家教观念却是不言自明的。其实，除了"言传"，孩子们更需要家长的"身教"。

第三，亲子之间讲诚信没有理由。正如"曾子杀猪"的故事一样，家长不可以拿话来哄骗孩子，一定要说到做到。做不到的，我们就不说，确有原因无法兑现诺言的，一定要给孩子一个合理的、真实的、孩子能够接受的理由。

【情景提示】

如果说教育要从孩子抓起，那么诚信教育的任务就应该从孩子的家长抓起了。从身边的点滴小事做起。播下诚信的种子，给孩子以力量和耐力，赢得诚信这张人生的通行证!

就本情景而言，家长正好借此机会鼓励一下孩子。承诺孩子的事情，尽快地给孩子兑现。妈妈可以这样说："儿子，这次成绩不错，这是努力的结果，妈妈正想怎么鼓励鼓励你呢。好吧，周日休息时妈妈就给你买。但看这类书不要影响学习，我相信你是会处理好这个关系的。"

故事启读

建一个亭子拆给孩子看

墨西哥总统比森特·福克斯·克萨特的父亲是一个小农场主。小时候，家里有个亭子有些破旧了，父亲就想拆掉它。可小福克斯对拆小亭子产生了浓厚兴趣，并请求父亲将剩下的小亭子等到他休假以后再拆，父亲也答应了他的请求。然而工人们却在他们走之后就拆掉了。当小福克斯休假回来一看小亭子已全部被拆掉之后，就闷闷不乐的对父亲说：您对我说谎了，您答应过我要等我回来再拆小亭子的。一脸惊愕的父亲知道了事情的缘由后，就下令工人们在原地修建起与原先一模一样的小亭子，然后当着福克斯的面拆掉了那个小亭子。后来福克斯当选为墨西哥总统，他以自己的诚实守信受到了墨西哥人民的尊重！

福克斯的父亲，无疑给孩子树立了讲诚信的典范，同时也在孩子的心目中树立了威信。无论付出多大的代价，也要信守他们的诺言。

对孩子就应该真正做到言必信，行必果。

49. 夸大事实的话——

自从有了你，我再也没有一天安宁的日子

类似话语：

你这样做对得起谁
我们为你操碎了心
家里的钱都让你花了

【情景再现】

形形是个性格开朗的女孩子，在学校里就是同学们的中心，不但女生喜欢和形形玩，一些男生也和形形成了好朋友。邻居们经常能看见形形和同学们一起玩的身影。随着年龄的增长，妈妈觉得形形不应该再和男孩子一起瞎闹了，"形形以后少和男孩子在一起玩，你都是大姑娘了，别让邻居们笑话。"形形有点不服气："封建，怎么就让人家笑话了？老封建。""怎么说话呢？你就不能听点话啊，自己是女孩不知道吗？整天疯疯闹闹的像什么样子啊，你不能让我省点心？你知不知道，自从有了你，我再也没有一天安宁的日子。"

情景分析

孩子在带给家长快乐的同时也会有很多事情要家长担心，这是不可否认的。"自从有了你，我再也没有一天安宁的日子"家长这样说是有意夸大了其中的事实，这会让孩子很难堪，甚至产生自卑感，他不知道自己做错了什么，或者说做什么是对的。这种思想一旦在孩子的意识里扎根，孩子会变得自我封闭，不愿意和人交流，原因就是害怕自己给别人带来麻烦。

【情景探讨】

夸大事实，为何不容忽视？因为夸大事实就是说谎。也许一个还不会叠被子的孩子说自己整理了床铺，或是一个甚至还没坐过飞机的小孩告诉同伴他去过美国迪斯尼，这些夸海口的行为似乎无关紧要，但一定要警惕孩子的说谎和不诚实。专家认为："如果孩子了解到说谎可以很容易美化自己，可以避免让他做那些他不爱做的事，让他摆脱闯祸的困境，撒谎就变成很自然的事了。"

阳阳是一个4岁的小男孩。有一天，他不小心打碎了邻居家的花盆。当时邻居家没有人，阳阳就赶紧跑回了家，将这件事告诉了妈妈。妈妈听了后对洋洋说："既然没有人看到，如果有人问你，你就说不知道，千万不能说是你打碎的，要不，邻居会打你的，妈妈还得赔人家花盆。"阳阳按照妈妈的话做了，妈妈夸奖道："阳阳真聪明！"然而，阳阳的妈妈怎么也想不到，从这件事中，阳阳得出了一个结论："妈妈是喜欢撒谎的人，以后我不能对她说实话。"

由此可以看出，孩子身上的优点或缺点与自己的父母亲有着密不可分的直接关系。假如孩子身边都是不说谎的人，孩子就不会撒谎，而成为一个诚实的人，因为周围的环境在影响着他。

成人有时迫不得已说上一、二句无关紧要的小谎言，孩子们却会当真，而且不由自主地去模仿。有人做过调查研究，孩子说谎多半来源是父母说谎的影响。

父母不愿见某个人，就告诉孩子某人来电话或到家里找就说父母不在家；不愿借东西给邻居，就教孩子说东西借给别人了或弄丢了，等等。这一切无形之中都在孩子幼小纯洁的心灵中播下了撒谎的种子。

有些孩子刚开始说谎向父母坦白时，受到的是父母的打骂，这就会在心理上给孩子一种暗示：既然说真话也遭训斥，还不如撒谎或许能蒙混过关。实验证明，孩子撒谎与父母管教方式是否正确有着直接的关系。

幼儿园或学校里组织劳动，有的父母害怕累着孩子，脏了孩子的衣服，就亲自找老师请假，说孩子感冒了或是有其他事；孩子打架，明知是自己孩子不对，却硬说是对方不对，等等。对孩子的错误不但不予以制止，反而采取偏袒、鼓励或赞许的态度。殊不知，孩子最善于观察父母的言行、脸色，他们会从父母的言行或神色中找到撒谎的根据。一些孩子为了逃避责备、免受皮肉之苦就歪曲事实、夸大事实、捏造事实、虚实混杂、嫁祸于人。久而久之，他们会把谎撒得很圆满，很富有创造性。

情景中彤彤是个性格开朗的女孩子，这样的孩子一般比较中性，很容易相处，所以大家喜欢和她玩也是正常的。母亲的提醒是必要的，也很及时，毕竟孩子在一天天长大。但是母亲的话语方式是不正确的，家长要想孩子对自己的话信服，就必须讲出道理，而不是随意地夸大事实。"彤彤，妈妈不是反对你和男孩子玩，只是你越来越大了，很多事情需要注意，交朋友也要有距离，希望我的话你能仔细想一想，有什么不明白的就和妈妈聊聊。"

故事启读

在墙上画画的孩子

一个4岁的小男孩在和几个小孩玩耍的时候，在邻居家的墙上画了很多画，把邻居家的墙画得乱七八糟的。看到邻居出来，几个小孩一哄而散。

回到家以后，这个小男孩心神不宁，害怕邻居会来找父母告状。看到孩子的异常反应，小男孩的妈妈想，也许孩子遇到什么事情了。

在妈妈的循循善诱下，小男孩儿终于告诉了母亲发生的事情。母亲听后，并没有责怪儿子，而是说："孩子，你觉得这件事应该怎么办呢？""妈妈，我知道应该去向邻居格林太太道歉。但是，我怕她会骂我。""孩子，做错了事就要承担责任，如果你不去道歉，只能说明你是一个不诚实的孩子，而诚实的孩子才是好孩子，你说是吗？""嗯，妈妈，我应该向格林太太道歉，求得她的谅解。但是妈妈，你可以在门口看着我吗？""好的儿子，走吧。"

过了一会儿，儿子回到了妈妈的身边说："妈妈，你说得对，格林太太没有责备我，还说我是个诚实的孩子。"看着儿子天真的面孔，母亲又说道："孩子，我们把别人的墙壁弄脏了，要怎么做呢？""哦，妈妈，我正要说呢，我要去把格林太太的墙壁擦干净。"

　　爱孩子就要让孩子为自己的行为负责。

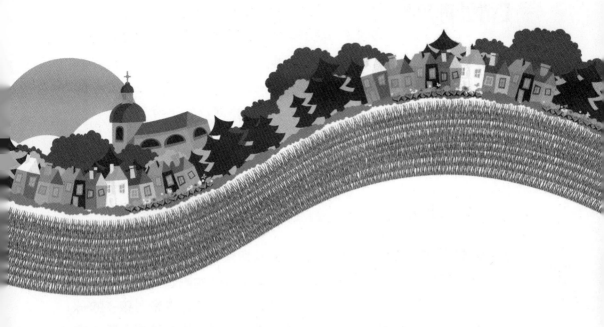

50. 让孩子觉得不重视他的话——

没看我正忙着吗

类似话语：

没时间理你

就你那破锣嗓子，还想当歌星？做梦吧

就你这个头，就别做篮球明星的梦了

晚饭后，4岁的童童玩自己的玩具小狗，一不小心，小狗的一块小骨头掉到了沙发下面，童童找了半天也没找到，她来到正在收拾厨房的妈妈身边："妈妈，我的小狗的骨头掉到沙发下面了，我找不到了。"妈妈看也没看童童一眼："就你麻烦事多，没看我正忙着吗。"童童看看妈妈，很不高兴地走了。

情景分析

从表面上看，妈妈说得有道理，但从现象来分析，妈妈的言行是对孩子的不重视，从孩子的内心来讲，孩子会认为妈妈不关心自己的事情，不理自己的事情。如果我们上升到理性来说，这是对孩子的一种不尊重。生活中类似这样的对孩子不重视的言行相当普遍。家长们觉得自己忙、自己有事、自己没时间……总是找各种理由搪塞孩子，有时甚至讽刺、挖苦孩子，使得孩子内心受到伤害。

【情景探讨】

调查显示，许多孩子抱怨家长对自己不够重视。他们觉得家长对自己在物质方面的重视和满足程度都无话可说，可是恰恰在最重要的思想问题方面却忽视了。

在思想方面不重视孩子的一个重要表现就是不信任孩子、不尊重孩子。有这样一个场景：

"奇奇，你将来想去做什么呀？"爸爸问。

"我要当中国最好的大学校长！"奇奇很认真地回答。

一旁的妈妈冷笑一声插话了："切！你那五门有三门不及格的成绩还想当校长？"

奇奇想起这次期末考试的成绩，不禁低下了头。

我们能想象得到上面的事例中，妈妈的话会怎样打击奇奇的自信心。孩子要当大学的校长，跟他现在的成绩有必然的联系吗？理想和现实，肯定是有一定差距的，但是倘若孩子连个理想也没有，又何来奋斗的目标和动力呢？本来应该受到鼓励的孩子，却遭到妈妈的一顿讽刺，他心里肯定不是滋味。

孩子的成长是一个发展变化的过程，会出现很多意想不到的改变。用静止不变的眼光来看待孩子，是很不科学的。作为家长，哪怕我们很了解孩子，也无法断定孩子将来一定能做什么，一定不能做什么。我们有什么理由给正在成长的孩子定位了呢？我们根据什么就说孩子不行了呢？

孩子觉得我们不重视他，孩子经常被我们"打击"，孩子经常被我们"瞧不起"，那么他又怎么能够健康成长？无论什么年龄的孩子，只要他明白了一些事理，总是被家长否定自己，都会感到难过、沮丧，严重的还可能从此消极下去。

重视孩子，家长就要从生活中的点滴做起。

第一，不动不动就数落孩子。

家长不经意说出的话，有时会对孩子造成巨大的伤害，而我们自己却浑然不知。甚至偶尔以玩笑形式说出的生硬的话都会让孩子埋下自我怀疑的祸根。孩子们对于批评要比大多数成年人意识到的更加敏感。时常数落孩子，不仅导致他们怀疑自己，而且他们会因为觉得辜负了家长而感到羞愧和内疚。如果孩子没能让他人满意，他就会认为自己令人失望，最终，他会觉得自己是一个受人嫌弃的窝囊废，尽管他可能将这种情绪深藏不露。

第二，让孩子知道他对你多么重要。表面上看，我们的家长们很重视自己的孩子。每个家长都会说，谁不重视自己的孩子？是的，我们都重视自己的孩子，但有许多家长同时又忽略了自己的孩子。

一个妈妈在收拾卫生、做饭，放学回家的女儿兴奋地跟她描述着今天她们班里那些同学的事。"某某今天……""某某真有趣啊，把……"当她发现妈妈没有回应时，很扫兴地一甩手："你总是不听，不跟你说了。"

这样的镜头，在我们许多家庭都发生过。正是我们的不重视，使我们失去了和孩子沟通的机会。

第三，要信任和尊重孩子。自尊心是人的心灵中最敏感的中枢，是孩子对自己在家长心中的地位、作用的一种认识和评价。所以家长要尽量做到不伤害孩子的自尊心。孩子的自尊心、荣辱感比我们想象的还要强，只是由于种种的外界原因，而被掩盖了。教育专家韩凤珍说过："所有难教育的孩子，都是失去自尊心的孩子；所有好教育的孩子，都是具有强烈自尊心的孩子。"所以作为孩子的家长，作为教育者，我们要保护孩子最宝贵的东西——自尊心，这是鼓励孩子上进的重要手段之一。

【情景提示】

对于孩子来说，家长的一句话，好与坏，都会成为他一生中具有重要意义的话。所以，即使开玩笑，也要避免说具有负面影响的话。

就本情景而言，妈妈应该放下手里的活和孩子沟通，或者问孩子是怎么回事，马上给孩子去找，或者告诉孩子手里的活干完就给孩子找。忙是客观的，但我们不能以此为由无视孩子的存在。"宝贝，又做什么淘气的事了？妈妈马上给你找，你回去等着。"听了类似这样的话，孩子会很高兴，而且还会觉得妈妈很在意自己。

故事启读

陪孩子玩玩具的数学家

有一次，著名数学家陈景润正在做研究，儿子由伟拿着拆开的玩具走过来说："爸爸你帮我把玩具装好，好不好？""好的，爸爸帮你。"就这样，陈景润破例放下手中的研究，和儿子一起捣鼓起玩具来，一边玩，还一边给由伟讲解玩具的构造。经过努力，父子俩终于成功地将玩具恢复了原状。由伟也学到了不少机械知识。

事后，陈景润对妻子说："孩子有好奇心是件好事。他能拆开玩具，证明他有求知欲望，能研究问题。当家长的要支持他才对。"

陈景润与孩子一起装玩具，既保护了孩子的好奇心和求知欲，又在拆装的过程中让孩子了解到了玩具的内部构造，同时通过为孩子装玩具这样一个不起眼的行动在潜移默化中教育了孩子，让孩子明白了一个道理：自己做的事情要自己负责，要自己想办法解决问题。

真正重视孩子是用一颗童心和孩子沟通。

科 学 出 版 社
科龙图书读者意见反馈表

书　　名 _____

个人资料

姓　　名：_____ 年　　龄：_____ 联系电话：_____

专　　业：_____ 学　　历：_____ 所从事行业：_____

通信地址：_____ 邮　　编：_____

E-mail：_____

宝贵意见

◆ 您能接受的此类图书的定价

　　20 元以内□　30 元以内□　50 元以内□　100 元以内□　均可接受□

◆ 您购本书的主要原因有(可多选)

　　学习参考□　教材□　业务需要□　其他_____

◆ 您认为本书需要改进的地方(或者您未来的需要)

_____

_____

◆ 您读过的好书(或者对您有帮助的图书)

_____

_____

◆ 您希望看到哪些方面的新图书

_____

_____

◆ 您对我社的其他建议

_____

_____

　　谢谢您关注本书！您的建议和意见将成为我们进一步提高工作的重要参考。我社承诺对读者信息予以保密,仅用于图书质量改进和向读者快递新书信息工作。对于已经购买我社图书并回执本"科龙图书读者意见反馈表"的读者,我们将为您建立服务档案,并定期给您发送我社的出版资讯或目录;同时将定期抽取幸运读者,赠送我社出版的新书。如果您发现本书的内容有个别错误或纰漏,烦请另附勘误表。

回执地址:北京市朝阳区华严北里 11 号楼 3 层

　　　　　科学出版社东方科龙图文有限公司经营管理编辑部(收)

　　　　　邮编:100029